ANDRÉ BAWAR

Wismarbucht

KÜSTEN KRIMI

Hansens zweiter Fall

emons:

MIX
Papier aus verantwortungsvollen Quellen
FSC® C083411
www.fsc.org

Umschlagzeichnung: Heribert Stragholz
Umschlaggestaltung: Tobias Doetsch, Berlin
Druck und Bindung: CPI – Clausen & Bosse, Leck
Printed in Germany 2010
ISBN 978-3-89705-750-0
Küsten Krimi
Originalausgabe

Unter falscher Flagge Kurs Nordnordwest,
zu dritt hielten sie das Steuerrad fest.
Backbord wird ein Schiff gerammt,
der Ausguck hatte es zu spät erkannt.
…
Die Fahrt ist zu Ende, ein Leck im Bug,
von achtern tönt der Enterruf.
Wir lassen die Karre am Straßenrand stehen,
versuchen zu Fuß zur Party zu gehen.
…

Die Toten Hosen, 1984

Für Janka und Julika

Prolog

Liber proscriptorum

Die zwei Wismarer Bauernburschen Balhorst Boldelage und Lucius Craan hätten heute zwei weitere zur Anzeige gebracht, da die Beschuldigten in einer Schlägerei im Brauhaus am Lohberg zu Wissemara den besagten Kerlen verschiedene Knochenbrüche und je fünf blaue Flecken zugefügt hätten.

Die Angeklagten seien dem Stadtrat als Gherardo Torfmann, Knecht des Popen, und Nicolao Stortebeker, geächtet und frei von hanseatischer Bestallung als Kapitän einer Seeräuberkogge, am Platze bekannt.

Beide Beschwerdeführer hätten übereinstimmend beschrieben, dass der Beklagte Stortebeker nach einer zweistündigen gemeinsamen Probe ihrer Trinkfestigkeit einen Vier-Liter-Humpen Bier dem einen und einen ellenlangen Becher Wein dem anderen über deren Schädel geleert und hernach gezogen habe.

Die folgenschwere Schlägerei auf der offenen Empore obiger Brauereistube sei von einem halben Dutzend städtischer Büttel mit Mühe unterbunden worden. Der angeschuldigte Raufbruder Gherardo Torfmann sei festgenommen und ihm seien die Bürgerrechte aberkannt worden, und der beklagte Unruhestifter Nicolao Stortebeker sei in dem handgreiflichen Zanke nicht dingfest gemacht worden und über das Brauereidach geflohen. Das Brauhaus sei wegen des Wiederholungsfalles auf Anweisung des Stadtkämmerers augenblicklich geschlossen.

Der Büttel habe die Meldung bestätigt, der flüchtige Freibeuter sei bärenstark und unverwundbar. Selbst ein kräftiger Degenhieb mitten auf seine Brust habe zu keiner Abkühlung seines Gemütes geführt. Im Gegenteil: Als ob Stortebeker mit dem Höllenfürsten paktiere, habe er mit dem eigenen Dolche sein zugehöriges Wams verzieret. Dies sei allemal dem übermäßigen Hopfengenuss geschuldet.

Eine irdische Erklärung sei das bei der Schlacht vor Marstal vom Seeräuber erbeutete Artefakt des heiligen Vicentius, dessen Reliquie Stortebekers Torso vortrefflich gegen Pfeile und Klingen schützen helfe. Nach dem heutigen Vorfall erlaube sich der Stadtrat, den flüchtigen Raufbold ein weiteres Mal zum Zwecke der Vorführung bei Scharfrichter Petersen ins Fahndungsbuch einzutragen.

Noch am selbigen Abend hätten zwei Fischer bekundet, den Stortebeker am Hafen zu Wissemara gesehen zu haben, wie er vier Fässer Heringe und über fünfhundert Brotlaibe ohne schriftliche Bevollmächtigung an sogenannte bedürftige Bürger leibhaftig verteilt habe. Ein hinzugeeilter besoldeter Nachtwächter habe ihn, erhaben über jeden Zweifel, als den Beklagten aus dem Brauereistreit ermitteln können.

Merkmale der Wiedererkennung seien mehrerlei: das wirre lange Haar, der wilde dunkle Bart, das dick wattierte Wams, hohe lederne Stulpenstiefel. Und an seinem Hosenbunde habe unerlaubt ein roter Lappen gehangen, der joli rouge des fernen Franzmanns. Der Posten habe ihn angerufen und Zeichen gesetzt, dass fremde Flagge dicht vor dem Stadttor Gesetzesbruch bedeuten könnte.

Der Unhold habe darauf nur eine Handvoll Heringe genommen und sie dem Wachmann, der allein der Einhaltung städtischer Verordnung nachgekommen sei, mit dem bezeugten Schlachtruf »Aller Welt Feind. Und Gottes Freund!« in den Schlund gedrückt.

Die Menge habe unrechtmäßig gejubelt.

Der Vorfall könne als Zeichen von Aufruhr und Brechung des ewigen Landfriedens der langen Liste der Bosheiten von Nicolao Stortebeker anhängig gemacht werden.

Ungesehen – der Gesetzesbrecher habe keine Ehre, verstoße willentlich gegen gute Sitten, sei von vorlauter Natur und einer, der der Hanse schweren Schaden bereite. Fortan gelte er als niederträchtige Kreatur.

Bevor der zuständige Schultheiß den Büttel habe senden können, sei der Fliehende unter Umgehung des Wassertors nochmalig dem Zugriff über einen Geheimgang durch den nahen Deich bis zum offenen Meer hin entkommen.

Hermann Kroners, der wachhabende Kommandant im Rathaus, habe noch nächtlich in einer Begehung die Länge des geheimen Tunnels mit zweihundertzwanzig Ellen festgestellt. Seine Tore von Land- wie Meeresseite seien auf städtische Anordnung unwiederbringlich mit frischem Torfmull verschüttet worden.

Der Angeklagte werde heutigentags auf der gesuchten Kogge Likedeeler in tieferen Gewässern der Mecklenburger Bucht vermutet. Hermann Kroners übernehme die Aufgabe, mit zwei Kanonenkoggen am morgigen Kirchtag den gefährlichen Grobian zu stellen und ihn ohne Zögern dem Kellerverlies des Schlosses Gottesgabe zu Schwerin zu überbringen.

Anno Domini 1380 im Wonnemond zu Wissemara

1

Donnerstag, den 21. Mai

Es war morgens kurz vor halb acht, als Lotte Nannsen in den Alten Hafen schlurfte, um ihren Kutter aufzusperren. Heute wollte sie ausnahmsweise etwas früher Klarschiff machen, weil zu Himmelfahrt das Geschäft mit Fischbrötchen brummte. Das lag zwar weniger am kirchlichen Feier-, als vielmehr am gleichzeitigen Herren- oder Vatertag, aber für eine Fischverkäuferin war das unerheblich. Der Unterschied zu sonst: Die Männer mit den Bollerwagen kamen früh, der Rest der Familien meist erst gegen Mittag.

Später gab sie zu Protokoll, dass sie schon aus der Ferne verwundert gewesen sei, dass das obligatorische Willkommensgeschwader der Wismarer Seemöwen fehlte. Die treuen Vögel saßen sonst in Reih und Glied und in aller Stille auf dem Dach ihrer Kajüte und linsten gelassen der Lotte entgegen, um sie dann mit einem heiseren Krächzen und einer kleinen Ehrenflugrunde in vertrauter Art zu begrüßen.

Heute Morgen jedoch störte ein massives, vielfach aufgeregtes, kehliges Geschrei, begleitet von heftigstem Flügelschlagen irgendwo hinter der Backbordwand des Fischkutters, die Ruhe des gemütlichen Hafens und der fünfundsechzigjährigen Lotte Nannsen. Rund um ihr Boot öffnete die rüstige Mecklenburgerin mit Schwung die schweren Regenplanen und guckte über die Reling, wo sie den Grund für das Gezeter vermutete.

Der Anblick war nichts für schwache Nerven. Im Brackwasser der Ostsee dümpelte ein Kopf, der bei leichtem Seegang mit stetigem Klopfen gegen die Außenwand des Kutters bollerte. Die Seemöwen machten sich zeternd und balgend an ihm zu schaffen, sie hatten den Morgen über ganze Arbeit geleistet. Die Physiognomie war grotesk zerpickt.

Mit drei gezielten Schüssen in die Luft mussten Oberkommissar Hansen und ich die Biester erst einmal verjagen, bevor wir uns jetzt mit Lotte Nannsen gemeinsam über Backbord beugten und staunten. Tatsächlich, ein Menschenkopf!

Oder das, was von ihm übrig geblieben war. Aufgedunsen und bleich, mit mächtig zerpflückten Hautflächen. Das rechte Sehorgan fehlte komplett, ein bisschen Glibber mit Seewasser schwappte am Grund der Augenhöhle. Das linke sah man nicht sofort, da eine schwarze Filzklappe über ebenjenem vermutlich unversehrten Auge mit einem elastischen Band befestigt war. Aus dem langen, lasch herabhängenden Hals hingen noch längere weiße Venen- und Fleischfäden heraus. Keine Frage: der Kopf eines männlichen Individuums.

»Das ist Quatsch!«, knurrte Hansen jetzt. »Denken Sie mal logisch, Kubsch!«

»Was ist Quatsch, Chef?«, fragte ich irritiert zurück.

»Das mit dem linken unversehrten Auge.«

Wo er recht hat, hat er recht. Die Augenklappe war ein untrügliches Zeichen dafür, dass vermutlich auch mit dem anderen Sehorgan irgendetwas nicht stimmen konnte. Unwillkürlich fummelte ich etwas verlegen an meiner Brille herum.

»Aber davon mal abgesehen, tut das jetzt auch nichts zur Sache.«

Mein Chef war kein Freund vieler Worte, vor allem dann nicht, wenn die Arbeit rief. Lotte war da anders, die war stadtbekannt für ihre plattdeutschen Weisheiten. Sie hievte drei Kisten fangfrischen Fisch, die an der Kaimauer geduldig auf sie gewartet hatten, auf ihren Kahn.

»De Jung ward nich mihr ut keen kieken können.«

Für das Protokoll war die Bemerkung unerheblich, dennoch wollte ich jede weitere wesentliche Aussage aus Gründen des besseren Verständnisses gleich auf Hochdeutsch in meinen Klappblock notieren.

Zwei Kollegen von der Spurensicherung rückten an. Mit langen Stangen, an deren Enden in der Morgensonne Metallhaken glänzten, versuchten sie den Kopf, der jetzt wie ein Fußball im Wasser unberechenbar herumdriftete, aus dem Hafenbecken zu fischen.

»Da stimmt was nicht!«

Hansen beobachtete die ungeschickten Bemühungen unserer Kollegen.

»Klar«, ergänzte ich selbstsicher, »da fehlt der Rest.«

Der Rumpf schien unsauber abgetrennt, aber auch nach einem ersten gewissenhaften Suchen war er bislang nirgends im Hafenbecken und näheren Umfeld der Segelboote oder Fischkutter aufgefunden worden.

»Das mein ich nicht«, entgegnete er kühl und fügte nach einem kurzen Moment des Nachdenkens erklärend hinzu: »Der Kopf schwimmt oben! Das kann nicht sein.«

Hansen grübelte, ich auch.

Wasserleichen waren für die Wismarer Polizei keine Seltenheit. Die Ostsee konnte ganz schön ungemütlich werden, in einer Hafen- und Küstenregion, in der sich Fischer, Segler und Touristen tummeln, gehörten Seeunglücke fast schon zum traurigen Alltag. Es verging kaum ein Jahr ohne verunglückten Seemann beziehungsweise Badegast.

Fand man die Leiche nicht sofort, sogen sich die Lungen voll Salzwasser, und der Tote ging nach allen Regeln der Physik kurze Zeit später unter. Vorausgesetzt, dass er sich nicht im Seetang oder Fischernetz verhedderte, kehrte der Körper dann nach etwa drei Tagen wieder an die Wasseroberfläche zurück. Durch den Verwesungsprozess entstanden Fäulnisgase, die die Leiche aufblähten und nach oben trieben.

Aber so eine Wasserleiche schwamm nicht ewig. Nach drei bis vier Wochen war die Haut so vollgesogen mit Flüssigkeit, dass der Leichnam fast das Doppelte an Masse hatte, dann sank er aufgrund seines Gewichts zum letzten Mal und endgültig auf den Grund des Meeres. Der Tote wurde langsam zu Modder und war dann irgendwann ganz weg.

Das Ganze funktionierte nur auf der Basis eines geschlossenen Systems. Davon konnte man bei einem einzelnen Kopf natürlich nicht sprechen.

Die beiden Kollegen von der Spurensicherung hatten endlich Erfolg und balancierten den Schädel zwischen zwei Stangen von der Wasseroberfläche in ein Auffangnetz und kippten ihn von dort kullernd auf eine schwarze Plastikplane, die man vorausschauend an der Kaimauer ausgelegt hatte.

Neben Lotte, der Fischbrötchenverkäuferin, versammelten sich die ersten neugierigen Schaulustigen, die an diesem Feiertag sehr früh den Weg zum Hafen gesucht und gefunden hatten. Nun standen sie auf ihrem morgendlichen Spaziergang im angemessenen Abstand um einen Leichenkopf herum.

Ich war zwar schon seit fünf Jahren bei der Polizei, davon zwei Jahre als Kriminalassistent bei der Kripo Wismar, als sogar ein Serienmörder monatelang in der Altstadt sein Unwesen getrieben hatte, aber so ein Totenschädel war auch für mich ein gruseliger Anblick.

»Kennt den jemand?«, fragte ich in die Runde. Die meisten glotzten entsetzt und schüttelten nur ihren eigenen, ohne den Blick von dem aufgedunsenen, zerfledderten Kopf abzuwenden.

Hansen kniete jetzt auf der Plane und begutachtete den Schädel genauer. Dazu benutzte der Kommissar einen Bleistift, mit dem er hier und da in den Öffnungen des Kopfes herumpulte.

»Da haben wir ja das Corpus Delicti.«

Hansen zog mit dem Stift ein Stück weißen Kunststoff aus dem offenen Hals. Keine Ahnung, ob die Gerichtsmediziner im Labor das gern gesehen hätten, aber eines musste man ihm lassen, den richtigen Riecher für das Lösen rätselhafter Phänomene hatte Hansen wie kein Zweiter.

Die Plastiktüte (denn als solches erwies sich der Kunststoff) verstopfte den Zugang in die Kopfhöhle, sodass weder Wasser eindringen noch die Verwesungsgase aus dem Hirnbereich austreten konnten, vermutete ich. Das entstandene Vakuum zwischen Schädeldecke und künstlichem Pfropfen füllte sich mit fauligem Gas und ließ den Kopf auf der Meeresoberfläche tanzen.

»Sieht fast aus wie ʻne Qualle.«

Das war einmal mehr Lotte, die nahm nie ein Blatt vor den Mund, sie band sich gerade eine alte Küchenschürze um. Fast jeder kannte und mochte die Nannsen vor allem wegen ihrer exquisiten Fischbrötchen, die waren nicht nur hier unten am Pier des Alten Hafens konkurrenzlos, die hatten mittlerweile einen Ruf weit über die Grenzen der Hansestadt hinaus.

»Wenn du nur lang genug auf die See schaust«, fabulierte Lotte (im Original natürlich auf Plattdeutsch) mit schlauer Zunge zwischen ihrer großen Zahnlücke hindurch, »dann schwimmen irgendwann die Leichen deiner Feinde an dir vorbei.«

Ich schrieb das auf, verstand es aber nur ungefähr. Auch Hansen guckte, als sei das Chinesisch gewesen.

»Was meinst du damit, Lotte?«

»Altes Mecklenburger Sprichwort!«

Sie grinste und kratzte sich am Kopf.

»Kennst du vielleicht den … den Namen zum Kopf?«

»Nö, kenn ich nicht. Aber die Piratenbinde spricht Bände.«

»Die was?«

»Na, die olle schwatte Klüsenklappe!«

»Wieso?«, entfuhr es mir.

»Na, das ist einer von den Störtebeker Söhnen!«

»Die wer?«

Hansen wurde neugierig, er kletterte mit Lotte und mir im Schlepptau zurück auf ihren Kahn und wies mich an, alles Weitere aufs Genaueste zu protokollieren. Hätte der Chef gar nicht so betonen müssen, das war selbstredend.

Lotte Nannsen begann mit einem kleinen scharfen Messer flink und routiniert ihren Frischfisch zu schuppen und auszunehmen.

Sie hätte schon öfter und meistens weiter unten am Kai eine über die Monate wachsende Gruppe von jungen Männern beobachtet, die allein dadurch auffielen, dass sie ausstaffiert seien wie die Seeräuber.

»Ein gutes Dutzend sind das«, ergänzte sie mit dem Küchenmesser in der Luft nachzählend.

»Und das ist kein Seemannsgarn?«, fragte Hansen ungläubig.

»Wo denkst du hin, Olaf. Hab ich das nötig?«

Olaf Hansen war einer von Lottes Stammkunden, regelmäßig speiste er hier zu Mittag, meist Pfeffermakrele im Brötchen mit Bier, oder nahm sich fangfrischen Fisch zum Abendbrot mit nach Hause. Daher kannten sich beide schon gut und hatten in den letzten Monaten ein herzliches und vertrautes Verhältnis zueinander aufgebaut.

»Und was machen die, die See… die … Seeräuber?«

»Na, nichts Genaues weiß man nicht. Nur dass sie so Tücher um den Kopf tragen.«

Sie unterbrach ihre Arbeit und deutete mit der Messerspitze hinüber zum Schädel auf der Kaimauer. »Und manche tragen auch solche Klüsenklappen! Oder sie haben Säbel dabei und so komische Pluster- oder Pumphosen.«

»Und dann?«

Hansen guckte Lotte begierig an, wenn man das in Anbetracht ihres Alters so ausdrücken durfte.

»Die haben da ein Boot liegen, den modernen Holzkahn dahinten, von hier aus gesehen gleich hinter der schwarzen Hansekogge.«

Sie zeigte noch einmal die Hafenanlage hinunter und wies auf eines der dort vertäuten Segelschiffe.

»Da hocken sie denn drauf oder basteln dran herum oder fahren raus und machen einen Törn und kommen dann wieder zurück. Mehr weiß ich nicht, Olaf. Ehrlich.«

Hansen war ganz Ohr und schien von der Beobachtungsgabe seiner Fischverkäuferin begeistert zu sein.

Begleitet von gierigem Möwengezeter kippte Lotte jetzt einen kleinen Plastikeimer voller Schuppen und Eingeweide flugs über die Reling ins Hafenbecken, und zwar ziemlich genau an der Stelle, wo vorhin noch der tote Kopf gedümpelt hatte. Das war eine klare Ordnungswidrigkeit und, wenn ich mich richtig erinnerte, nicht erst seit gestern verboten. Das hätte eine saftige Strafe von bis zu fünftausend Euro zur Folge haben können …

»Aber Lotte, das ist doch eine ganze Menge, was du da beobachtet hast. Kommen Sie, Kubsch, den Kahn schauen wir uns aus der Nähe an.«

Wir kletterten vom Boot und waren schon fast auf dem Kai,

da rief uns Lotte aufgeregt hinterher: »Kann ich nun endlich meinen Kutter aufmachen und Fischbrötchen verkaufen, oder habt ihr noch was?«

Das Geschäft musste laufen, der Kommissar hatte nichts dagegen. Lotte zeigte dankbar ihre große Zahnlücke – einmal mehr ein entsetzlicher Anblick, aber das nur nebenbei.

Am Pier mussten die Spurensucher eine Absperrung aufbauen, denn die ersten Reporter waren eingetroffen und versuchten hartnäckig, dem Kopf auf seinen nicht mehr vorhandenen Leib zu rücken.

Reporter Raimund Tomsen und Fotograf Franz Pickrot vom OSTSEE-BLICK. Letzterer das schärfste Auge der Mecklenburger Meute. Pike, wie ihn seine Kollegen und wenigen Freunde nannten, hatte bestimmt wieder einen heißen Tipp aus unserer Kommandantur erhalten. Irgendwo war da ein Loch im internen Polizeiapparat, dem wir eines Tages nachgehen müssten.

Wir schlenderten an der schönen schwarzen Hanse-Kogge vorbei, ein originalgetreuer Nachbau eines mittelalterlichen Wracks, das man vor gut zehn Jahren im Ostseeschlick zwischen den Inseln Poel und Langenwerder gefunden hatte.

Der Alte Hafen von Wismar war in seiner strukturellen Entwicklung irgendwo zwischen dem ausgehenden 19. Jahrhundert und der Moderne der Nachwendezeit hängen geblieben. Einige wenige Fischerboote hielten trotzig ihre roten und schwarzen Markierungsfähnchen in die steife Ostseebrise. Eine Handvoll abgetakelter Ausflugsdampfer versuchte sich mit saisonabhängigen Hafenrundfahrten mehr schlecht als recht über Wasser zu halten. Die vielen Fenster der hohen Backstein-Getreidespeicher waren zugemauert, die imposanten Gebäude zerbröselten witterungsbedingt und standen im merkwürdigen Kontrast zum Rohbau einer neuen, eindrucksvollen Markthalle, die schon bald Eröffnung feiern wollte, und zu dem gegenüberliegenden futuristischen Technologie- und Forschungszentrum am Alten Holzhafen, von dem niemand so richtig wusste, was dort drinnen eigentlich wirklich konkret erforscht wurde. Dazwischen konkurrierten vier Fischverkaufskutter samt weiblichen Besatzungen, balgten sich zahllose, stets hungrige Seemöwen und versanken im tiefen Schlick viele verworfene Pläne, was alles mit diesem beeindruckenden Hafenareal zukünftig möglich wäre …

Die großen Segelohren meines Chefs begannen an der frischen Luft schnell kräftig rot zu leuchten. Das waren aber auch schon seine auffälligsten Merkmale. Ansonsten war er ein eher unscheinbarer Typ. Stets in Bluejeans gekleidet, Jacke wie Hose, häufig ein Sweat- oder nur T-Shirt darunter, selten ein gebügeltes Hemd. Gegen Oberkommissar Olaf Hansen wirkte ich – trotz Feiertag – mit meinem Sakko von der Stange, meiner rahmenlosen Designerbrille und dem Paar saloppor Leinenturnschuhe komplett overdressed.

Einige Schritte später standen wir vor einem ebenfalls hübschen, etwas kleineren Segelboot, es schien verwaist. »Vandalia«, stand in schwarzen gotischen Lettern am Heck des Schiffes, darunter wie üblich der Name des Heimathafens: Wismar.

Ein schnelles, leichtes Holzschiff, erklärte ich Hansen mit Kennermiene.

In meiner Jugend hatte ich mich zeitweise sehr intensiv mit der Schifffahrt beschäftigt. Mein Traum war es, einmal zur See zu fahren, vielleicht sogar Kapitän zu werden und, wie so viele junge Männer, von der Durchquerung der Ozeane zu berichten.

Nicht allein wegen meiner Kurzsichtigkeit rieten mir meine Eltern damals ab, ich hätte so oft Nasen- und Zahnfleischbluten, damit gehe man nicht leichtfertig auf See, da gebe es so schnell keinen Zahnarzt. Ich hatte mich dann für den Polizeidienst entschieden, der Polizeibehörde schienen bei der Einstellung das Zahnfleischbluten sowie die leichte Sehschwäche total egal.

Nun, das Ganze war lange her, aber das eine oder andere Detail über Schiffe und die Seefahrt hatte ich mir merken können. Mein Herz pocherte immer noch, wenn ich ein schickes Schiff oder das offene Meer sah.

Die »Vandalia« war ein einmastiger, schneller Küstensegler, gebaut aus braunem Lärchenholz, knapp fünfzehn Meter lang, satte drei Meter breit und ausgelegt für vielleicht maximal zehn Mann Besatzung.

Hansen rief nach dem Kapitän, ohne Erfolg, es war niemand an Bord. Ich zeigte hinauf zum Mast, dort wehte locker bei nur schwacher Brise eine rote Fahne mit zwei gekreuzten gelben Knochen darauf.

»Das ist ja wohl ein Witz!«, staunte Hansen nicht schlecht.

»Eine Piratenflagge!«, fügte ich einmal mehr selbstsicher hinzu.

»Was soll der Unfug! So was gibt's doch gar nicht mehr.«

»Zumindest nicht auf der Ostsee.«

»Richtig, Kubsch. Vielleicht im Golf von Aden oder im Arabischen Meer oder in der Andamanensee, aber doch nicht hier.«

Der Kommissar schien verärgert. Da pustete von achtern eine plötzliche Windböe, blähte erst die Segelohren vom Chef auf und ließ dann direkt vor uns den roten Lappen straff am Mast flattern. Stolz zeigte sich der Jolly Roger.

»Fragen Sie doch mal beim Hafenmeister nach, wem der Kahn gehört. Und dann werden wir den Witzbolden einen kleinen Besuch abstatten.«

Hansen machte ein paar Kritzeleien. Wenn ich das richtig deutete, malte er die Fahne in sein Notizbuch. Danach schien er mit sich und der Welt wieder im Reinen und gab mir ein Zeichen, dass wir einpacken und abrücken würden.

Die Kollegen von der Spurensicherung rollten den toten Kopf gerade in eine Plastikfolie und legten ihn vorsichtig in einen grauen Metallbehälter, der eigens für abgetrennte Körperteile stets zu ihrer Ausrüstung gehörte. Sarg konnte man das Ding ja nicht nennen, aber einen anderen Namen hatte der Kübel auch nicht.

Die gaffende Menge war zwischenzeitlich auf eine stattliche Zahl an Schaulustigen angewachsen. Die meisten von ihnen entschieden sich zögerlich, ihren Feiertagsspaziergang fortzusetzen, nur die Reporter nicht, von denen mittlerweile ein halbes Dutzend Kollegen gekommen war.

Die knappen Fragen, die sie Hansen aggressiv hinterherriefen, ließ der an sich abtropfen wie Fischöl am Dosenbückling.

Lotte kletterte noch mal von ihrem Kutter und überreichte

dem Kommissar eine Tüte mit frisch eingewickelten Fischbrötchen.

»Hier hefft ji noch'n bäten Makreel. Ik weet doch, wat juch smeckt.«

»Danke, Lotte. Und bis bald.«

»Tschüss, Jungens, und schön Vadderdag!«

»Tschüss, Lotte. Und gutes Gelingen.«

Beim Einstieg in unseren Dienstwagen sah ich noch den ersten festlich geschmückten Bollerwagen mit einem Trio mächtig schwankender Kerle vor dem Fischkutter haltmachen. Mit einem großen »Ahoi« prosteten sie Lotte mit ausschweifenden Armbewegungen und schweren Ein-Liter-Bügelflaschen zu und verlangten lautstark nach einer fischigen Grundlage für ihren anstehenden feuchtfröhlichen Marsch durch Gottes schöne Natur.

Lottes Geschäft sollte heute brummen, als wäre nichts geschehen.

2

Freitag, den 22. Mai

Am nächsten Morgen sollte extra ein Forensik-Experte von der Uni Lübeck eintreffen, um uns die ersten schnellen Resultate der gerichtsmedizinischen Untersuchung dezidiert zu erklären. Viel Neues gab es jedoch in unseren Büros im ersten Stock der Wismarer Kommandantur nicht zu berichten.

Mit Wasserleichen sei das statistisch so eine Sache. Der Mann zum Kopf sei sicher kein Jungspund mehr, eher ein Mannsstück mittleren Alters, schloss Steffen Stieber. Er war ein Mann vom Fach, aber nicht der versprochene Experte. Stieber war relativ neu im Team und mehr ein Allround-Talent. Er hatte in den USA Kriminologie studiert, wo sie Forensik und Ballistik miteinander vereinen – an deutschen Hochschulen oder in der hiesigen praktischen Ausbildung fast undenkbar. Am gestrigen Himmelfahrtstag war Stieber dreiunddreißig Jahre alt geworden und stolperte als hochgewachsener Hamburger samt seiner frechen Stupsnase wirklich über jeden spitzen Stein.

»Stöße mit Rudern oder Stangen können zu den starken Schäden am Kopf geführt haben. Störend sind natürlich auch die Stellen, die von den Sturmmöwen verursacht wurden. Die Sterbestunde ist deshalb nicht exakt festzustellen. Statistisch gesehen schwamm der Stiesel circa eine Woche im Salzwasser der Ostsee. Das erkennen wir an den wesentlichen Merkmalen von Wasserleichen, das sind die Waschhautbildung und die Bildung von Fettwachs. Das Wachs hat den Kopf immerhin einigermaßen konserviert.«

Um uns das Gesagte zu veranschaulichen, reichte Stieber ein paar unappetitliche Fotos herum.

»Ein Sturz oder eine Strangulation als Todesursache und damit als Grund für den Verlust des Rumpfes ist auszuschließen. Ein gewaltsamer Stich oder Schnitt mit einem spitzen oder scharfen Spieß oder Schwert direkt unter dem Kehlkopf mit der Folge der Trennung von Kopf und Torso ist statistisch gesehen wesentlich wahrscheinlicher.«

Die Kollegen Mediziner hatten rein sprachlich gesehen schon manchmal einen Spleen.

»Und die hineingestopfte Plastiktüte?«, wollte Hansen ungeduldig wissen.

»Eine simple Methode, den Kopf wieder auftauchen zu lassen.«

Steffen Stieber kramte etwas angespannt in seiner wildledernen Aktentasche und wollte sich schnell verabschieden, er hätte noch einen wichtigen zweiten Leichenschautermin am Nachmittag in Schwerin; ein Student der Gesteinskunde habe seinen Stiefvater mit einem Stalaktit erstochen – ein äußerst seltener, aber deshalb nicht weniger grässlicher Tod.

Genug war genug, dachte ich gerade über ihn, da fügte er noch seelenruhig hinzu:

»Eins ist sicher, wer auch immer die Tüte in den Hals stopfte, er wollte, dass die sterblichen Überreste unseres Piraten auf keinen Fall auf Nimmerwiedersehen in der Ostsee verschwinden.«

Der Kommissar legte die gruseligen Bilder, die die Spurensicherung am Alten Hafen von dem Kopf gemacht hatte, zur Seite. Ein Totenschädel, von allen Seiten und nach allen Regeln des polizeilichen Erkennungsdienstes aufgenommen und vervielfacht. Ideales Anschauungsmaterial für wahrlich blutrünstige Alpträume.

Olaf Hansen war erst ganze fünf Monate als Oberkommissar und Chef der Wismarer Polizeidienststelle im Amt. In unserer aus der schwedischen Besatzungszeit des 18. Jahrhunderts stammenden sogenannten Kommandantur am südlichen Kopfende des alten Marktplatzes residierte unter uns die Bank vom Ackermann. Und darüber, aus den Büros im ersten Stockwerk, hatten wir den Blick auf das gegenüberliegende weiße Rathaus, ein wunderschön restauriertes klassizistisches Bauwerk des 19. Jahrhunderts. Der Kommissar stand am Fenster und guckte hinüber. Ich kannte das bereits von ihm, das war so ein Moment, in dem er nicht gestört werden wollte.

Hansen war 1962 in Wismar geboren, hatte bald zwanzig Jahre vor mir die polizeiliche Ausbildung in Schwerin genossen und dann als Kommissar mit seiner Frau etliche Jahre auf Rügen gelebt.

Nachdem sein Vorgänger Hans-Uwe Bartelmann (immer nur »Uns Uwe« gerufen) Ende des letzten Jahres als Hauptkommissar abgetreten und in den wohlverdienten Ruhestand gewechselt war, ließ sich der heute siebenundvierzigjährige Hansen sofort nach Wismar auf den vakanten Posten des Dienststellenleiters versetzen.

Seine Frau zog nicht mit. Die sichere Ursache wusste ich bis heute nicht, er sprach auch nicht darüber. Manche meinten, sie sei mit einem anderen stiften gegangen. Jedenfalls ließen sich die Hansens scheiden, und er wohnte wieder in der Böttcherstraße Nummer 35 im denkmalgeschützten Hansehaus seiner Mama Hanna.

Eine liebenswerte Frau, schon fast fünfundsiebzig Jahre alt, ließ immer Grüße bestellen an seinen Assistenten. Und so etwas war selten, dass der Untergebene im Beisein des Oberkommissars überhaupt eine Form von Aufmerksamkeit erfuhr.

»Okay. Was haben wir?«, fragte Hansen, drehte sich dabei zu mir um, guckte mich aber abwesend an und gab sich gleich selbst die Antwort. »Einen Kopf von einer Leiche, deren Rest nicht auffindbar ist und dessen Identität bislang nicht geklärt werden konnte. Einen Mord, vermutlich an einem kräftigen Kerl, möglicherweise ausgeführt auf hoher See mit einem Säbel oder Schwert, wie eine Hinrichtung. Der Mörder wollte töten, seine Tat aber nicht verheimlichen. Den Kopf des Opfers hätte er wie den Rest für immer im Meer versenken können, tat er aber nicht, sondern er inszenierte allem Anschein nach das genaue Gegenteil. Er will, dass man den Schädel findet. Als Warnung? Und wenn ja, für wen …? Kubsch, sind Sie eigentlich schon weitergekommen mit dem komischen Piratenboot und seiner wilden Mannschaft?«

Ich war weitergekommen: Der Hafenmeister wurde zwar am gestrigen Himmelfahrtstag nicht eine einzige Minute in seinem

Büro im alten Baumhaus im Hafen von Wismar gesehen, weil er – zu solch einem Anlass verständlicherweise – auf Herrentagtour weilte und deshalb bis zum Ende des Tages unpässlich war, aber heute Morgen hatte er sich sogleich im Sinne der Amtshilfe, wie er unnötigerweise betonte, mit mir in Verbindung gesetzt.

»Die ›Vandalia‹ hat am Pier seit einem Jahr einen festen Liegeplatz. Ein Wismarer Schiff also. Der Eigner heißt Henning Wichsmann und wohnt am Ziegenmarkt Nummer 13. Dem Hafenmeister sind keine Auffälligkeiten bekannt. Nach der Fahne am Mast gefragt, meinte er nur, die sei so weit oben, die habe er noch nie gesehen. Der Hafenmeister, müssen Sie wissen, ist schon ein bisschen älter und auch ziemlich kurzsichtig. Außerdem hat er ein klitzekleines Alkoholproblem. Nichtsdestotrotz hat er sich im Dienst nie etwas zuschulden kommen lassen, und deshalb hängt man das mit dem Schnaps nicht an die große Glocke. Wenn Sie verstehen, was ich meine …«

Hansen nickte wissend. Henry, den kleinen, aber korpulenten Hafenmeister, kannte fast jeder in Wismar, entweder nur vom Hörensagen oder aufgrund der markant staksigen Art, wie er durch sein Hafenareal schritt.

»Na, dann mal los. Nehmen wir uns den Wichsmann mal zur Brust.«

Er schnappte sich seine Jacke vom Bürostuhl und nuschelte im Hinausgehen: »Wenn er denn noch eine hat …«

Hansen war ein Mann der Tat, er redete nicht viel, und wenn, dann ungern. Das war als Ermittlungsbeamter nicht immer von Vorteil, schließlich hatten wir es nur äußerst selten mit ausgiebig trillernden Singvögeln zu tun, dafür in aller Regel mit misstrauischen Fischköpfen, die nicht nur sprichwörtlich stumm waren.

Solch ein maulfauler Dickschädel schien auch der Kapitän Henning Wichsmann zu sein. Hansen saß dem Schiffseigner in seiner Stube am Ziegenmarkt 13, direkt über der Heavy-Metal-Kneipe »Zur Pelzplauze«, in stoischer Gelassenheit gegenüber. Hansen auf einem Hocker, Wichsmann auf einem dunkelroten ausladenden Plüschsofa, seine massige Gestalt leicht nach vorne geneigt, um über dem Sofabeistelltisch mit einem kleinen, feinen Jägermesser in seinen kräftigen, behaarten Pranken ein Holzstück zu schälen. Schon seit ziemlich genau sechseinhalb Minuten (gefühlt eine halbe Stunde) schwiegen sie sich an.

Wichsmann griente ab und zu und stocherte dann mit dem gerade selbst geschnitzten groben Zahnpiker in seinem gewaltigen Unterkiefer herum. Der Mann war kein Kind von Traurigkeit, ein harter Bursche, er gehörte schon rein optisch zu der Rocker-Klientel eine Etage tiefer.

Und so wunderte es mich nicht, dass der vierundvierzigjährige Wichsmann nicht nur Eigentümer des betreffenden Segelbootes am Alten Hafen war, sondern auch der finsteren Kneipe direkt unter uns.

Ihr Name war Programm. Täglich, aber vor allem an den Wochenenden füllte sich die »Pelzplauze« mit bärtigen, bierbäuchigen Motorradfahrern aus Meck-Pomm. Der Ziegenmarkt wurde vor allem bei trockenem Wetter zum Parkareal für Harleys und ihre japanischen Raubkopien. Doch egal, ob das Bike ursprünglich aus der Nähe der Route 66 oder aus der eines Reisfeldes stammte, auf dem Ziegenmarkt in Wismar standen sie friedlich röhrend vereint.

Im Hintergrund der Stube studierte ich über mein Brillenglas hinweg eine altmodische dunkelbraune Schrankwand, die vollgepfropft war mit unzähligen Motorrad- und Schiffsbilderbüchern, bevor ich mich in dieser bedrohlichen Stille fast zu Tode erschreckte. Denn plötzlich und völlig überraschend brach Hansen als Erster das Schweigen.

»So kommen wir nicht weiter.«

»Nicht schlimm«, grunzte sein Gegenüber zurück.

»Kennen Sie den?«

Der Kommissar legte ein paar von Stiebers bestialischen Fotos von dem toten Kopf auf das Sofatischchen. Ohne sie auch nur eines Blickes zu würdigen, murmelte Wichsmann:

»Nie gesehen.«

Hansen ließ die Fotos wirken. Wieder vergingen Minuten.

»An Ihrem Segelboot hängt ein Jolly Roger.«

»Ein was?«

Dem »Pelzplauze«-Wirt war nicht einmal ein Zucken anzumerken. Trotz intensiven Zahnstocher-Einsatzes brummte er noch zwischen dicken Fingern und riesigem Gebiss hindurch: »Das müssen Sie mir schon genauer erklären, Kommandante.«

Hansen kramte die Skizze von der Flagge der »Vandalia« aus seinen Notizen und legte sie zu den Fotos auf den Tisch.

»Kommissar. Einfach nur Kommissar. Kein Kommandant.«

»Nix für ungut, Herr Kommissar.«

Immerhin entstand nach meinem Empfinden jetzt doch so etwas Ähnliches wie ein Gespräch.

»Die ›Vandalia‹ gehört Ihnen, Herr Wichsmann?«

»Jo!«

»Dann wissen Sie auch, dass da eine Fahne bei Ihnen am Mast hängt, die so ähnlich aussieht wie diese hier.« Er tippte mit dem Zeigefinger auf seine Zeichnung. »Und die an eine Piraten-Flagge erinnert.«

Der bärtige Kapitän zuckte kurz in den Augenwinkeln, er war mit dem Jägermesser abgerutscht und hatte sich in den kleinen Finger geschnitten. Bestimmt nicht tief, aber es blutete.

»Ist nicht verboten.«

»Ich hab anderes gehört«, erhöhte Hansen Tempo und Druck.

Wichsmann lutschte an seinem kleinen Finger, der mindestens so groß war wie mein Daumen, und griente wie vorhin, genauso arrogant und breit, übers ganze Gesicht.

»Die Polizei sollte sich besser informieren. Es gibt ganze Bootsklassen, die solche Symbole auf ihren Segeln völlig legal spazieren fahren.«

Da hatte er leider recht. Wenn mich mein Erinnerungsvermögen nicht gänzlich im Stich ließ, gab es eine Jolle, die sogar offiziell »Pirat« genannt wurde und als Erkennungszeichen ein Beil im Segeltuch trug.

Hennig Wichsmann schien jedenfalls besser auf uns vorbereitet, als er glauben machen wollte. Und dann bekam Hansen so eine Art Todesstoß.

»Wenn mich nicht alles täuscht, sind die Jollen ›Pirat‹ und ›Korsar‹ sogar bei den Olympischen Spielen zugelassen und tragen ein Schwert beziehungsweise ein Beil auf ihren Fahnen.«

So viele Worte auf einmal, und wir waren keinen Schritt weiter. Im Gegenteil: Der Kapitän der »Vandalia« schleckte seinen Finger ab, klappte träge das Messer zu und wollte sich schwerfällig vom Sofa erheben.

»Ich hab zu tun. Tach auch, die Herren.«

»Eine Frage noch, Herr Wichsmann«, versuchte es Hansen noch einmal.

Der massige Körper des Kapitäns fiel wie ein nasser Sack zurück in das plüschige Möbelstück.

»Was denn noch?«, reagierte er ein wenig gereizt.

»Was veranstalten Sie denn da auf Ihrem Schiff?«

»Na, ganz normal, Herr Kommissar. Nettes Beisammensein, Bierchen trinken, gesellige Ausfahrten zum Angeln und viel Fachsimpelei unter Heavy-Metal- und Motorradfans. Noch was?«

»Der tote Kopf gehört zu Ihrer Crew, nicht wahr?«

Hansen schob mit einer schnellen Handbewegung die Fotos auf dem Beistelltisch zusammen und steckte sie, ohne sein Gegenüber auch nur für den Bruchteil einer Sekunde aus den Augen zu lassen, in seine Jacke zurück.

»Holla! Kommandante! Verlieren wir uns in wilden Spekulationen?«

»Das ist einer Ihrer Männer! Und Sie wissen das und verschweigen es! Warum?«

Der Kommissar blieb gelassen, doch bekam seine Stimme etwas Energisches – in Anbetracht des nordischen Dickschädels dieses Wirtshauskapitäns durchaus verständlich.

»Dieser Kopf gehört zu Ihrer Piratenclique! Und was immer Sie tun oder vorhaben, ich werde Ihre Rocker-, Metall- oder Piratenbar Tag und Nacht beschatten lassen, bis ich endlich weiß, warum Sie mit Ihren Freunden hier Seeräuber spielen und zukünftig einen Mann weniger an Bord haben werden.« Und fast bedrohlich fügte er hinzu: »Verstanden, Kapitän Wichsmann?«

»Aye, aye, Kommandante Hansen! Und viel Erfolg bei Ihren

Bemühungen. Und wenn Sie schon mal hier sind, gucken Sie doch einfach mal gleich nebenan in die Kühltruhe vom ›Zickenhuus‹. Vielleicht finden Sie da den Rest vom Kopf. Und schöne Grüße an den Wirt, und wenn er mal wieder von Mildtätigkeit und guten Taten faselt, dann bestellen Sie ihm von mir drei Worte: Wir sammeln auch!«

Mehr wollte der Wirt der »Pelzplauze« nicht sagen, auch nicht auf die Drohung hin, ihn in die Kommandantur vorzuladen. Wichsmann komplimentierte uns hinaus, und da wir keinen Durchsuchungsbescheid und keine offizielle Anordnung zum Verhör dabeihatten, mussten wir uns notgedrungen dem Rausschmiss beugen.

Auf dem Weg hinunter warf ich rasch einen Blick in die leere, dunkle »Pelzplauze«. An den Wänden, und das fiel mir zum ersten Mal an dieser stadtbekannten Heavy-Metal-Kneipe auf, hingen neben den obligatorischen Harley-Bikes auch eingerahmte Koggen, jedoch nicht als mittelalterliche Handelsschiffe, wie sie im Schabbelhaus an der Frischen Grube oder in der ständigen Ausstellung im Rathauskeller für die Touristen als Kupferstiche oder Holzmodelle ausgestellt waren, sondern als heroisch gemalte Seeräuberschiffe aus der Zeit Klaus Störtebekers, des wohl bekanntesten Sohnes der Stadt Wismar.

Im historischen Verfestungsbuch wurde er im Jahr 1380 zum ersten Mal erwähnt: der Wismarer Freibeuter Nikolaus Stortebeker (1360–1401), später besser bekannt als Klaus Störtebeker, der als Kapitän der Piratenkogge »Likedeeler« fast zwei Jahrzehnte lang das Meer heimsuchte und dessen Besucher in Angst und Schrecken versetzte.

Die Seeräuberei war sein Metier, und mit den ersten Übergriffen auf die dänischen und Lübecker Handelsschiffe, die damals gemeinsam unter einer rot-weißen Flagge fuhren, begann seine furchteinflößende Piraterie kreuz und quer durch die Nord- und Ostsee. Bald schon folgten Überfälle auf schwedische, englische, holländische Schiffe und vor allem auf die imposanten und stets reich gefüllten Hamburger Hanse-Koggen.

Die erbeuteten Waren wurden unter den Piraten brüderlich geteilt oder auf dem Marktplatz von Wismar, der noch heute mit über zehntausend Quadratmetern einer der größten Nordeuropas ist, frei verkauft.

Ein Zehntel der Beute jedoch, und das war bei Klaus immer anders als bei vielen seiner Seeräuberkameraden, wurde an die bedürftigen Menschen der Stadt kostenlos verteilt. Die sogenannte Lätare-Spende (ein lateinischer Begriff, der so viel wie »Freue dich!« bedeutete oder, abgeleitet aus dem Evangelium, »Brotsonntag«, also das Gegenstück zum Fastentag) hatte bald Tradition, sollte seinen Ruf als Kaperkapitän mit Herz und Verstand begründen und noch heute bei vielen See- und Sommerfesten an den Küsten Norddeutschlands zelebriert werden.

Da hingen natürlich viele Sagen und Seemannsgarn mit dran, und doch war der Kern der Geschichte wahr. Eine sagenumwobene Gestalt, die nicht nur das Selbstverständnis der Chopper-Rocker in der »Pelzplauze« mit prägen dürfte.

Noch nach mittlerweile gut sechshundert Jahren mochte den Klaus eigentlich jeder in Wismar.

Der Traditionsgasthof »Zum Zickenhuus« lag nur einen kurzen Steinwurf von der Metal-Kneipe des Henning Wichsmann entfernt. Seit über hundert Jahren residierte die Wirtsfamilie Kronkork im Eckhaus Ziegenmarkt Nummer 1.

Hansen klopfte mit dem schweren Messing-Ziegenkopf an die Holztür. Von drinnen kam eine knappe mürrische Antwort, die in breitestem Plattdüütsch so viel wie »alter Mann ist kein D-Zug« heißen sollte. Wie gehabt übersetzte ich die Chose gleich für das Protokoll ins Hochdeutsche.

»Moin.«

»Moin.«

»Moin.«

»Herr Kronkork?«

»Kronkork senior. Das bin ich, ja.«

»Oberkommissar Hansen und Kriminalassistent Kubsch von der örtlichen Kommandantur. Können wir reinkommen?«

»Warum?«

Nicht schon wieder, dachte ich kurz, doch die Erklärung des Chefs, dass der Wichsmann von der Kneipe »Zur Pelzplauze«, einen Verdacht in Richtung »Zickenhuus« geäußert habe, ließ automatisch alle typischen Mecklenburger Vorsichtsmaßnahmen über Bord gehen.

Erwin Kronkork lief erst rot an, dann weiß, dann wieder rot, bevor er unartikuliert zeternd und nach Luft schnappend den dunklen Flur hinabschritt, mehrfach einladend winkend, und betonte, dass die Polizei schon immer seine besten Freunde und liebsten Gäste gewesen seien.

Im geschlossenen Wirtshaussaal roch es penetrant nach frischem Bohnerwachs.

Wir saßen zusammen an einem runden Holztisch, und der siebzigjährige Kronkork senior ließ die Flasche kreisen. Sie kreiste und kreiste und kreiste immer wieder mit Drall an Hansen und mir vorbei, sodass im Grunde immer nur das Glas des Seniors mit Kümmelschnaps frisch gefüllt wurde. Das machte sicher seine Aufregung.

»Die Polizei ist hier immer gern gesehen«, sagte er etwas missverständlich. »Sie müssen wissen, wir sind anständige Leute und haben uns über viele Generationen in unserem schönen Wismar nie auch nur irgendetwas nicht zuschulden kommen lassen.«

Entweder war er nur ein armer alter Mann, oder die Kronkorks hatten tatsächlich eine Leiche im Keller. Hansen drehte verspielt an seinem kleinen Schnapsglas, ein Tropfen ging über den Rand und bildete einen Mikrosee auf der glatten Holzoberfläche. Der Alte guckte erst den Kommissar verdutzt an und, als dieser den Blick erwiderte, leicht nervös auf dessen Hände.

»Herr Kronkork, gestern Morgen haben wir im Hafenbecken einen abgeschlagenen Kopf mit einer Piraten-Klappe über dem linken Auge gefunden. Sagt Ihnen das etwas?«

In null Komma nichts hatte der alte Erwin ein Tresentuch unter dem Tisch vorgezogen, Hansens Glas mit einer Hand angehoben und wischte mit der anderen und einer einzigen ausholenden Armbewegung wie ein Blitz den verloren gegangenen Schnapstropfen von der Platte. Flugs stand das Glas wieder akkurat an seiner alten Stelle, und der Putzlappen war in Kronkorks Hosentasche verschwunden, als hätte ihn niemals niemand gesehen.

»So. Nun ist wieder gut«, atmete Erwin tief und befreit durch.

Was sollte man davon halten, die alten Menschen hatten irgendwann alle ihre Macken.

»Stand heute Morgen im BLICK, guter Artikel, hab's gelesen und das Foto gesehen. Schlimme Sache. Kann nur einer von den Piratenlümmels von nebenan gewesen sein.«

»Das dachten wir auch«, ergänzte ich, »nur der Wirt und Kapitän von der ›Pelzplauze‹ streitet ab, dass der Kopf … oder der Mann dazu … zu seinen Leuten gehört.«

»Muss er ja. Die haben den doch umgebracht. Was dachten Sie denn?«

»Wie kommen Sie denn darauf?«, fragte ich überrascht zurück, um ihn weiter aus der Reserve zu locken.

»Die Ossenköppe von drüben, das sind keine echten Piraten, die tun nur so«, antwortete Kronkork geheimnisvoll. »Das sind eigentlich Höllenhunde oder wie die heißen. Wissen Sie, diese Rocker auf Motorrädern aus Amerika, die alle drogenabhängig und kriminell sind.«

Wahrscheinlich meinte der Alte die Hells Angels, aber da brauchten wir gar nicht weiter drüber nachzudenken. Die wenigen, die hier an der Küste mal deren Kutte trugen, saßen derzeit alle in Dummerstorf im sogenannten Fuchsbau ein – der JVA Ueckermünde.

Und die nächstgelegene Hamburger Einheit hatte sich seit über fünf Jahren nicht mehr hierhergetraut, nachdem sie in der »Ankerklause« vor allem von den Jensen-Brüdern der Ersten Herrenfußballmannschaft des SC Ankerwinde Wismar so mordsmäßig was auf ihre schwarzen Lederkopftücher bekommen hatten, dass sie sich bis heute von dem Schmerz und der Schmach nicht erholt hatten.

»Herr Kronkork, ich bitte Sie! Könnte es sein, dass zwischen Ihnen hier im ›Zickenhuus‹ und denen dort im Heavy-Metal-Laden irgendein Streit herrscht?«

Hansen hatte mal wieder den richtigen Riecher. Der Senior blähte die Backen, seine Gesichtsfarbe entsprach einmal mehr der ältesten Flagge der Welt, dem dänischen Dannebrog. Er schnappte sich Hansens volles Glas, trank es aus und knallte es auf den Tisch, dass es in tausend Stücke zersprang und über den Tisch spritzte.

»Dat sünd Torfköpp!«, schrie er plötzlich. »Die stehen mit dem Teufel im Bunde! Was glauben die, wer sie sind? Ich könnte Ihnen Geschichten erzählen! Aber ich darf mich nicht aufregen, der Doktor hat mir das verboten. Außerdem habe ich die Geschäfte an meine Söhne abgegeben, die sind tagsüber draußen auf der ›Wismaria‹.«

»Der Kogge?«, fragte ich überrascht nach.

»Ja, klar. Der Hanse-Kogge.«

In diesem Moment öffnete sich die Klapptür der Schankstube, und Frau Kronkork steckte neugierig ihren Kopf herein.

»Minsch, Erwin! Wat boelkst du denn? Weest nich, wat de Dokter secht hett: Rääch di nich up. Un denk an dienen Blootdruck!«

»Klarr mi an'n Mors!«, brummte der Senior.

Sie meckerte darauf irgendetwas Unverständliches vor sich hin, reckte noch einmal den Hals und nahm Hansen und mich ins Visier.

»Wegger sünd de beiden?«, wollte Emma Kronkork wissen.

»Jungens von der Polizei, wegen dem Torfkopp im Hafen.«

Emma nickte und zog sich zurück, nachdem sie noch kurz mit dem Zeigefinger gewarnt hatte.

»Was machen Ihre Söhne auf der Kogge?«, brachte Hansen den alten Wirt zurück in die Linie.

»Na, der Hermann ist eigentlich gelernter Steuermann und sitzt im Vorstand des Fördervereins der Hanse-Kogge. Rein ehrenamtlich natürlich. Und Torsten, der jüngere von beiden, geht ihm als Kassenwart zur Hand. Wir tun ja noch was für unsere

Stadt und ihren Tourismus und so weiter. Wenn Sie verstehen, was ich meine?«

Hansen ersparte ihm die schönen Grüße vom Nachbarn und sich selbst den Blick in die Kühltruhe und ich mir den in den Keller. Der alte Kronkork war wirklich viel zu zerbrechlich für irgendwelche Scharmützel mit Möchtegernpiraten oder anderen jungen Wichtigtuern. Und auf hoher See einen verfeindeten Seemann zu köpfen, das war auch nicht seine Liga … oder zumindest nicht mehr.

Wir verabschiedeten uns artig und trollten uns das kurze Stück des Weges zu Fuß zum Alten Hafen, wo gleich hinter den Verkaufskuttern von Lotte Nannsen und Konsorten die mit Holzteer geschwärzte Hanse-Kogge, von Leinen und Trossen an der Kaimauer gehalten, in der Sonne döste.

Keine Frage, die »Wismaria« war ein stolzes Schiff. Über dreißig Meter lang, fast zehn Meter breit und ein Ladevolumen von sage und schreibe über zweihundert Tonnen, Rekord in der einstigen Hansezeit.

Mehr als drei Millionen Euro – brodelte es in der Gerüchteküche – waren nötig, um den originalgetreuen Nachbau des vor der Vogelschutzinsel Langenwerder gestrandeten Wracks aus dem späten Mittelalter drüben in der Wismarer Schiffswerft in Auftrag zu geben. Ein imposanter Holzsegler, der den Touristen zukünftig die schöne Mecklenburger Bucht und das Wismarer Hafenareal gegen klingende Münze näherbringen sollte.

Als wir vom Kai über einen langen Holzsteg die Kogge enterten, flogen ein paar Seemöwen lautstark ihre waghalsigen Runden über dem majestätischen Schiff.

Die beiden Kronkork-Brüder waren an Bord, sie unterhielten sich offensichtlich angeregt mit verschiedenen Gästen, und wenn sich meine Lauscher nicht täuschten, ging es um Werbung und Sponsorenschaften und Gelder für die Kogge.

Der ältere Hermann war Anfang fünfzig und der Wortführer, er hatte offensichtlich eine Menge Geschäftssinn und machte insgesamt einen patenten und auch körperlich sehr fitten, weil energischen Eindruck. Sein kleiner Bruder Torsten, vielleicht zehn Jahre jünger, sah auch groß und kräftig aus, hatte aber deutliche Augenringe und war ein bisschen weiß um die Nase, was auf eine ungesündere Lebensweise schließen ließ.

Hermann sah uns und trat sofort auf Hansen zu.

»Schiff ahoi, die Herren! Womit kann ich dienen? Kronkork mein Name, ich bin hier der Manager an Bord unserer schönen Hanse-Kogge.«

»Ahoi, ahoi. Der Junior also!«, bemerkte Hansen ganz trocken.

»Richtig. Sie kennen meinen Vater?«

»Wir kommen gerade von ihm. Hat sich bisschen aufgeregt, ist nicht gut für seinen Kreislauf.«

»Wer sind Sie? Was wollen Sie?«

Hermann Kronkork war irritiert und wollte sich das nicht anmerken lassen. Deshalb diese etwas schroffe Flucht nach vorn.

»Oberkommissar Hansen und mein Kollege, Kriminalassistent Kubsch. Wir wollten uns gern mit Ihnen über die Situation in Ihrer unmittelbaren Nachbarschaft vom ›Zickenhuus‹ unterhalten. Es geht um die Kneipe ›Zur Pelzplauze‹.«

Hermann zog merklich eine Augenbraue hoch, sein Bruder schlurfte heran und nickte nur zur Begrüßung.

»Was gibt's da zu bequatschen? Da machen wir gar kein Hehl draus. Das sind Ossenköppe in der Rockerkneipe!«, legte sich der Jüngere gleich richtig ins Zeug.

»Was mein kleiner Bruder damit sagen will, ist, dass die uns den ganzen Ziegenmarkt versauen ... mit ihren Mopeds und ihrer lauten Musik jeden Abend.«

»Da war gestern ein Toter im Hafen, der sah aus wie einer von denen.« Meine Bemerkung schien beide kaltzulassen.

»Pech. Haben wir nichts mit zu tun. Wenn die sich jetzt selbst abschlachten, bitte sehr, wir werden uns nicht einmischen.«

»Das war doch nur ein Kopf«, lamentierte Torsten und machte eine vage Geste zum Hafenbecken. »Wie der da hinkommt, weiß kein Mensch, steht in der Zeitung.«

Ohne jede Vorwarnung entlud eine fette Raubmöwe ihr Hinterteil, und eine gräulich-schwarze, schlierenartige Masse Vogelkot klatschte neben dem jungen Kronkork auf die Decksplanke. Aber der rührte sich nicht.

Olaf Hansen behielt weiter Hermann im Auge und antwortete einfach nur: »Den Rest von dem Kopf vermutet der Chef von der ›Pelzplauze‹ bei Ihnen in der Kühltruhe!«

Das saß. Der jüngere Junior sprang heran und drohte mit den Fäusten und ähnlich cholerisch zu werden wie sein Alter vor einer guten Stunde.

»Die sind nicht ganz dicht. Die wollen uns was anhängen. Das sind Hells Angels, die gehören in den Fürstenhof!«

Der Fürstenhof war in Wismar Amtsgericht und Gefängnis in einem. Wo einst zur Blüte der Hanse der Mecklenburger Herzog mit seiner Familie residierte, bevor er 1358 wegen der ständigen Aufmüpfigkeit der Wismarer Bürger völlig entnervt das Weite suchte, waren heute maximal dreiundzwanzig Häftlinge bei freier Kost und Logis untergebracht. Mir war nicht bekannt, ob dort in jüngster Vergangenheit jemals ein Hells Angel eine Zelle bezogen hatte, aber gemütlicher als in Santa Fu oder Sing Sing oder vermutlich auch im Ueckermünder Fuchsbau war es im Wismarer Fürstenhof allemal.

»Herr Hansen! Da gab es mal einen kleinen Nachbarschaftsstreit, wie er fast überall vorkommen kann. Mehr nicht!«, versuchte der Ältere die Situation zu beruhigen. »Glauben Sie mir, ein Gasthof wie ›Zum Zickenhuus‹ und solch eine Bar wie ›Zur Pelzplauze‹ nebeneinander, das passt halt nur schwer zusammen an solch einem überschaubaren Platz wie dem Ziegenmarkt.«

»Und wie weit geht der Krieg?«

Hansen wollte sich nicht abwimmeln lassen. Vielleicht ahnte er aber auch schon mehr, als mir zu diesem frühen Zeitpunkt in den Sinn kam.

»Krieg? Welch großes Wort für eine Lappalie. Mal waren die zu laut, mal waren wir zu empfindlich.« Hermann Kronkork wollte schlichten. »So was kommt vor. Leichte Animositäten, wie im richtigen Leben. Heute alles kein Problem mehr.«

»Wenn Sie das sagen …«

Der ältere Junior hatte Kreide gefressen, das war klar. Insbesondere wenn man neben ihm Torsten Kronkork beobachtete, dem der Kamm schwoll. Der kam glasklar nach seinem Vater und lief an wie die rot-weiß gestreifte heimische Wismar-Fahne, machte aber keinen Mucks mehr. Der große Bruder war halt nicht nur der Manager der Kogge, sondern auch der unangefochtene Wortführer der Familie.

Hansen schaute sich das Schiff an. Kronkork junior gab hier und da sogar noch ein paar technische Erläuterungen, bis er sich der Geschäfte wegen – nach meinem Geschmack etwas zu höflich, ja fast devot – wieder von uns verabschiedete.

Der Kommissar war zwar an der Küste groß geworden, aber kein Freund der Seefahrt. Die zwei oder drei Einsätze pro Jahr mit dem Polizeiboot, meist in Küstennähe, das schaffte er seefest ohne große Mühe, aber öfter durfte man ihn auch nicht locken. Hansen aß gern Fisch, und das in jeder Form der Zubereitung, wobei ihm nichts über die klassische Pfeffermakrele ging. Die verkörperte seine Liebe zum Meer.

Dass der heutige Besuch der Kogge, die gleich vis-à-vis der »Vandalia« von Wichsmanns Rocker-Crew lag, zum Auftakt einer unfreiwilligen Kriminal-Regatta avancierte – in der Hysterie vielleicht nur vergleichbar mit dem alljährlichen Aal-Rennen von Kiel-Schilksee nach Eckernförde –, das musste Kommissar Hansen vermutlich im Voraus erstmals in seinem Leben ernsthaft seekrank werden lassen.

3

Samstag, den 23. Mai

Sumatra war weit weg, Somalia eigentlich auch. Und dennoch überschlugen sich im letzten halben Jahr die Meldungen von spektakulären Jagden der deutschen Bundesmarine auf Piratenboote zumindest im Golf von Aden und vor der Küste Somalias im Indischen Ozean.

Ein internationales Problem, wie allein die Agenturmeldungen eines einzigen Tages, und zwar vom gestrigen Freitag, bewiesen: 02:35 Somalische Piraten kapern griechischen Frachter. 04:22 Französische Streitkräfte nehmen vor Somalia elf Piraten fest. 06:05 Tod einer französischen Piratengeisel. 09:33 Erneut Tanker im Golf von Aden angegriffen. 12:21 Belgisches Schiff vor Somalia gekapert. 13:03 Piraten geben philippinischen Tanker frei. 14:45 Japanische Marine macht Jagd auf Piraten. 15:01 Deutscher Frachter vor Somalia entführt. 16:30 Piraten greifen italienisches Kreuzfahrtschiff an. 17:00 Jemenitische Küstenwacht nimmt zwölf Piraten fest. 19:22 Russisches Kriegsschiff nimmt Piraten fest. 20:41 Portugiesische Soldaten verhindern Piratenüberfall. 22:03 Somalische Piraten kapern britischen Frachter.

Der Samstag bescherte uns schon morgens einen Besuch der Küstenwache in der Kommandantur am Marktplatz und wurde zum ersten Großkampftag in Sachen Piraterie auf der Ostsee, sodass ich mir die Kameraden von der Rostocker Fregatte »Heringsmöwe« samt Admiral Willumeit, die sich derzeit mit afrikanischen Seeräubern vermutlich schwere Seegefechte lieferten, gern in heimische Gewässer zurückgewünscht hätte. Doch eins nach dem anderen.

Die »Dicke Auster«, das Polizeiboot der Wismarer Küstenwache, hatte am frühen Morgen um fünf per Schiffsfunk einen nicht näher definierten Hilferuf wohl von einem Frachter oder Motorboot nordöstlich der Vogelschutzinsel Langenwerder erhalten.

Bereits seit 1910 steht die zweiundzwanzig Hektar große Insel unter Naturschutz und darf nur mit besonderer Genehmigung betreten werden. Alles, was Flügel hat, fühlt sich auf Langenwerder wie zu Hause: die äußerst seltenen Alpenstrandläufer, kauzige Zwergsänger, clevere Austernfischer, aber hauptsächlich natürlich die knapp fünftausend Sturm- und Lachmöwen, die hier ihre Brutkolonie haben.

Die simpelsten Unterscheidungsmerkmale zwischen den beiden an der Ostsee weitverbreiteten Möwengattungen sind Größe und Farbe: Während die Lachmöwe die zierlichste ihrer Art ist und neben dem hellgrauen Vogelkleid ein auffällig schwarzbraunes Köpfchen und einen dunkelroten Schnabel hat, kann die Sturmmöwe eine enorme Spannweite von fast anderthalb Metern bekommen, und ihr Gefieder ist an Kopf und Rumpf weiß, nur an der Oberseite ihrer Flügel grau, und ihr Schnabel ist grellgelb. Langenwerder beheimatet die einzige nennenswerte Sturmmöwenkolonie an deutscher Ostseeküste. Das nur nebenbei …

Die Insel jedenfalls ist seit einem Jahrhundert für Ornithologen ein Traum und für seine scheuen Bewohner eine blühende Enklave unberührter Natur.

Entgegen seinem Taufnamen war die »Dicke Auster« ein schlankes, pfeilschnelles Torpedoboot, das für unterschiedlichste Belange hauptsächlich in der Mecklenburger Bucht eingesetzt wurde.

Keine zehn Minuten nach dem SOS-Funkspruch war das Küstenstreifenboot zur Stelle und fischte im Morgengrauen einen leblosen Körper aus dem Flachgewässer vor Langenwerder, ohne dass irgendwo ein Boot oder Schiff zu sehen gewesen wäre.

»Nicht mal am Horizont«, fühlte sich Polizeikapitän Jan Feddersen genötigt zu sagen.

»Ja. Gut. Und der leblose Körper?«, fragte Hansen ungeduldig.

»Sieht aus wie ein Besatzungsmitglied, Matrose oder so.«

»Nein, ich meine, sein Zustand?«

»Na, der war mausetot.«

»Dachte ich mir fast.«

Der Kapitän druckste herum, so als ob er wollte, aber nicht mit der ganzen Wahrheit ans Licht könnte.

»Ein Mann, zweifelsfrei. Aber ... nun ja, eben ... kopflos!«

»Wie?«

Die Frage kam von uns beiden wie aus einer gemeinsamen Dienstpistole geschossen. Hansen und ich schauten einander an.

»Ja. So ist das. Ich habe suchen lassen noch und nöcher. Aber weit und breit kein Kopf. Ich war mir nicht sicher, ob der Körper sich durch seine Kleidung in unserer Schiffsschraube verheddert hat und dort der Kopf ... nun ja, Sie wissen schon ... Und ich das nur nicht gemerkt hab. Glaub ich aber nicht, so was kriegt man mit ... als erfahrener Kapitän.«

Jan Feddersen war seit bald dreißig Jahren Kapitän zur See, erst in Diensten der DDR-Volksarmee, dann seit 1990 in der Landespolizei Mecklenburg-Vorpommerns. Die »Dicke Auster« führte er seit ihrer feierlichen Übergabe im Sommer 2002 ohne Unterbrechung, abgesehen von seinen Urlaubs- oder wenigen Krankentagen. Ein zuverlässiger Kollege, ohne Fehl und Tadel und ohne irgendwelche anderen bekannten menschlichen Schwächen.

Es gab keinen Zweifel, wo im Hafen bei Lottes Fischkutter ein Rumpf fehlte, da war jetzt draußen bei Langenwerder ein Kopf zu wenig. Wenn das nicht zusammenpasste wie Arsch auf Eimer, dann wollte ich kein Polizist mehr sein.

Der Körper ohne Kopf war umgehend zur Autopsie zum Kollegen Stieber nach Lübeck gebracht worden. Hansen reagierte etwas angesäuert, schließlich habe er als ermittelnder Beamter das Vorrecht zur ersten Untersuchung des Leichnams, und flüchtete dann seinen Kollegen gegenüber in leichte Ironie:

»Na ja, an Skorbut wird er jedenfalls nicht gestorben sein ...«

Kapitän Feddersen entschuldigte sich vielmals und strich sich dabei mehrfach nervös über seine Glatze. Er versprach, im Falle einer weiteren Wasserleiche diese umgehend und ohne Umwege direkt in die Kommandantur zu schaffen.

»Papperlapapp!«, entgegnete Hansen etwas mürrisch und lenkte dann ein: »Schon gut, Feddersen. Halten Sie nur Ihr Boot in Bereitschaft, wir werden heute Mittag mal eine Runde um die Insel Poel und das Vogelschutzgebiet Langenwerder drehen müssen.«

»Aye, aye, Oberkommissar Hansen. Kein Problem. Stets zu Diensten.«

Damit trat er ab, und Hansen fiel in ein kurzzeitiges Denkloch. Er starrte auf das eingewickelte Fischbrötchen auf dem Schreibtisch vor seiner Nase und schien nicht mehr auf dieser Welt zu sein. Das waren die entscheidenden Momente im Leben eines guten Kriminalisten, da war ich mir felsenfest sicher, wie vordem mit dem Arsch und dem Eimer.

Das Telefon klingelte, und Hansens Geist kehrte heim in sein Büro in der Kommandantur. Er nahm ab und horchte. Das, was er hörte, veranlasste ihn, auf einen Knopf am Apparat zu drücken, um mir den Inhalt direkt von Steffen Stieber aus Lübeck um die Ohren fliegen zu lassen.

»Lieber Herr Stieber, wiederholen Sie doch einfach nur noch mal für meinen Kollegen Kubsch den letzten Satz. Er hört jetzt mit. Bitte!«

Gerichtsmediziner Steffen Stieber klang aufgekratzt und ungläubig, als er seine ersten Autopsiebefunde telefonisch durchgab:

»Der Rumpf vom Leichnam vor der Insel Langenwerder lag keinen halben Tag im Ostseewasser. Doch was wohl viel schwerer wiegt, ist die Tatsache, dass der Körper von heute in keiner Weise zum Kopf vom Himmelfahrtstag passt. Die DNA lässt da keinerlei Zweifel zu. Abgesehen davon ist der Kopf in der Relation zum Torso viel zu groß, das heißt, der Mann zum vorhandenen Kopf war über einen Meter achtzig, kräftig, ungefähr fünfundachtzig Kilo schwer und am ganzen Körper blond. Der Körper ohne Kopf dagegen wäre auch mit Kopf eher kleiner als einen Meter siebzig, etwa siebzig Kilo leicht und die Kopfbehaarung dunkelbraun, vielleicht sogar schwarz, aber niemals blond.«

War das nun schon komisch oder einfach nur noch tragisch? Ich war auf alle Fälle beschämt über mich selbst, nicht nur weil ich völlig vergeblich darauf gewartet hatte, dass der Kollege Stieber jeden Moment wieder einmal über einen spitzen Stein stolpern würde, sondern vor allem weil ich mit meiner Annahme, dass hier ein Arsch zum Eimer gefunden worden sei, komplett danebengelegen hatte.

»Danke sehr, Herr Stieber.«

Hansen legte auf und guckte mich an. Ich begann, sorgfältig meine Brillengläser zu putzen, zuckte mit den Achseln und grinste etwas hilflos.

»Sie haben da schon wieder Zahnfleischbluten, Kubsch.«

Er deutete auf meinen Oberkiefer, ich tupfte an meinen Schneidezähnen herum, und der Putzlappen färbte sich rötlich.

»Und nun?«, fragte ich unsicher.

»Tja, und nun, Kubsch, nun machen wir erst einmal Frühstück.«

***

Wenn man nicht weiterwusste, ging man zu Willi vom Eis-Moor. Der Imbiss am Stahlhaus war seit bald drei Jahrzehnten eine Institution und hatte alle gesellschaftlichen Umwälzungen oder Wirtschaftskrisen wider Erwarten überlebt. Willi stand Tag und Nacht hinter seinem weißen Sperrholztresen mitten in der teuren Geschäfts- und Fußgängerzone der Altstadt und versorgte Jung und Alt, Reich und Arm, Dumm und Klug unter freiem Himmel mit Eis, Wurst und Bier.

Egal zu welcher Tages- und Jahreszeit, um den Imbiss hing stets ein Schwarm Wismarer Schluckspechte, der in gänzlich ungenierter Manier über das Neuste vom Neuesten tratschte, es ausschmückte und alles fein säuberlich, vergleichbar der Dunstabzugshaube vom Eis-Moor und dem Fettgeruch von Willis

Würsten, in rasanter Geschwindigkeit über die innere Altstadt Wismars verteilte.

Dabei war vollkommen ohne Belang, ob die Informationen eine reale Grundlage hatten oder dieser komplett entbehrten. Der Imbiss war eine schier übersprudelnde Quelle für hanebüchenen Klatsch über die Bewohner der Stadt und ihre Schwächen und Gebrechen.

Mir persönlich schmeckte Willis Wurst besser als Lottes Fischbrötchen, und das war eine schwer zu überbietende kulinarische Leistung. Wurst-Willi, wie ihn seine Kundschaft durchaus liebevoll nannte, kreierte in dritter Generation eine spezielle, äußerst scharfe Soße, in der er die zerkleinerte Bratwurst quasi ertränkte. Als zweites Frühstück die perfekte Grundlage für einen Tag auf wackeliger See, dachte ich und richtete damit meinen Blick schon in die nahe Zukunft.

»Moin, Kommissar. Moin, Kubsch. Wie geit jooch dat?«

Wurst-Willi kannte alle beim Namen, die ganze Stadt und manchmal sogar den einen oder anderen Touristen.

»Moin, Willi. Wie loept de Laden?«

Hansen sprach nicht gerne Platt, nur wenn er meinte, dass es für seine Zwecke von Vorteil sein dürfte.

»Wat möt, dat möt. Wurst und Brötchen?«

»Klar. Und schön scharf.«

»Selbstredend. Bierchen dazu?«

»Nö, lass mal, sind im Dienst.«

»Und? Schon den Rest vom Torfkopp gefunden?«

Wie gesagt, Wurst-Willi war immer auf dem Laufenden, deshalb wunderte es mich ein wenig, dass er die Frage aufgrund der neuesten Ereignisse nicht anders gestellt hatte. Hansen kam ihm zuvor.

»Der Feddersen hat heute Morgen einen Körper ohne Kopf bei Langenwerder aus der See gefischt. Merkwürdig ist das schon. Denn der eine hat mit dem anderen nichts zu tun.«

Die Ohren um uns herum wurden größer und größer, die Männer an den Stehtischen nippten an ihren Bierflaschen und rückten ein bisschen enger an den Verkaufstresen von Willis

Eis-Moor heran. Da lag Zündstoff in der kühlen Morgenbrise, da könnten Schauergeschichten gestrickt werden, die von hier bis zum Königsstuhl reichten.

»Hui!«, sagte Willi. »Das ist neu!«

Und das war das größte Kompliment, das Willi für die Geschichte eines anderen bereithielt.

»Willi, was erzählt man sich denn so, was da los ist, da draußen in der Bucht?«

Willi bleckte seine Zähne, ein untrügliches Zeichen, dass er sich zu einem seiner ausufernden Monologe sammelte. Er stellte uns seine zerschnippelte Wurst mit Spezialsoße auf Papptellern auf den Tresen, legte noch zwei trockene Brötchen dazu und fragte noch mal nachdrücklich:

»Und nichts zu trinken?«

Ich bestellte eine Cola, Hansen eine Apfelschorle, eigentlich mochte er nichts trinken, wollte aber Willis Laune nicht verderben.

»Auf der Ostsee herrscht Sodom und Gomorrha!«

Willis imposantes Pferdegebiss fing an zu klappern. Seine Angewohnheit war, Zischlaute mit einer feuchten Aussprache zu verbinden, die sich bei einem scharfen S oder Eszett wie in den Worten »Spaß« oder »Mist« zu einer Speichelfontäne auswachsen konnte, bei der die Zuhörerschaft von sich aus gern in Deckung ging.

»Da ist Krieg! Da hört jeder Spaß auf. Wenn ihr von der Polizei den Mist nicht in den Griff kriegt, dann haben wir hier bald Verhältnisse wie in Somalia!«

Schon war es passiert. Ich wischte mir den Spritzer vom Brillenglas, Hansen ließ sich dagegen nichts anmerken.

»Willi! Tu mir einen Gefallen, sprich nicht in Rätseln.«

(Und ohne scharfes S, wie ich gerne angefügt hätte.)

»Wer macht welchen Krieg?«

»Der Feddersen soll mal die Glupscher aufmachen, wenn er über die Ostsee schippert. Da kann er was erleben. Von wegen eine Seefahrt, die ist lustig, eine Seefahrt, die ist schön ...!«

Wurst-Willi stützte sich mit beiden Händen auf seinem Tresen ab und sprach wie von der Kanzel.

»Die Mafia setzt die Großsegel und erobert das Meer direkt vor unserer Haustür. Die Camorra in Italien ist ein Scheiß gegen die Mecklenburger Mafia. Der Roberto Saviano sollte seine Schmöker hier in unseren Gewässern verfassen und nicht im beschaulichen Golf von Neapel.«

Keine Frage, Willi war in seinem Element. Ob das große Wort »Mafia« nun die korrekte Bezeichnung war für das, was sich vor den Toren Wismars abspielte, sei dahingestellt, aber an eine organisierte kriminelle Vereinigung hatten wir selbst noch nicht gedacht. Ein völlig neuer Aspekt, unter dem wir unsere Ermittlungen zu den beiden verstümmelten Toten gänzlich neu ausrichten konnten.

»Neapel – Tor nach Europa! Pah, dass ich nicht lache!«

Und er lachte tatsächlich einmal kurz und heftig mit seinem Pferdegebiss, sodass der Imbisstresen unter seinem Gewicht vibrierte.

»Willi?«, fragte Hansen und schaute ihn ein bisschen von der Seite an.

»Glaubst du nicht?«, fragte Wurst-Willi leicht pikiert. »Glaubt kein Aas, ist aber so! Wir brauchen keinen größten Umschlaghafen der Welt wie in Neapel. Wir haben hier die ganze Ostsee für solche Sperensken. Ich sag euch, volle Containerladungen werden da gelöscht und anschließend verschoben. Die kommen heutzutage nicht mehr über Libyen oder den Libanon nach Italien. Das große Geschäft läuft jetzt über die Barentssee, den finnischen Meerbusen, durch das Nadelöhr Memel und dann ab über Polen mit der heißen Fracht nach Mecklenburg. Und später verteilt sich das von hier nach Rest-Europa. Das ist da los, da draußen, und keiner rührt den Finger!«

Hansen kaute tatsächlich in aller Ruhe an seiner Wurst mit Soße. Mir war schon nach dem ersten Bissen der Appetit vergangen. Ich wusste nicht, ob man Willi Glauben schenken durfte, oder er sich das alles nur ausgedacht hatte. Wenn da aber nur ein Fünkchen Wahrheit dran war, dann stand die Kommandantur schon bald in Flammen.

»Willi!«, nahm Hansen ihn in die Pflicht. »Wo hast du das her?«

»Wie, woher? Wenn du mir nicht trauen tust, dann eben nicht.« Und Willi widmete sich abrupt und etwas zu diensteifrig seinem Grill und seinen Würsten.

Ich sah uns bereits bei Ilse Hannemann, unserer nervösen Bürgermeisterin, gegenüber im weißen Rathaus zum Rapport bestellt. Die Stadt lebte vom Meer und vom Tourismus. Die Altstadt von Wismar gehörte mit ihren Fachwerkhäusern und Hanse-Fassaden seit 2002 zum Weltkulturerbe der UNESCO, als idealtypisches Beispiel für die Hanse-Architektur des 14. Jahrhunderts. Das zog Gäste an: bald hunderttausend im letzten Jahr, das hieß über eine viertel Million Übernachtungen. Organisierte Kriminalität wäre pures Gift für diese an sich sehr ansehnliche Entwicklung.

Und was für Hansen und mich persönlich peinlich gewesen wäre: Wir hätten bis dato von alldem nichts gehört, geschweige denn gewusst …

»Ich vertrau dir ja, Willi«, versuchte es Hansen auf die diplomatische Art, »aber du solltest mir schon die Quelle nennen. Du bist doch nicht höchstpersönlich durch die Bucht geschippert, oder?«

»Wo denkst du hin, Kommissar. Mich kriegen keine zehn Pferde auf'n Kahn.«

»Und?«

Und wenn dann der OSTSEE-BLICK mit seinen Scharfmachern Tomsen und Pickrot von der Mafia Wind bekäme, dann könnte sich ein unkontrollierter Flächenbrand entwickeln, da bräuchten wir zum Löschen die komplette Ostsee, um das einmal bildhaft in Relation zu setzen.

»War vorletzte Woche beim Jahrestreffen der Imbissbetreiber der Ostsee-Anrainerstaaten …«, druckste Wurst-Willi ein wenig betreten herum.

»Dem was?«, unterbrach ihn Hansen ziemlich verdattert.

»Na ja, eine Art Jahreshauptversammlung. Bratwurst-Experten von der Küste, aus Dänemark, Finnland, Lettland und so weiter und so fort. Einmal pro Jahr tauschen wir Erfahrungen und Rezepte aus und …«

»Und wo?«

»Stralsund.«

»Okay.« Ich zückte mein Notizbuch und schrieb mit.

»Hab dabei einen Kollegen aus Zoppot kennengelernt. Krzysztof. Netter Kerl, spricht fließend Deutsch, hat seinen Imbissstand direkt im Zoppoter Hafen, gleich neben der schönen hölzernen Seebrücke ... Wart ihr mal in Zoppot? Ein Traum, sag ich euch ...«

»Komm zum Punkt, Willi.«

»Na, der hat's mir erzählt.«

»Das Gerücht ... von der Mafia in Mecklenburg?«

»Jawohl! Und seine höchsteigenen Beobachtungen in dieser Angelegenheit!«, betonte Willi lautstark, auf dass seine Stammgäste wieder Anteil nehmen konnten.

»Welche?«, fragte der Kommissar leicht gereizt.

»Verdächtiger Verkehr mit Schiffen aus Klaipeda ... meist sehr spät ... im Schutze der Dunkelheit.«

»Klaipeda?«, fragte ich.

»Litauen«, erklärte Hansen, »Hafenstadt, früheres Memel.«

»Genau«, bestätigte Willi. »Kistenweise von einer Reling zur anderen. Enorme Ladungen. Im Akkord, meinte Krzysztof. Lauter zwielichtiges Gesindel! Bald jede zweite Nacht ... immer das übliche Prozedere. Und dann hat er die Pötte von seiner Seebrücke aus mit eigenen Augen nach links wegschippern sehen – Richtung Meck-Pomm.« Und Willi lachte vor Genugtuung sein ohrenbetäubendes Wiehern. »Memel–Zoppot–Wismar! Die Achse der Unterwelt! Ich sag's euch ...«

Hansen schüttelte fast unmerklich den Kopf, die Hälse der übrigen Gäste wurden dagegen vor Gier länger und länger.

»Dunkle Kanäle! Mitten durch die Ostsee! ... Und das zur Geisterstunde!«, brüllte es noch einmal voller Enthusiasmus aus dem Eis-Moor-Imbiss.

»Die werden wir trockenlegen. Versprochen, Willi. Und danke.«

Mein Chef blieb in solchen Situationen bewundernswert cool. Ohne mit der Wimper zu zucken, vertilgte er genüsslich seine Frühstückswurst, kippte die Schorle hinterher und legte klimpernd ein paar Euromünzen auf Willis Sperrholztresen.

Die Stammkundschaft vom Eis-Moor glotzte uns noch eine Weile hinterher und begann, kaum dass sie meinte, uns aus ihrer Hörweite zu wissen, in fast hysterischer Weise zu zetern und wild durcheinanderzupalavern. Ihr Vormittag am Imbiss hatte zügig Fahrt aufgenommen.

»Was denken Sie, Chef?«

»Fragen Sie mich was Leichteres.«

»Ich glaub, der hat uns verscheißert.«

»Warum sollte er? Hat er das nötig?«

»Was glauben Sie?«

»Döntjes! … Oder 'ne Menge Arbeit, Kubsch. Eins von beiden. Wir werden sehen.«

Wir beeilten uns und gingen schnellen Schrittes über die ABC-Straße und durch die Frische Grube auf dem kürzesten Weg zum Hafen.

Die »Dicke Auster« lag im schönsten Sonnenschein gegenüber den stilvollen alten Fischkuttern oder schicken neuen Holzseglern, Luftlinie keine hundertfünfzig Meter entfernt, am alten Getreidepier des Seehafens.

Hier erwartete uns Kapitän Feddersen mit seinem Bootsmann, einem hageren blonden Schlaks, der wenig bis gar nichts redete, und einem schläfrig vor sich hin tuckernden 450-PS-Diesel-Motor.

Eine Mecklenburger Lachmöwe saß brav oben auf der hufeisenförmigen Radaranlage und reckte neugierig ihr kleines schwarzbraunes Köpfchen. Manche dieser Vögel waren enorm anhänglich, die suchten sich auf ihrem persönlichen Boot ein Plätzchen zum Daueraufenthalt, von dem sie Umgebung und Revier im Auge behielten, ihre Rundflüge starteten oder in diesem Fall einen Törn hinaus aufs Meer mitmachten.

Feddersen nannte sie »Gustav«, warum, konnte er nicht wirklich erklären. Lachmöwe Gustav sei für die »Dicke Auster«

wie die Hauskatze von Hansens Mama Hanna: genauso treu, eigensinnig und in Fisch vernarrt.

Nachdem Jan Feddersen und Olaf Hansen einige philosophische Weisheiten über das Leben von Katzen und Vögeln ausgetauscht hatten, fragte der Kapitän endlich: »Und? Wohin geht's?«

»Einmal raus aus der Wismarbucht, rund um die Insel Poel, kurzen Abstecher nach Langenwerder, zurück bis um drei.«

»Weil es dann in den verdienten Feierabend geht?«, schlussfolgerte Feddersen mit kollegialem Gespür.

»Schön wär's«, antwortete Hansen, »ich muss noch Berichte schreiben – für gestern und heute. Die Bürokratie, mein Lieber, die Bürokratie.«

Der schlaksige Bootsmann löste Taue und Leinen, Feddersen trollte sich auf seine Brücke, Hansen setzte sich darunter auf die kleine, fest verankerte Holzbank, um sich seine Pfeife zu stopfen. Und die Möwe auf dem Radar hüpfte ein paarmal aufgekratzt hin und her, ohne ihren Stammplatz aufgeben zu wollen.

Ich wanderte zum Bug des Schiffes und stellte mich in den Wind. Immer wieder eine kolossale Erfahrung, wenn das Schiff zwischen den beiden geschnitzten Schwedenköpfen die Hafenausfahrt passierte und den Blick aufs offene Meer freigab.

Die riesigen Schwedenköpfe auf den Markierungspfählen sind ein Wahrzeichen der Hansestadt und verweisen auf die lange gemeinsame deutsch-schwedische Geschichte der Region. Schlug jemand über die Stränge, nannte man ihn seit der schwedischen Besatzung »alter Schwede«. Verstieß er zudem gegen Gesetz und Ordnung, machte man ihn glattweg einen Kopf kürzer. Das war bis zum Anfang des 17. Jahrhunderts allgemein üblich und nachweislich überliefert; auch dass man das Haupt, nach der rigorosen Trennung vom Torso, zur Abschreckung auf einen Pfahl zu stecken pflegte. Grüß Gott, dachte ich vergnügt bajuwarisch und verneigte mich tief – einmal nach links und einmal nach rechts.

Die Zeit übermütiger Scherze sollte ihr schnelles Ende finden. An den Holzköpfen vorbei ging die »Dicke Auster« auf

Geschwindigkeit. Die ersten Böen vom offenen Meer verschleierten mir den Blick und kühlten und spannten die gerötete Gesichtshaut. Hinter der kleinen Insel Walfisch steuerte Feddersen das Polizeiboot aus der noch überschaubaren Wismarer hinaus in die um ein Vielfaches größere Mecklenburger Bucht. Der Kommissar saß auf seiner Bank so gelassen wie Gustav auf dem Radar und rauchte sein Pfeifchen. Doch nicht mehr lange …

Kaum hatte das Küstenstreifenboot die lange Mole bei Timmendorf im Nordwesten der Insel Poel passiert, wischte ich mir die salzige Gischt von meinen Brillengläsern und traute meinen Augen nicht.

»Chef, kommen Sie doch bitte mal her!«, rief ich Hansen gegen Wind und Wetter zu und winkte ihn herbei.

Der klopfte seine Pfeife an der Holzbank aus, steckte sie auf halbem Weg in seine Jeansjacke und stand nun stirnrunzelnd neben mir. Ich hatte Hansen, der selten um einen frotzelnden Kommentar verlegen war, lange nicht mehr so verblüfft gesehen.

Vor uns auf der ganzen Breite der Mecklenburger Bucht verteilte sich eine Armada von verschiedenen Booten: Segler, Frachter, Jollen, Motoryachten, sogar Containerschiffe, kreuz und quer auf der offenen See und bis zum Horizont.

Wir staunten nicht schlecht. Ein imposantes Schauspiel, wie man es sonst nur von der Rostocker »Hanse Sail« her kannte oder von alten Gemälden und Illustrationen aus der Blüte des Hansebundes.

Das dort draußen, das war aber kein Alltagsszenario auf der guten alten Ostsee. Das war wie die Rushhour im Kreisverkehr am Lübschen Tor morgens um acht oder zwischen Wasser- und Hafenstraße nachmittags um fünf. Das Panorama direkt vor unseren Augen war schwer in Worte zu fassen. Vor allem die Zickzackkurse, die so manche Boote in enormem Tempo gegen jede Welle und auf den ersten Blick anscheinend völlig ohne Logik hinlegten, mussten als heikel bis gefährlich eingestuft werden. Feddersen stand auf der Brücke und wedelte sich unbeherrscht mit der Hand vor dem Gesicht herum, so empört war er über das Schauspiel.

»Mensch, Kubsch! Ich glaube, da jagen sich welche!«

Hansen bewies einmal mehr Adlerauge.

Während wir uns mit satten zwanzig Knoten dem Treiben näherten, erinnerten mich die Manöver dort draußen an das frühe Kinderspiel im Turnunterricht: »Fischer, Fischer, wie tief ist das Wasser?« – nur dass der Fischer, der die Kinder abklatschen sollte, in diesem Fall ein großes braunes Holzschiff war, das mehrere kleine wendige Motorboote zu rammen versuchte.

Jedes Mal, wenn zwei Kähne sich nahe kamen, driftete das Holzschiff mit Kollisionskurs mittig auf sie zu. Selbst für eine Landratte war klar: Würde der Kurs beibehalten, bestünde beim Aufprall das Risiko, dass die Rümpfe der kleineren Yachten so beschädigt würden, dass sie unweigerlich sinken dürften. Das teakbraune Segelschiff ging dabei nicht ungeschickt vor und …

KAWUMM …

Ein mächtiger Knall durchzuckte die salzige Luft und dröhnte mit Sausen und Hall in den Ohren. Selbst die in sich ruhende Möwe Gustav hatte nichts mehr zu lachen, flog zwei, drei aufgescheuchte Extrarunden ums Polizeiboot, um sich dann verwirrt auf dem Blaulicht niederzulassen, wo sie nur schwer Halt fand und unruhig hin und her balancierte.

Hansen schaute auffordernd zur Brücke, Feddersen hupte dreimal mit dem Schiffshorn und fand dann endlich die richtigen Knöpfe für die ohrenbetäubende Polizeisirene und … unser Blaulicht. Gustav erschreckte sich erneut – unter anderen Gegebenheiten hätte er mir leidtun können.

Der gewaltige Knall hatte seine Wirkung nicht verfehlt, das turbulente Spektakel auf dem Wasser zeigte erste Opfer. Ein kleineres Motorboot war offensichtlich getroffen, eine Stichflamme schoss aus dem Führerhaus, der Kahn sank in Sekundenschnelle. Drei Mann sprangen über Bord, um wenig später an der kappeligen Wasseroberfläche wie wild mit den Armen zu rudern.

Auch Blaulicht und Sirene hatten für Aufruhr gesorgt, etliche Schiffe drehten ab und versuchten sich aus der Gefahrenzone oder aus dem Radius unseres Polizeibootes zu bringen. Der Unterschied war nicht ganz deutlich.

Es fehlten vielleicht noch knapp hundert Meter bis zur Unglücksstelle, da erkannte ich die rote Flagge mit den zwei gekreuzten gelben Knochen, die an der Spitze vom Mast flatterte. »Vandalia«, prangte auf dem Heck, das der Holzsegler uns mittlerweile wohlweislich zugedreht hatte.

Auf der Rückseite der Kommandobrücke erkannte ich zwei wirklich affig kostümierte Burschen mit großen Napoleon-Hüten, wilder Mähne darunter, sie schwangen drohend ihre Säbel durch die salzige Luft. Einer von beiden konnte durchaus der grobschlächtige Wichsmann von der »Pelzplauze« sein, nur übertrieben geckenhaft. Der neben ihm erinnerte eher an eine schlecht kostümierte Piratenbraut aus einem noch schlechteren Film, nur eben nicht ganz so hübsch, rein oberflächlich und aus der Entfernung betrachtet.

Die beängstigenden Details des modernen Seeräubersegler guckten aus den Luken der Bordwände. Backbord wie steuerbord lugte je ein Kanonenrohr aus dem Schiffsrumpf, aus denen jetzt ein letzter spärlicher Qualm entfleuchte und als kleine kriegerische Rauchkringel gen Himmel stieg.

Intuitiv hatte ich meine Dienstpistole gezogen, aber Kommissar Hansen hielt mich an meinem Arm fest, er war stets der Besonnenere von uns beiden.

»Das macht keinen Sinn, Kubsch. Was wollen Sie hier draußen mit einem Kleinkaliber? Schauen Sie lieber genau hin und schreiben Sie alles auf! Okay?«

Er verschwand zu Feddersen auf die Brücke und ertönte wenig später quäkend über den Schiffslautsprecher.

»›Vandalia‹! Hier spricht die Polizei! Drehen Sie bei! Geben Sie auf! Sonst sehen wir uns gezwungen, von unserem Bordgeschütz Gebrauch zu machen! ›Vandalia‹! Haben Sie gehört? … Hier spricht Oberkommissar Hansen von der Kommandantur in Wismar! Herr Wichsmann! Hören Sie mich? Drehen Sie bei!«

Wichsmann, wenn er denn tatsächlich am Ruder stehen sollte, tat alles andere, nur nicht das Geforderte. Klüver- und Großsegel gesetzt, volle Kraft voraus, segelte das Schiff schnurstracks zurück Richtung Wismarer Bucht.

Aus einem riesigen offenen Bullauge am Heck des Seglers schaute jetzt ein kleiner Piratenbutscher, bestimmt nicht älter als zehn. Der Frechdachs brüllte irgendetwas in den Wind und zeigte uns tatsächlich den Stinkefinger. Kein Benehmen, die Jugend von heute.

Hansen hatte natürlich nie vor, die »Vandalia« offensiv anzugreifen. Er wollte sie nur einschüchtern und zur Aufgabe zwingen, wir wussten ja, wo wir Eigner und Mannschaft letztendlich finden würden. Außerdem ging die Rettung Schiffbrüchiger vor.

Die drei von der untergegangenen Nussschale kämpften schwer mit dem Wellengang. Schwungvoll und zielgenau warf unser hagerer Bootsmann die Rettungsringe, und etwa fünf Minuten später saß das Trio triefend nass und frierend, aber auch erleichtert auf der Holzbank unter der Brücke der »Dicken Auster« und unter dem neugierigen Späherblick der Lachmöwe Gustav, die beruhigt auf ihren Stammplatz auf der Radaranlage zurückgefunden hatte.

Die drei erklärten in mäßigem Deutsch, auf dem Weg von Swinemünde nach Glückstadt zu sein. Da seien sie plötzlich und ohne ersichtlichen Grund von dem Holzsegler angegriffen und beschossen worden. Der in der Mitte schien ihr Kapitän zu sein.

»Gefährlich auf Ostsee. Immer gefährlich. Überall Piraten.«

Wenn mir nicht das Stückchen scharfe Wurst von Willi im Magen quer gelegen hätte und wir am Imbiss nicht die ebenso scharfen Gerüchte bereits erfahren hätten, dann hätte ich den Mann vor mir für völlig meschugge gehalten.

»Verstehen Sie? Sie müssen verfolgen Boot!«, ereiferte sich der Kapitän. »Mit Kanone geschossen. So was gibt nicht in Deutschland. *Protestować!* Sie verstehen? Ich proteste! Mein Boot – weg! Warum verfolgen Sie nicht Kanonenboot? So geht nicht …«

Hansen musterte die pitschnassen Kameraden eine Weile und fragte dann wie beiläufig:

»Und? Wer sind Sie?«

»Freie Bürger in freies Europa!«

»Klar!«, antwortete er mit Nachdruck. »Aber das bräuchten wir jetzt doch ein wenig genauer.«

Gustav auf dem Radar fing unvermittelt an, ein klagendes »Gagaga. Kriiiär!« von sich zu geben.

»Karel Woitila, Kapitän mit polnische Besatzung, Dariusz und Lech. Von Boot ›Wysoka Miłość‹. Handelsreisende aus Zoppot.«

So viel Polnisch kannte man als guter Nachbar, vor allem wenn man einmal kurzzeitig mit einer hübschen Polin aus Guben verbändelt gewesen war. »Wysoka Miłość« heißt so viel wie »Große Liebe«, und die war – hier wie dort – unwiederbringlich untergegangen; auf der Ostsee sogar samt polnischer Handelsware. Das wusste auch Hansen.

»Herr Kapitän Woitila! Womit handeln Sie denn so?«

»Oooch. Krimskrams. Mal das, mal dieses. Sie wissen?«

»Nein, Herr Woitila. Das weiß ich nicht. Entweder Sie plaudern jetzt mal Klartext, oder wir sprechen uns in Untersuchungshaft wieder, nachdem wir die »Große Liebe« geborgen haben und uns vom Krimskrams an Bord persönlich überzeugen konnten. Verstanden?«

Die drei Seemänner steckten kurz die Köpfe zusammen und tuschelten so schnell in ihrer Landessprache, dass kein noch so guter Nachbar dem Wortlaut hätte folgen konnte.

Nur Möwe Gustav glotzte mit einem Auge nach unten auf die Handelsreisenden und krächzte so etwas wie: »Rä grä gräkrää!«.

Um die »Dicke Auster« herum sah man keinen Kahn mehr in Reichweite, alle flohen in alle Himmelsrichtungen. Nur an der Wasseroberfläche in unmittelbarer Nähe unseres Polizeibootes wurde es plötzlich wieder lebendig: Begleitet von einem satten »Plopp!«, wie bei einem alten, müden Sektkorken, tauchte eine erste Stange Zigaretten auf, dann noch eine und noch eine, bis wir vor lauter ploppender Sektkorken in einem Meer von polnischem Virginia-Tabak schwammen.

Gustav gab abermals ein kehliges Lachen von sich. Karel Woitila verstummte, schaute hinauf zum Vogel und dann über die Reling. Er nickte den beiden anderen zu und fing flink und fröhlich an zu singen.

»Kommissar! Wir haben Toten zu beklagen. Matrose Piotr Jablonski von uns ... heute früh auf See verstorben ... durch Piraten. Ich selber habe gesehen, wie Piraten meinen Piotr mit Schwert den Kopf gekürzt und ... Körper über Bord gekippt. Mein Kollege Lech ... hier ... Lech hat dann über Funk *policja* gerufen.«

»Gut. Oder weniger gut. Tut mir leid für Ihren Kollegen«, begann Hansen etwas umständlich, »dennoch: Das eine ist der Matrose ohne Kopf, das andere schwimmt da draußen direkt vor unserer Nase. Sie wissen, dass Sie mit unverzollter Ware nicht in deutschen Gewässern handeln dürfen. Klar?«

»Klar, Kommissar.«

»Und?«

»Wir wollen noch Aussage machen!«

»Ich höre.«

Zigarettenschmuggler Karel stimmte sich nochmals mit Dariusz und Lech ab, und nachdem die mit einem Nicken grünes Licht gaben, wurde deren Geschichte schon handfester:

»Wir haben in Nacht Zigaretten und Wodka an Bord, für Boot aus Deutschland. Lieferung um fünf vor Insel.«

»Langenwerder?«

»*Tak, tak*, Vogelinsel. Da kommt Piratenboot ... Wir wollen zurück nach Zoppot. Doch großes Schiff ... rammen ›Wysoka Miłość‹. Nimmt Matrose Jablonski gefangen und ... alle Handelsware. Wir zurück ... und nun wieder hier mit neuer Ware ... Doch da kommt gleiche Schiff wieder ... und schießt mit Kanone!«

Er regte sich jetzt regelrecht auf, und seine Entrüstung über die Zustände in der Mecklenburger Bucht gipfelten in dem Ausruf: »*Tak*, was soll denn das? Freies Europa, denk ich, für freies Menschen! Und die schneiden Polen Kopf ab ... und halten uns vor Nase! *Swinstwo*!«

»Gagaga. Kjo kjo-jo-jo!« Möwe Gustav hüpfte auf und ab und ließ ein klagendes Lachen erklingen.

»Das ist schlimm. Sehr schlimm!«, versuchte Hansen die Wogen zu glätten. »Wir werden der Anschuldigung nachgehen. Keine Angst, Herr Woitila, wir kümmern uns um Sie. Und wir kümmern uns um das vermeintliche Piratenboot. Versprochen!«

Der Kapitän der Schmugglerbande beruhigte sich ein wenig.

»Und ich verspreche Ihnen auch«, setzte der Kommissar seiner Freundlichkeit die Krone auf, »dass Sie zumindest vorläufig bei uns garantiert in Sicherheit sein werden.«

Er gab Feddersen ein Zeichen, dass es heimwärts gehen durfte, und mir und dem Bootsmann die Anweisung, die drei mit Handschellen zu sichern und unter Deck in Gewahrsam zu bringen. Die leichten Proteste von Karel Woitila und seiner Rest-Crew verstummten schnell. Sie wussten wohl aus Erfahrung, dass die paar Zigaretten auf der Ostsee für sie keine gravierenden Folgen haben würden.

Immerhin, das Geheimnis um die Identität einer der beiden Leichen (die ohne Kopf) war damit gelüftet: Piotr Jablonski stammte wie die drei anderen Zigarettenschmuggler aus Zoppot in Polen und war angeblich ohne eigenes Zutun zum Ziel des Angriffes von Kapitän Henning Wichsmann und seiner Crew der »Vandalia« geworden.

Stimmte die Geschichte, würde der geneigte Herr Wichsmann, nordischer Dickschädel hin oder her, das Warum in weniger als einer Stunde selber beantworten dürfen.

Für unsere Ermittlungen war es jedoch alles andere als unerheblich, dass die polnischen Mafiosi angeblich auf ein deutsches Boot vor Langenwerder gewartet hatten. Stimmte das? Und wenn ja, wer waren die Komplizen auf der Mecklenburger Seite? Die drei Schiffbrüchigen jedenfalls mochten keine weiteren Aussagen mehr machen.

»*Bez komentarza*!«, war ihr einziger Kommentar.

Im Hafen angekommen, hatte sich Gustav ausgelacht, stumm saß die Möwe auf dem Radar und ordnete das zerfledderte Gefieder. Und Feddersen organisierte eine grüne Minna, um das polnische Trio in den Fürstenhof zu verfrachten.

Luftlinie keine einhundertfünfzig Meter entfernt, schien die »Vandalia« in der Sonne am Pier zu dösen, geradewegs so, als wäre sie zwischenzeitlich gar nicht ausgelaufen, geschweige denn mitten auf dem Meer auf frontalem Kollisionskurs gewesen.

»Gut organisiert, die Burschen«, bemerkte Hansen trocken.

Auf dem Weg zum Ziegenmarkt kam uns mit leichter Schlagseite der Hafenmeister entgegen. Ob Vatertag oder nicht, stets glotzte er aus leicht blutunterlaufenen Augen in die Welt. Er grüßte nuschelnd, wackelte dabei mit dem Kopf und stapfte begleitet von einem angestrengten Seufzer gen Baumhaus, seinem Dienstsitz direkt an der Einfahrt zum Alten Hafen.

Hansen kaufte schnell bei Lotte Nannsen eine viertel Pfeffermakrele im Brötchen, dann ging es ohne Unterbrechung zur Festnahme in die »Pelzplauze«, ... dachte ich.

Da hatten wir buchstäblich die Rechnung ohne die Wirte gemacht. Auf dem Ziegenmarkt brannten die Barrikaden. Der ansonsten einladende Platz, gesäumt von zumeist kleinen Fachwerkhäusern und alten Straßenlaternen, deren dünnes Licht am Abend fast an ferne Störtebeker-Zeiten erinnerte, war in zwei zornige Hälften geteilt.

Auf der hinteren Seite brüllten und drohten die Rocker von der »Pelzplauze« um ihren Anführer Wirt Wichsmann, auf der vorderen Hälfte hatten sich die Kronkork-Brüder, einige von ihren Crew-Mitgliedern der Hanse-Kogge, etliche Journalisten und sogar zwei uniformierte Polizisten aus der Kommandantur zusammengerottet.

Stinkend und tiefschwarzen Rauch erzeugend brannten zwischen ihnen ein halbes Dutzend alte Gummireifen. Aber nicht diese dünnen Schlappen von Honda oder Harley, sondern echte Treckergummis vom Gröbsten.

Solche Krawallmotive hatte man letztmalig vor gut drei Wochen, am Tag der Arbeit, in der Hauptstadt gesehen. Der Bezirk

Kreuzberg war weit, doch schienen seine Sitten plötzlich bis in unsere beschauliche Hansestadt zu schwappen.

Die beiden Lager standen sich mit Baseballkeulen oder Tampen (Kronkorks Männer) und Säbeln oder Motorradketten (Wichsmanns Piraten) quasi bis an die Zähne bewaffnet auf dem gemütlichen Kopfsteinpflaster des Ziegenmarktes gegenüber.

Wenn das mal nicht ausartet, dachte ich. Mir war ganz mulmig zumute, da hatten sich Torsten Kronkork und Henning Wichsmann auch schon in den Haaren. Die kurze, aber äußerst intensiv geführte Auseinandersetzung zwischen den beiden Hitzköpfen wurde lautstark von barbarischen Anfeuerungsrufen ihrer jeweiligen Parteien begleitet.

Als wir uns dem Schauplatz näherten, zeigte Hansen in eine hintere Reihe, wo der alte Erwin Kronkork mit einer Art Schlegel wie wild in der Luft herumfuchtelte. Er war schon wieder so rot im Gesicht, dass seine Emma mit ihm sicher völlig zu Recht geschimpft hätte.

»Natürlich nur ein kleiner unbedeutender Nachbarschaftsstreit!«, knurrte Hansen mir zu.

Er zog tatsächlich seine Pistole aus dem Halfter, streckte sie hoch in die Luft und marschierte so an der erwartungsfreudigen Pressemeute, den verdutzten Polizeikollegen und der Koggen-Crew vorbei und direkt auf die beiden Streithähne in der Mitte des Platzes zu.

Die beiden Raufbolde hatten sich auf dem harten Pflaster fest ineinander verkeilt. Der Piratenkapitän hatte eine blutige Lippe, der jüngere Junior ein geschwollenes Auge und eine blutende Nase. Die Fäuste flogen kreuz und quer, das Ganze trotz ihrer unbequemen Lage in rasantem Tempo, stilistisch keine Augenweide, aber mit Schmackes.

Der Oberkommissar schoss dreimal in die Luft. Ich zuckte, guckte und tat es ihm gleich. Zwischen dem altehrwürdigen Mauerwerk der Häuser um den Ziegenmarkt hallten die Schüsse hin und her wie zwischen zwei Gebirgsmassiven. Das Echo von den Wänden suggerierte dem Laien, dass wir unsere Magazine komplett geleert hätten.

Das wirkte. Die Ersten, die sich fluchtartig zu Boden schmissen, waren natürlich die Angsthasen vom OSTSEE-BLICK, aber auch die eigentlichen Adressaten lösten ihre Verknotung und trollten sich schimpfend und schnaufend auf ihre jeweilige Platzhälfte.

Eine sensible Situation, keine Frage. Der Versuch einer Festnahme hätte die kurzzeitige Befriedung von einem Moment auf den anderen nochmals kippen lassen können. Eine erneute Eskalation wäre wahrscheinlich völlig aus dem Ruder gelaufen. Es war allein Hansens realistischer Einschätzung zu verdanken, dass sein klarer Befehl an Wichsmann und die Kronkorks, unverzüglich den Platz zu räumen und sich in die angrenzenden Wirtschaften zurückzuziehen, dazu führte, dass zumindest bis hierhin kein weiteres Blut floss.

Der Rauch legte sich – wenn auch nur zögerlich. Kronkork senior drohte noch einmal wütend mit seinem Schlegel, woraufhin Wirt Wichsmann brüllte, aufgeschoben sei nicht aufgehoben. Kronkork Junior zischte, sie seien zu jeder Zeit an jedem Ort der Welt bereit, woraufhin der kleine Piratenbutscher vom Heckfenster der »Vandalia« jetzt zwischen den Hosenbeinen der großen Rockerpiraten hervorkroch und die kurze Zunge Richtung »Zickenhuus« streckte. Torsten Kronkork machte eine eindeutige Handbewegung, die dem Knirps galt und so viel heißen sollte wie: Das nächste Mal drehe er ihm das Genick um.

Dann aber zogen sich die Gefolgschaften unter Murren und Nörgeln tatsächlich in ihre Lokalitäten, die beiden bis hierher passiven Streifenbeamten flachsend in ihren Dienstwagen und der schwarze Reifenqualm endgültig in höhere Sphären zurück.

Der noch spannendere Teil der Unternehmung begann jetzt: Hansen und ich trotteten hinter Wichsmanns Piraten-Crew mitten in deren »Pelzplauze« hinein.

Die kannten ja nichts, die Rocker, die fühlten sich hier wie zu Hause, fläzten sich in ihre Sofas und Sessel, bestellten Wismarer Pils und Rostocker Kümmel und zeigten sich ganz offensichtlich wenig von unserer hartnäckigen Anwesenheit beeindruckt.

Wichsmann saß, mit einem Eisbeutel seine dicke Lippe kühlend, an einem großen runden Holztisch, in dessen Mitte ein Totenkopf platziert war, aus dessen Schädeldecke ein Messingschild herausragte, auf dem in gotischen Lettern das Wort »Stammtisch« eingraviert war.

Auf seinem Schoß hockte der kleine Frechdachs und wedelte wie wild mit einem Plastikschwert hin und her. Erleichtert dachte ich: Immerhin, wenigstens keine echte Waffe in Kindeshand.

Um den Tisch herum saßen weitere Rocker in täuschend echter Piratenkluft, augenscheinlich Crew-Mitglieder der »Vandalia«.

Als Wichsmann uns anrücken sah, rief er nach Claudia, seiner Frau und der Mama vom Frechdachs. Wie nicht anders zu erwarten, trug auch sie diese postmoderne Verkleidung. Und wenn mich nicht alles täuschte, war sie es auch vorhin, die ich als Napoleon-Braut auf der Brücke der »Vandalia« draußen auf dem Meer ausgemacht hatte.

»Hier, nimm mal Enno eine Weile«, bat er sie und reichte den Butscher an einem ausgestreckten Arm zu ihr hinüber, »der Herr Kommandante will sicher zu mir!«

»Ihr Sohn?«, fragte ich nur, um nicht wieder solch eine lange Gesprächsaufwärmphase wie beim ersten Mal ertragen zu müssen.

»Klar!«, antwortete Wichsmann nicht ohne Stolz. »Gerade sieben geworden, der Junge, und schon das Herz eines echten Seefahrers!«

»Und Ihre Frau?«, fragte Hansen etwas ungeschickt.

»Was geht Sie das an?«, gab der Wirt etwas unwirsch zurück und warf seinen Eisbeutel genervt auf den Stammtisch. Womit sich die Fronten wieder leicht verhärteten.

Ich setzte mich trotzdem. Hansen guckte mich irritiert an, verstand aber den Wink mit dem Zaunpfahl und setzte sich ebenfalls. Nun war der runde Tisch bis auf den letzten Platz gefüllt. Ich dachte noch, dass das vielleicht doch ein Fehler gewesen sei, sich zu ihnen zu gesellen. Ausgelöst durch die misstrauischen, gaffenden Blicke der sechs mehr oder weniger unkultivierten und bärtigen Tischnachbarn, machte sich ein nervöses Kribbeln in der Bauchgegend breit. Da bekam der Oberkommissar die scharfe Kurve zur Zielgraden.

»Kennen Sie einen polnischen Handelsreisenden namens Karel Woitila?«

Wichsmann staunte nicht schlecht, seine Kameraden schauten zwischen ihm und uns und der Tischplatte hektisch hin und her. Die Antwort kam dennoch prompt:

»Kennen Sie einen gewissen Piraten Klaus Störtebeker?«

Der Dialog wollte sich mir nicht sogleich erschließen, doch dann bekam auch ich die Kurve. Der Wichsmann hielt die Frage vom Hansen für so dumm, dass er mit einer noch dümmeren Gegenfrage antwortete. Der Wirt und Kapitän war nicht auf den Kopf gefallen. Bloß nicht unterschätzen!

Da legte mein Chef noch eine Spitzfindigkeit nach. »Kennen Sie einen Hansekapitän namens Simon von Utrecht?«

»Kennen Sie einen gewissen Piraten Henning Wichmann? Wichmann ohne das Scheiß-s.«

Die Antwort kam mindestens so schnell wie die zuvor. Mir wurde ein bisschen schwindelig. Hatte ich gerade noch gedacht, den Durchblick zu kriegen, fühlte ich mich jetzt wieder wie ganz weit draußen auf dem Meer, nur ohne rettendes Floß.

Glücklich war ich schon, dass das Duell unter dem Motto »Wer stellt die schlauere Frage?« ein jähes Ende fand, denn Claudia Wichsmann trat an den Tisch und stellte uns zwei Gläser Bier vor die Nasen. Wobei Gläser eine maßlose Untertreibung war, es handelte sich um Krüge, um genau zu sein: Ein-Liter-Humpen, randvoll und mit mächtiger Schaumkrone.

»Geht auf Kosten des Hauses!«, meinte sie freundlich, aber bestimmend, mit einem klaren Seitenblick auf ihren Mann.

Der Chef nahm, ohne mit der Wimper zu zucken, einen kräftigen Schluck und stellte das schwere Glas geräuschvoll auf der Tischplatte ab. Er hatte wenigstens noch die viertel Pfeffermakrele verzehrt, aber mein Magen war, abgesehen von einem Zipfel der frühen scharfen Wurst am Eis-Moor-Imbiss, komplett nüchtern.

»Vielen Dank!«, sagte ich artig, und Frau Wichsmann lächelte mir kalt zu, um dann ihrem Mann die entscheidende Ansage zu machen: »Warum erzählst du denen nicht, was der Woitila für ein Schwein ist?«

»Das klären wir unter uns!«, knurrte ihr Ehemann gereizt zurück.

»Was?« Das war kurz und trocken Hansen.

»Wissen Sie eigentlich, Herr Kommandante, was da draußen los ist?«

Jetzt begann schon wieder diese Hin-und-her-Fragerei; da hatte der Chef eine Lösung für das Problem:

»Sagen Sie mir, was Sie mit dem Woitila und seinen Handelsreisenden zu tun haben. Und ich sage Ihnen anschließend, was ich über die Sache da draußen auf der Ostsee denke. Okay?«

Wichsmann sah ihn mit zusammengekniffenen Augen an, runzelte die Stirn und wischte sich nach einem kräftigen Schluck Bier den Schaum aus dem Bart.

Der Woitila sei der Boss der polnischen Schmugglermafia, begann er zögerlich zu erzählen, die machten ganz miese Geschäfte mit Wismar und Mecklenburg, und das im ganz großen Stil.

»Das Motorboot von vorhin, das jetzt den Ostseeschlick küsst, ist nur eines von einem guten Dutzend, das er befehligt«, erklärte er dann zügiger. »Woitila ist ein Tiefstapler, der quatscht immer nur was von Schnaps und Zigaretten, dabei schmuggeln die auch Antiquitäten oder verbotene Pelze und manchmal sogar illegale Medikamente.«

Grob schätzend beklagte er dann noch, dass da fast täglich Werte im fünf- bis sechsstelligen Bereich von einem Boot zum anderen gingen. Und keiner unternehme auch nur irgendetwas dagegen.

Der Koloss von einem Kapitän schien ehrlich entrüstet. Seine Kollegen guckten finster und nickten hier und da, um die Aussagen ihres Anführers zu bestätigen.

Das sah vor allem bei einem von ihnen recht komisch aus. Der Pirat schräg vor mir hatte ein Knöchelchen durch seine Nasenwände gebohrt – wie der Ring bei einem Ochsen. Das erinnerte an schlechte Hollywood-Streifen und deren Darstellung afrikanischer Stammeskrieger, aber vielleicht gab es ja auch eine persönliche Verbindung zum Horn von Afrika oder so.

»Eine Schweinerei, wenn das stimmt!«, versuchte Hansen zu kitzeln. »Aber was berechtigt Sie, mit Ihrem Schiff Exekutive zu spielen, und das Ganze auch noch mit dem Einsatz illegaler Waffen?«

»Euer Küstenstreifenboot tuckert täglich seine Runde und sieht nichts und tut nichts. Einer muss den Anfang machen und den Halunken das Handwerk legen.«

Um den Stammtisch hatte sich zwischenzeitlich eine größere Gruppe neugieriger Heavy-Metal-Freunde versammelt, die dem Verhör oder besser der Befragung angeregt lauschte, aber dabei keinen sehr freundschaftlichen Eindruck hinterließ. Einer dieser unerschrockenen Piraten trug Eiserne Kreuze als Ohrbehänge, ein anderer einen verbeulten Stahlhelm, ein dritter eine Totenkopftätowierung mittig auf der Stirn, und ein besonders korpulenter Glatzkopf hatte sich vergleichbare Knöchelchen nicht nur durch die Nase, sondern auch gleich durch beide Ohrläppchen gezogen.

Nur der Mann direkt neben mir fiel in der dunklen Kneipe kaum auf und wirkte auf den ersten Blick auch weniger modebewusst und originell, dafür jedoch fast wie ein Seeräuber-Original: Er trug ein Totenkopftuch über seinem kurzen krausen Haar und einen goldenen Ohrring im linken Ohrläppchen, jeden weiteren Schnickschnack hatte er weggelassen. Ein kräftiger Hüne von fast zwei Meter Länge und tiefschwarzer Hautfarbe – eine exotische Type, bestimmt Insulaner, schätzte ich, vielleicht von Madagaskar oder so ähnlich.

Die Madagassen versuchten gerade, nachdem im letzten Frühjahr wieder einmal das Militär mit harter Hand die Macht an sich gerissen hatte, massenhaft aus ihrem ärmlichen Inselstaat zu fliehen. In den letzten paar Monaten waren einige hierher ins schöne und dünn besiedelte Land Mecklenburg-Vorpommern emigriert.

Und während seine Wismarer Kumpane das Verhör am runden Tisch zwischen Hansen und Wichsmann hier und da zumindest mit lautstarkem Grunzen kommentierten, blieb der Mann aus dem fernen Afrika ganz ruhig, grinste nur breit und bleckte dabei seine schneeweißen Zähne. Sein Blick war kühn, klug und durchbohrend. Er sprach die gesamte Zeit kein einziges Wort, aber wer weiß, vielleicht war er der deutschen Sprache nur noch nicht mächtig.

Alles in allem bildete diese Horde in der »Pelzplauze« für uns ein bedrohliches Umfeld. Deshalb wunderte es mich schon, als der Chef, ohne mit der Wimper zu zucken, sehr offensiv feststellte:

»Alles schön und gut, aber keine Entschuldigung für Mord!«

»Mord?«

»Wieso Mord?«

»Da gab's keinen Mord!«

Ein vielstimmiges Raunen ging durch die Kneipe, und die Empörung schien nicht mal geheuchelt. Hansen schaute mich mahnend an, dann auf meinen nervös grinsenden Mund und tippte sich mit dem Zeigefinger bedeutungsvoll an die eigenen Schneidezähne. Spätestens da war mir klar, was er mir mitteilen wollte. Es schmeckte wieder mal metallisch. Das war der Stress.

Um uns herum wollte sich die Unruhe gar nicht mehr legen, bis die resolute Claudia einmal mehr die Initiative ergriff und dem Haufen selbstgerechter Piratenkopien über die Mundwerke fuhr.

»Nun habt euch doch nicht wie die Heulbojen! Die Polenmafia hat's gar nicht besser verdient.«

Der Wirt machte ihr ein Zeichen, für die nächste Runde zu sorgen.

»Möchten Sie noch ein Bier, Kommandante?«

Ich nippte kurz an meinem Humpen, aber mehr aus Nervosität denn aus echtem Bierdurst. Der Chef war dagegen nicht abgeneigt, er wusste ein gutes Pilsener zu schätzen – ganz gleich, von wem die Einladung kam.

»Karel Woitila belastet Sie schwer. Sie! Alle Mann zusammen!«, spitzte Hansen die Situation zu. »Die polnische Schiffsbesatzung kann bezeugen, dass sie von Ihnen angegriffen wurde. Gleich zweimal – heute früh und heute Mittag. Ihre Motive in allen Ehren, meine Herren, aber wenn das stimmt, was der Woitila sagt, dann haben Sie einen seiner Leute geköpft, und das hat dann nicht nur fatale Folgen für den Geköpften. Wenn Sie verstehen, was ich meine?«

»Kommen Sie doch einfach wieder, wenn Sie Beweise haben, Kommandante«, überfuhr ihn Henning Wichsmann, »ansonsten machen Sie hier nicht solch einen Wind.«

Hansen musterte ihn lange, erhob sich und nahm einen tiefen Zug aus seinem Bierkrug. Ich tat es ihm gleich.

»Einfach nur Kommissar!«, verbesserte ihn ganz kühl der Oberkommissar. »Herr Wichmann … ohne s …!«

Wichsmann griente, schnappte sich den Eisbeutel von der Tischplatte und drückte ihn gegen seine leicht geschwollene Unterlippe.

»Wenn ich wollte«, drohte Hansen, »könnte ich Sie jetzt schon wegen der Kanonen an Bord drankriegen. Unerlaubter Waffenbesitz! Oder wegen öffentlichen Aufruhrs und schweren Landfriedensbruchs auf dem Ziegenmarkt. Paragraph 129 StGB würde greifen: Bildung einer kriminellen Vereinigung. Aber ich will da mal nicht so sein und Gnade vor Recht ergehen lassen.«

So ein Kokolores, dachte ich völlig überrascht. Was war mit Paragraph 211 (Mordverdacht) oder zumindest 212 (Totschlag)? Bedrohliche Situation hin oder her, wir könnten Verstärkung holen … Chef! Das war gegen geltendes Gesetz! Oder etwa nicht? Schließlich gab es eine Anschuldigung wegen gemeinschaftlichen Mordes! Oder ahnte Hansen schon zu diesem frühen Zeitpunkt, dass da etwas nicht stimmen konnte?

Meinen fragenden Gesichtsausdruck kommentierte der Kommissar mit einem eindeutigen Rundblick durch die »Pelzplauze«: Den Wichsmann brauchten wir noch, der war hier draußen mehr wert als drinnen im Fürstenhof. Dessen Provokationen störten die mutmaßlichen Schmuggelgeschäfte und nervten deren Hintermänner. So schnell könnte keine »Dicke Auster« sein, wie der Kapitän und seine Kumpane deren Erzfeinde aus der Reserve und ihrem Versteck locken würden.

Wenn das man gut geht!, dachte ich ängstlich.

Hansen spielte »Risiko« und scheuchte Infanterie und Artillerie aufeinander. Wer da am Ende wen ausradieren würde, konnte niemand ahnen.

Oberkommissar Hansen drehte sich auf dem Absatz um, und wir marschierten schon Richtung Ausgang, da rief Wichsmann von hinten:

»Halten Sie mal schön den Ball flach, Hansen. Schließlich leben wir hier nicht mehr im Mittelalter!«

Polterndes Gelächter folgte uns wie eine Welle durch die »Pelzplauze«. Ich drehte mich sicherheitshalber noch einmal nach allen Seiten um und sah, dass sich vor allem der Spezi mit dem Knochen durch die Nase vor Lachen fast ausschüttete. Das sah ulkig aus und irgendwie erbärmlich. Auch Hansen stockte kurz, dann setzten wir unseren Spießrutenlauf durch die »Pelzplauze« fort. Hämisches Gejohle begleitete unseren wenig würdevollen Abgang.

Am Eingang wartete schon der siebenjährige Enno und öffnete uns beflissen und höflich die Tür. Ich dachte noch: Vielleicht kennt der Kleine ja doch gutes Benehmen. Aber als ich mich ein letztes Mal intuitiv umdrehte, streckte die Rotznase einmal mehr die Zunge heraus.

4

Sonntag, den 24. Mai

Hansen hatte strikt nach dem Gesetz gehandelt. Seit 1978 kannte das deutsche Strafrecht bei Mordverdacht keine Verjährungsfristen. Die Folge: Die bloße, von jemandem vage geäußerte Behauptung bedeutete keine automatische Untersuchungshaft.

»Schon gar nicht, wenn keine Flucht- oder Verdunkelungsgefahr besteht«, erklärte mir der Kommissar seinen rechtlichen Handlungsspielraum, »wovon wir im Falle Wichsmann getrost ausgehen können.«

Der Oberkommissar war sich sicher: Der Oberpirat lief uns nicht weg. Der hatte mit Bar und Boot seinen Lebensmittelpunkt in der Altstadt. Das war besiegelt, woanders als in Wismar wollte ein Henning Wichsmann nicht sein.

Im November 2002 gab es einen Präzedenzfall vor dem Oberlandesgericht Zweibrücken. Seitdem nutzten deutsche Ermittlungsorgane die Möglichkeit, den Verdächtigen auf freiem Fuß zu belassen, um ihn – im Falle einer nicht eindeutigen Beweislage – in die Ermittlungsstrategien einzubauen oder zu eigenen Fehlern zu zwingen.

Das Positive sei gewesen, hatte der Kommissar später überzeugt und in Siegerlaune vermeldet, dass in der ganzen Aufregung in der »Pelzplauze« der Wirt und seine Piratenkameraden nicht gemerkt hätten, dass wir sie ab sofort an der langen Leine laufen ließen – ein Beamter in Zivil war vorsichtshalber noch in derselben Nacht zur Überwachung auf dem Ziegenmarkt positioniert worden –, und dass der zweite Teil der Abmachung von uns nicht eingehalten werden musste.

»Welcher zweite Teil?«, hatte ich unsicher und ein bisschen begriffsstutzig gefragt. Immerhin hatten wir jetzt schon den nächsten Morgen, und da konnte der exakte Wortwechsel aus der »Pelzplauze« vom Vorabend schon ein wenig verblassen.

Der Oberkommissar zögerte einen Moment mit der Antwort, so als müsste er selber noch einmal überlegen.

»Wichsmann hat uns erzählt, was die polnische Mafia in der Mecklenburger Bucht treibt und was sie davon halten. Aber mein Versprechen, zu erzählen, was wir darüber denken oder wissen, haben wir im Eifer des Gefechts nicht zu halten brauchen.«

Welch winziger, unbedeutender Triumph im Vergleich zu der Schmach, ja Demütigung, die wir uns gestern Abend beim Abgang hatten gefallen lassen müssen; vor allem auch vor dem Hintergrund, dass wir eigentlich so gut wie gar nichts wussten, außer der Identität des toten Rumpfes, der in diesem Moment vor uns auf der Pritsche lag und den wir, wie den einsamen Kopf aus dem Hafenbecken von Himmelfahrt, aus seiner vorübergehenden Ruhestätte, dem forensischen Leichenschauhaus der Uni Lübeck, zu uns in die Kommandantur nach Wismar hatten bringen lassen.

Zwei Verkehrspolizisten aus Lübeck waren so freundlich gewesen, uns trotz des Wochenendes und der frühen Stunde Amtshilfe zu leisten, und warteten nun im hinteren Teil des kühlen Kellergewölbes der Kommandantur auf unser Zeichen zum Rücktransport.

Wir hatten vom einzigen Beamten, der so früh am Sonntag oben in der ersten Etage Bereitschaftsdienst schob, zwei Klapppritschen zur Verfügung gestellt bekommen, um die menschlichen Überreste der beiden Leichenfunde hier vorübergehend aufzubahren.

Allein die räumliche Situation in unserer Polizeidienststelle am alten Markt schien auf Dauer nicht tragbar. Das Dachgeschoss der Kommandantur diente als verstaubtes Archiv, das langsam, aber sicher an seine baulichen Grenzen stieß. Das erste Stockwerk beherbergte unsere zwei geschlossenen Büros, das offene Großraumbüro der Verkehrspolizei und eine Zelle für die schnellen Fälle. Das Erdgeschoss direkt unter uns war fest in der Hand von Ackermanns Bank. Und der an sich geräumige Keller musste zwischen Haupttresor und Schließfächern des Kreditinstituts sowie dem provisorischen polizeilichen Leichenschauhaus fein säuberlich aufgeteilt werden.

Aber davon einmal abgesehen, war mir heute Morgen von Anfang an nicht wohl bei der Sache. Denn kaum hatte man Karel Woitila und seine beiden Kumpane um neun Uhr aus der U-Haft vom Gefängnistrakt des Fürstenhofes herübergeholt, entstand auch schon eine enorme Unruhe. Die Polen gestikulierten und palaverten polnisch und hektisch durcheinander.

»Das ist unser Piotr.«

Woitila zeigte auf den dunkel behaarten Mann ohne Kopf.

»Piotr Jablonski aus Zoppot?«, fragte Hansen mit Nachdruck.

»Tak!«

Auch die beiden anderen nickten zustimmend.

»Woran erkennen Sie ihn?«, fragte Hansen meines Erachtens etwas pietätlos.

Woitila antwortete nicht sofort, schritt einmal um die Pritsche herum, zeigte auf den Torso und brummte dann:

»Narbe auf Bauch. Sie sehen? Dort!«

Hansen nachdrücklich: »Woher hat Piotr die Narbe?«

Woitila gereizt: »Von Schlittenschuh auf Eissee.«

Hansen misstrauisch: »Ein Komiker, wie?«

Woitila misstrauisch: »Wie meinen Sie?«

Hansen einlenkend: »Schon gut!«

Woitila freundlich: »Okay, *policja* immer Freund.«

Das blieb der einzige positive Aspekt unserer Zusammenarbeit an diesem Morgen. Die drei besannen sich und schimpften und stritten wieder wie hungrige Raubmöwen um einen Heringsschwanz, und ihr Gezeter bezog sich auf den blonden Schädel mit der Augenklappe, der auf der anderen Pritsche lag.

Mir wurde zunehmend mulmiger bei diesem makaberen Anblick, aber vielleicht lag das auch noch am gestrigen Abend samt Ein-Liter-Humpen Wismarer Pilsener.

Der Chef fragte ungerührt, ob sie sich den Kopf vielleicht einmal etwas genauer und aus der Nähe angucken wollten.

»Bastard!«, fluchte Lech.

Das war der, der gestern früh vor Langenwerder angeblich die Polizei gerufen hatte. Er bezog seinen Fluch auf den Totenkopf und spuckte anschließend angewidert auf unsere mintgrünen Fliesen. Hansen ließ sich seinen Groll nicht anmerken.

»Sie sprechen Deutsch?«

»Bastard polnisch!«, antwortete Woitila.

»Wie? Der Kopf gehört zu einem Polen?«

»Nein. Nix verstanden ... Bastard polnisch Schimpfwort.«

»Ach, Bastard scheint eine international übliche Vokabel zu sein, wie?« Und nach einer kurzen Pause fragte Hansen: »Kennen die Herren vielleicht das Antlitz? ... Oder das, was davon übrig ist?«

»An...litsch...?«

»Das Antlitz!«, wiederholte Hansen und deutete mit dem Kugelschreiber groteskerweise auf die erloschenen Sinnesorgane des Toten. »Punkt, Punkt, Komma, Strich, fertig ist das Mondgesicht. Sie verstehen?«

»Bez komentarza!«, meinte Lech, der vordem den ziemlich welken Kopf beschimpft hatte. Polnisch und Deutsch schienen sich manchmal gar nicht so fremd.

»Ohren dran, Haare dran, fertig ist der Hanse-Mann!«, dichtete Hansen munter weiter.

»Bez komentarza!«, wiederholte Dariusz, der dritte im Bunde.

»Kein Kommentar«, wiederholte Hansen nachdenklich, »so kommen wir nicht weiter.«

In diesem Moment zog Woitila ein Messer, dann in Windeseile auch die beiden anderen. Das schien wie abgesprochen! Hansen zückte augenblicklich seine Dienstwaffe, legte sie jedoch sofort auf den Fliesenboden, als er sah, dass ich mich durch die Klinge an meiner Kehle genötigt fühlte, mich spontan zu erbrechen. Einfach so. Es war mir peinlich. Vor allem hinterher.

Die Situation spitzte sich zu: Karel Woitila schnappte sich den blond behaarten Kopf, hielt ihn unter seinem Arm und bedrohte diesen mit seinem Dolch. Totaler Humbug. Das sah mehr als merkwürdig aus: der Kopf mit dem wirren Haar, ohne Auge, aber immer noch mit Filzklappe, schlechten gelben Zähnen und fortgeschrittener Verwesung. Böses antun konnte man ihm jedenfalls nichts mehr.

Doch das war mir in diesem Augenblick egal. Lech, der mit dem Bastard-Ausruf, schleppte mich im Schwitzkasten haltend, sein Messer scharf an meiner Gurgel, rückwärts den Kellerraum hinaus. Merkwürdig nur, was man in solchen Momenten für Dinge wahrnimmt: das Erbrochene auf den mintgrünen Fliesen, einen im Hintergrund hysterisch mit der Dienstwaffe fuchtelnden Lübecker Verkehrspolizisten und der ekelhafte Mundgeruch meines Peinigers dicht über mir. Oder war das etwa mein eigener …?

Karel, Lech und Dariusz flohen aus unserer Kommandantur. Am helllichten Tag! Einfach am prallgefüllten Haupttresor von Ackermanns Bank vorbei, die Kellertreppe hinauf, dann hinaus auf den leeren Marktplatz (typisch für einen Sonntagvormittag in Wismars Altstadt). Dort machte das erstbeste Auto, das aus der Dankwartstraße auf dem Kopfsteinpflaster um die Ecke geholpert kam, direkt vor uns eine erzwungene Vollbremsung. Welch ein Glück: ausgerechnet ein PS-starker, dicker Mercedes. Die schimpfende Fahrerin wurde hinter dem Lenkrad herausgezogen, und mich fertigte man mit einem festen Tritt in den Allerwertesten ab, sodass ich prompt gegen die kreischende Dame stolperte, sie ungeschickt mit mir riss und nach einem verhältnismäßig weichen Fall in eindeutig zweideutiger Pose auf ihr endete. Bei der hochpeinlichen Nummer flog mir zu allem Überfluss auch noch meine Designerbrille von der Nase und rutschte ein paar Meter über das Kopfsteinpflaster. Die Mercedes-Reifen quietschten, es machte ein trockenes, splitterndes Geräusch, wonach ich zwischen den Schenkeln der keifenden Furie genauso fassungslos war wie meine einst teure Sehhilfe. Ein paar total verschwommene Möwen schlugen mit hohen spitzen Schreien ein paar nervöse Haken in die Luft. Und schon begann sich über diesen gruseligen Spuk glücklicherweise der Schleier der Geschichte zu legen.

Die nervösen Kollegen kamen aus der Kommandantur gerannt, der Kommissar zog erst mich am Schlafittchen und half dann galant der Mercedes-Fahrerin auf die Beine. Wenn er wollte, konnte Hansen ganz Kavalier sein. Mir wackelten die Knie. Einer der beiden Lübecker Beamten reichte mir netterweise ein Taschentuch, ich wischte mir den breiigen Sabber vom Mund und sah an der Verfärbung des Zellstoffs, dass sich einmal mehr Nasen- oder Zahnfleischbluten oder beides zusammen eingestellt hatte. Das war der Stress! Ich wusste immer schon, der Stress bei der Polizei machte einen auf Dauer kaputt. Es sollte im Unklaren bleiben, warum die Ex-Autobesitzerin so herzzerreißend angeekelt fluchte, ob wegen des verlustreichen Überfalls oder aufgrund unseres kurzen, aber heftigen Tête-à-Tête.

Hansen hatte für so etwas jetzt gar keinen Sinn. Die drei Mitglieder der polnischen Schmugglerbande schlitterten jetzt irgendwo über das altehrwürdige Kopfsteinpflaster auf und davon. Mitten im historischen Dreieck zwischen weißem Rathaus, der sogenannten Wasserkunst und unserem ehemaligen schwedischen Offiziershaus löste der Kommissar mit seinen puterroten Segelohren Großalarm aus, brüllte unter wilden Armbewegungen irgendetwas von Generalmobilmachung und polnischer Amtshilfe. Die Kollegen stürmten im Affenzahn zurück in die Dienststelle und leiteten alle Maßnahmen ein, die der Chef mit pausenlosen Kommentaren begleitete.

Nachdem ich mir aus meinem Schreibtisch als Ersatz meine schlichte Kassenbrille gefischt hatte, ertappte mich Hansen wenig später im Keller, wo ich gerade die Reste meines Frühstücks von den Fliesen aufwischte. Nachdenklich schaute er mir eine Weile über die Schulter und sagte dann tonlos: »So geht das nicht, Kubsch!«

»Och, das macht mir nichts, das kann man ja nicht eintrocknen und dann erst Montag die Putzfrauen wegmachen lassen. Ist ja bisschen eklig.«

»Das meine ich nicht. Das geht nicht, wie Sie schlappmachen in brenzligen Situationen.« Und energisch fügte er hinzu: »Wir sind hier bei der Kripo. Reißen Sie sich zusammen! Sie müssen verdammt noch mal lernen, Ihren Mann zu stehen!«

»Klar, Chef!«, antwortete ich etwas bedröppelt und dachte nur: Scheißzahnfleischbluten, wäre ich doch damals bloß zur See gegangen.

Ich wohnte seit drei Jahren in einer kleinen Zweiraumwohnung in der Straße Hinter dem Rathaus Nummer 27, gleich über den Mecklenburger Backstuben. Eine äußerst praktische Angelegenheit solch eine Nachbarschaft, selbst an Sonn- und Feiertagen gab es direkt eine Treppe tiefer immer frisch gebackenes Brot und Brötchen.

Morgens um acht flugs nur ein paar Stufen hinunter, und schon wenig später hatte ich warme Mohnbrötchen und heißen Apfelstrudel in der Tüte.

Eigentlich stammte ich aus Dorf Mecklenburg, was so viel bedeutete wie »Große Burg«, Ursprungssitz des Mecklenburger Fürstengeschlechts, wenige Kilometer von Wismar entfernt. Wir hatten da ein eigenes kleines Gymnasium, einen gepflegten Sportplatz, ein überregional bekanntes Blasorchester und nur mehr den Ringwall der einstigen »Mikelenburg«, der seit geraumer Zeit den Gemeindefriedhof umkreiste. Und wir hatten einen sehr schönen Mecklenburger Leuchtturm, an dem die Autokolonnen auf unserer einzigen Hauptstraße, der Schweriner Straße, zwischen der Landeshauptstadt und Wismar geschäftig hin und her und an dem rot-weiß-rot gestreiften Turm staunend oder entzückt vorbeifuhren.

Ein stolzer Leuchtturm, bereits 1849 erbaut, bestimmt zwanzig Meter hoch und im Durchmesser acht Meter dick. Warum dieses Prachtexemplar nicht an der unmittelbaren Küstenlinie, sondern hier draußen auf einem Hügel auf dem Lande stand, also satte sechs Kilometer weg von der Meeresküste, wusste niemand so genau. Vielleicht hatte bislang auch einfach nur noch niemand die Frage nach seiner eigentlichen Bestimmung gestellt.

Denn schon seit Urzeiten diente der Turm nicht als Lichtsignal für verirrte Seeleute, sondern als kleine Pension und Gasthof für extravagante Touristen beziehungsweise begeisterte Leuchtturm-Fans aus der ganzen Welt. Und von denen gab es anscheinend nicht wenige. Das Geschäft mit dem Leuchtturm in Dorf Mecklenburg lief, soweit ich es beurteilen konnte, seit Jahren wie geschmiert. Einzelzimmer fünfzig, Doppelzimmer achtzig Euro – inklusive Frühstücksbuffet. Kein Grund zum Jammern, dafür bekam man, neben einem herrlichen Ausblick auf wogende Weizenfelder, ein ganz außergewöhnliches Ambiente geboten.

Ausgerechnet in meinem kleinen, verschlafenen Heimatdorf fand keine vier Stunden später ein Beamter aus Schwerin zufällig den gewaltsam ausgeborgten Mercedes, friedlich abgestellt auf dem Hauptparkplatz des wunderhübschen Leuchtturmhotels.

Aber so einfach, wie der Kollege aus der Landeshauptstadt dachte, war es dann doch nicht. Der Turm wurde zwar in kürzester Zeit von einer Einheit aus Schwerin unter meiner Leitung umstellt, jedoch war er leer. Das heißt, er war nicht von Gästen leer, also nicht ausgestorben, aber eindeutig ohne polnische Besucher.

Das flüchtende Trio hatte den Wagen offensichtlich nur vor dem extravaganten Hotel geparkt, um sich mit einem anderen spurloser aus dem Staub machen zu können. Den entführten Kopf hatten sie leider auch nicht zurückgelassen.

Keine große Sache, nur eben mein erster Einsatz in meinem Heimatdorf. Der hiesige Bürgermeister war auch gleich der Besitzer des schönen Leuchtturms. Harald Hanekamp begrüßte mich überschwänglich, wollte aber keinen der flüchtigen Polen auf seinem Hof gesehen haben und hatte auch von keinem entwendeten Fahrzeug gehört.

Peinlicherweise kam meine Mutter in Filzpantoffeln angelaufen, sie wohnte quasi um die Ecke, und klopfte mir, was nicht hätte sein müssen, stolz auf die Schulter und deutete dann fragend auf das Kassengestell. Ich zuckte nur mit den Achseln, der dicke braune Rahmen war sicher keine Augenweide.

Und eine frühere Schulkameradin, die weinerliche Tina, die heute als Rezeptionistin in Leuchtturmhotel arbeitete, freute sich wie ein kleines Mädchen, mich wiederzusehen. Sie drückte mich herzhaft an ihre imposante Brust, wobei ihr eine Träne über die Pausbacke kullerte.

Die Schweriner Kollegen rückten erst von mir und dann gänzlich ab. Bürgermeister Hanekamp lud mich an einem der nächsten Abende zur Mai-Scholle in seinen Gasthof, und meine Mutter fragte ihn ohne Zögern, ob sie sich anschließen dürfe.

Ich setzte mich schleunigst in meinen Dienstwagen und verließ die alten Gefilde in Richtung neue Heimat.

Hansen hatte mich schon übers Funktelefon informiert: Razzia auf der »Vandalia«, Spurensuche im gesamten Hafengelände bezüglich illegaler polnischer Handelsware und Vorladung der Kronkork-Brüder samt nochmaliger Besichtigung der Kogge »Wismaria«. Pickepackevoll die Schicht, und das alles an einem gesetzlichen Ruhetag!

Am Nachmittag zog sich der Himmel langsam zu, das Grau-in-grau eines ganz gewöhnlichen Küstentages. Kaum vor Lottes Fischkutter angekommen, sah ich schon, wie Hansen beim obligatorischen Verzehr eines Fischbrötchens einmal mehr neugierig über die Kaimauer lugte.

Glücklicherweise dümpelte dort dieses Mal kein herrenloser Kopf herum, sondern es schwammen nur ein paar kleinere Wrackteile an der Wasseroberfläche, die am frühen Nachmittag, wie Lotte Nannsen es genau beobachtet haben wollte, durch die starke Strömung und den Wellenschlag von der offenen See ins Hafenbecken hineingespült worden seien.

»Das mit dem Kopf ist ein verdammter Scheißdreck!«

Mit der drastischen Formulierung hatte Hansen nicht ganz unrecht. Da hatten wir den Kopf einer Leiche und gleich drei Verdächtige, und von einem Moment auf den anderen waren alle vier auf und davon.

»Hatten Sie die drei auch gründlich gefilzt, Kubsch?«

»Natürlich, Chef. Bis auf die Schlüpfer.«

»Wie kamen die dann im Fürstenhof an die Messer?«

»Sorry, Chef, keine Ahnung.«

Der Oberkommissar erwartete von mir keine erschöpfende Erklärung. Ich informierte ihn über den unergiebigen Einsatz in meinem Dorf Mecklenburg und er mich über die Tatsache, dass der Eigentümer des Leuchtturms gerade in der Kommandantur angerufen hatte und nun doch den Verlust eines nagelneuen Golf GTI beklagte, der vor dem Gasthof abgestellt war. Merkwürdig, dass der Hanekamp das nicht sofort bemerkt hatte.

»Na dann«, brummte ich vor mich hin, »auf Wiedersehen in Zoppot!«

Mit der tatkräftigen Unterstützung der beiden Kollegen der Spurensicherung, die Hansen von ihrer sonntäglichen Fahrradtour auf Poel hatte zurückpfeifen müssen, fischten sie, mit enormen Käschern bewaffnet, die Überreste eines hölzernen Motorbootes aus dem Brackwasser der Ostsee.

»Draußen in der Wismarbucht, nicht weit vom Hafen«, erklärte Lotte, mit prüfendem Blick die Inhalte der Fangnetze peilend, »da hat's plötzlich mächtig gerummst. Und keine zwei Stunden später rumpelte eine zerborstene Kajütentür gegen meinen Kutter. Zuerst dachte ich noch: Nicht schon wieder ...«

»Schon gut, schon gut, Lotte. Wir sehen's ja selber.«

Das sah aus wie eingelegt in Gelee. Denn das Hafenbecken war zu dieser Jahreszeit fast randvoll mit Quallen jeder Größe, einmal den Käscher kraftvoll in die dunkle Brühe getunkt, und schon vermengten sich zersplitterte Planken mit ein paar Kilo Quallenbrei. Wahrscheinlich wollte die Puzzle-Pampe niemand wirklich gerne näher untersuchen. Die Beamten von der Spurensicherung machten sich deshalb eher leidenschaftslos ans Werk.

Irgendwo in der Ferne grollte es, und es fielen ein paar erste spärliche Regentropfen aus dem sich zügig verdüsternden Himmelszelt.

Im selben Moment lief die stolze Hanse-Kogge in den Alten Hafen ein. Schon von Weitem sah ich auf der Kommandobrücke die Kronkorks stehen: Hermann, Torsten und heute sogar Senior Erwin – die traute Familie ergänzt durch ... eine Kapitänin! Hui! Das war flott und mir völlig neu.

Lotte Nannsen drückte mir ein frisch belegtes Bismarckheringbrötchen mit extra Zwiebeln in die Hand und folgte meinem versonnenen Blick.

»Der Fisch, der flieht, den fängt man leicht!«, erklärte sie auf ihre sonderbar plattdeutsche und weltoffene Art. »Der Fisch, der sich tot stellt, der kommt davon.«

Die Lotte sprach mal wieder in schlauen Rätseln.

»Wie meinst du das, Lotte?«, fragte ich sie ganz direkt.

Jeder nannte sie Lotte, sie war eine Wismarer Institution und für die Einwohner der Altstadt der gute Geist des Hafens. Sie grinste und ließ die Zunge in ihrer klaffenden Zahnlücke spielen. An den Anblick möchte ich mich nie gewöhnen. Eine Antwort gab sie mir nicht, aber offen gestanden: Ich hatte meine Frage auch schon wieder vergessen.

Der dicke Hafenmeister hatte gegen sechzehn Uhr endlich seinen Mittagsschlaf beendet, war eigens aus dem Büro im Baumhaus herausgestapft und lugte nun mit lang gestrecktem Hals neugierig über sein Territorium.

Hansen wollte für die Kogge das Empfangskomitee spielen und pfiff mich an seine Seite. Wir standen am Pier, und der Chef holte schon mächtig Atem, um den Kronkorks richtig einen einzuschenken, da ging ihm beim Anblick der Ladung, ähnlich wie bei einem Fußball mit winzigem Loch, ganz langsam fiepend die Luft aus.

Dafür schrie unmittelbar hinter mir der Hafenmeister, den die Neugier ungewöhnlich schnellen Schrittes zur Kogge gelockt hatte, markerschütternd auf. Hafenmeister Henry war klein, aufgeschwemmt, stets mit Säcken unter den blutunterlaufenen Augen und eigentlich stumm wie ein Fisch. Die Wismaraner nannten ihn alle nur Henne, weil er durch sein unablässiges Kopfnicken entfernt an ein Huhn erinnerte, das mit steifem Spreizschritt auf viel zu kurzen Beinchen durch sein Gehege stakste.

Seine eindeutige Fahne wehte mir aufdringlich um die Nase, und er presste nach dem Aufschrei mit »Doot'n Düwel!« und »Isenkeed!« zwei bis drei zusammenhanglose Worte zwischen den spärlichen Zähnen hindurch. Kein Wunder – direkt vor unseren Augen offenbarte sich das Grauen schlechthin!

Auf den schwarz gebeizten Planken lag eine grässliche verklumpte Masse Fleisch; sehr entfernt erinnerte sie an die drei flüchtigen verdächtigten polnischen Mafiosi: teils blutüberströmt, teils schwarz verrußt! Mich fröstelte es.

»Schiff ahoi, Herr Kommissar«, begrüßte uns Hermann Kronkork, als wäre alles bestens und die menschlichen Überreste an Deck reine Staffage.

»Ahoi, ahoi!«, murmelte Hansen kurz angebunden.

Wir standen im Kreis um die drei Leichen: Erwin, Hermann, Torsten und sogar Emma Kronkork (die Siebzigjährige hatte nur einen schönen sonnigen Sonntagnachmittag-Segelausflug mitmachen wollen), daneben Simone von Gollwitz, die Kapitänin, schätzungsweise Ende dreißig, ein völlig unauffälliger Steuermann und zwei Matrosen, die ich schon bei der Belagerung auf dem Ziegenmarkt gewaltige Tampen über ihre Köpfe hatte schwingen sehen und die uns jetzt als Großcousins von Hermann und Torsten Kronkork vorgestellt wurden.

Während der Regen langsam zu dicken Bindfäden anschwoll, das verkrustete Blut an Deck zu einer schmutzigen roten Soße verdünnte und unaufhaltsam über die Planken verteilte, nahmen die beiden Kollegen von der Spurensicherung, die das glibberige Wrack-Puzzle im Hafenbecken so rasch nicht hatten komplettieren können, eine erste Untersuchung der drei toten Flüchtlinge vor.

Henne, der Hafenmeister, hatte sich überraschend schnell beruhigt, wandte sich murmelnd ab und latschte mit wackelndem Kopf zurück, um sich an die Arbeit zu machen, in diesem Fall an die Absperrung der Fahrrinne im Alten Hafen, sodass kein Schiff mehr hinein- beziehungsweise hinauskonnte. Sicherheitshalber.

Mit hochrotem Schädel begann Erwin Kronkork seine Verteidigungsrede: »Die haben uns angegriffen, die wollten uns entern, wir mussten uns wehren. Was soll man da machen? Herr Kommissar, sagen Sie mir, was hätten wir machen sollen?«

Der Chef kniete bei den Leichen.

Karel, Lech und Dariusz waren böse zugerichtet. Es sah nach einer Explosion aus: alle drei rußverschmutzt mit blutig zerfetzter Haut. Nicht dass ich ehrliches Mitleid gehabt hätte, nicht nach dem, was vor allem Lech am Morgen mit mir angestellt hatte, aber verdient hatten sie solch einen brutal schrecklichen Abgang nicht.

»Das sind Piraten!«, schrie der jüngere Junior jetzt leicht unbeherrscht. »Die kapern Schiffe auf der Ostsee und haben das auch mit uns versucht. Da haben wir denen eine Breitseite verpasst, die sich gewaschen hat.«

»Womit?«, fragte Hansen. Er schaute dabei nicht die Kronkorks, sondern weiterhin deren Opfer an.

»Wir sind mit vier Kammergeschützen aus der Zeit der Hanse ausgestattet. Zwei kleine oben auf dem Kastell-Deck und zwei größere im Schiffsrumpf.«

Hermann Kronkork wies mit einer Hand unter Deck.

»Das ist ganz legal. Das gehört zur geschichtlichen Ausrüstung für die sozialpädagogischen Jugendreisen, die wir regelmäßig durchführen.«

»Die was?«, rief ich mit hysterischer Stimme. Doch dann fiel mir die Kinnlade vollends herunter, denn auch die Antwort klang so hanebüchen wie nur irgendetwas.

»Doch, doch, doch! Ganz legale Kanonen! Die gehören dazu, zu unseren Erlebnisreisen für junge Leute! Wir sind Botschafter der Stadt Wismar auf hoher See!« Der Koggenmanager nahm volle Fahrt auf. »Wissen Sie, die ›Wismaria‹ ist unter nautischen und technischen Bedingungen hochmodern. Navigation mit GPS, Echolot und Autopilot. Alles an Bord. Fragen Sie den Kapitän!«

Er zeigte auf seine Schiffsführerin, wartete aber deren Antwort gar nicht ab, sondern fuhr ohne Pause fort. »Wir machen regelmäßig Mitsegeltörns für junge Menschen. Da gibt's Vorträge zur Hansegeschichte und zum mittelalterlichen Bootsbau und so weiter und so fort. Da darf natürlich auch die entsprechende Bewaffnung an Bord nicht fehlen. Mit Munition und Pulver, Lunte, Feuerstein und Ladestock.«

Hansen zögerte, überlegte und murmelte dann nur: »Sicher, sicher.«

Er erhob sich und fixierte nachdenklich die Kronkork-Physiognomien.

»Hier an Bord sind nur erfahrene Seeleute«, machte sich erstmalig die nicht unattraktive Kapitänin Simone von Gollwitz bemerkbar, »ob Matrose, Steuermann oder Manager, die Crew weiß, was sie darf und was nicht.«

Sie hatte halblange schwarze Haare, ein schmales Gesicht mit einem leicht vorstehenden kantigen Kinn und strahlte eine dezente Strenge und vor allem einnehmende Souveränität aus.

Das sei eine Kogge in spätmittelalterlicher baltischer Bauart, fügte sie erklärend hinzu, mit einem großen Rahsegel und darunter drei kleinen Zusatzsegeln, sogenannten Bonnets. Aber so eine Handelskogge, die habe sich auch zu verteidigen wissen müssen. Deshalb die Kanonen …

»Und das da draußen …«, schloss sie ihre Aussage, »das war gerade eine glasklare Notwehrsituation.«

»Notwehr?«

Der Chef griff sich ins kurze regennasse Haar, aber da half auch keine feuchte Abkühlung von oben, Hansens Ohren glühten. Das bedeutete nichts Gutes, er war ziemlich sicher kurz davor, sehr laut zu werden. Und sein Blick wurde mit jeder Sekunde unangenehmer und stechender.

»Sie sagen, Sie wurden angegriffen und haben nur in Notwehr gehandelt?«, wiederholte er noch einmal mit Nachdruck.

»Jawohl!« Das war Emma Kronkork. Die übrigen Familienmitglieder nickten zustimmend.

Irgendetwas stimmte nicht, Hansen war unzufrieden, wirkte ruppig und hüllte sich dann von einem Moment auf den andern in eisiges Schweigen.

Was sollten wir machen, die Holzstücke vom Bootswrack im Hafenbecken passten ins Bild. Jan Feddersen hatte mit seiner »Dicken Auster« umgehend in der Wismarbucht eine schnelle Runde gedreht, um den vermuteten Tatort in Augenschein zu nehmen, und registrierte in diesem Augenblick, neben einem dünnen Ölfilm, weitere Holzreste, womöglich eines Motorbootes, die auf der Wasseroberfläche dümpelten und durch die Strömung eine homogene Linie in Richtung Alten Hafen bildeten, wie er mir jetzt über mein Mobiltelefon anschaulich beschrieb.

Mir kam der Spruch von Lotte Nannsen bruchstückhaft in den Sinn: Von wegen, die Fische, die fliehen, die fängt man leicht. Und die anderen, die sterben nicht. Oder so ähnlich.

»Ihre Flucht war kurz und sinnlos!«, bemerkte Hansen trocken, als könnte er meine Gedanken lesen.

Wir hatten uns ein paar Schritte von der Mannschaft und den Leichen entfernt.

»Zwei Fragen: Wo ist der Kopf? Und wo ist der Golf?«

An dem Schiff hatte sich mittlerweile eine illustre Menge versammelt: Touristen, Einheimische und Journalisten, die mehr als neugierig über die Reling lugten. Die Männer vom OSTSEEBLICK standen auf der Ladefläche ihres Pick-ups und schossen ohne Unterlass Fotos von der Kogge und ihrer toten Fracht.

Über dem Mast kreisten gierige Sturmmöwen und kommentierten die Szenerie mit tiefen jaulenden Lauten. Irgendjemand hatte den Notarzt gerufen, und zwei Krankenwagen preschten heran. Vielmehr als den Abtransport der drei Polen ins provisorische Leichenschauhaus, das hieß einmal mehr ins Kellergewölbe der Kommandantur, blieb ihnen nicht übrig.

»So eine Crew«, sagte ich zu Hansen, »das ist eine verschworene Gemeinschaft.«

»Hmm«, antwortete er knurrend.

Wir hatten uns erst auf dem Kastell, dann unter Deck von den historischen Geschützen und ihrer technischen Funktionstüchtigkeit überzeugt und uns dann mit der Bemerkung, dass sich Mannschaft und Familie weiter zur Verfügung halten sollten, von Bord verabschiedet.

Jetzt saßen wir im strömenden Regen nebeneinander auf einer feuchten Holzbank am Pier, und ich blinzelte durch meine beschlagenen Gläser die Silhouette der schwarzen Kogge an. Irgendwo draußen auf dem Meer grollte es, und ein Gewitter begann sich zu entladen.

»Sie wären gern zur See gefahren, nicht wahr, Kubsch?«
»Na ja, warum nicht ... Jugendträume.«
»Schon okay.«
»Ein merkwürdiger Zufall, nicht?«
»Unsinn, Kubsch! Glaub nicht an Zufall. Die Polen machten krumme Geschäfte und wurden von Wichsmanns Leuten angegriffen. Ein Toter ohne Kopf geht über Bord. Sie werden verhaftet, brechen aus, nehmen den Kopf des anderen Toten mit, klauen ein Fahrzeug im Dorf Mecklenburg, kommen zurück zum Hafen, wechseln auf ein Boot ... Und haben dann nichts Besseres vor, als sofort und ohne Umwege die große Hanse-Kogge anzugreifen?«
»Und die ist bis an die Zähne bewaffnet, zerschießt ihr Motorboot und tötet die drei!«, komplettierte ich Hansens Aufzählung und putzte mir mit einem Papiertaschentuch meine alte Brille.
»Richtig!«
»Und kein Zufall?«
»Kein Zufall.«
Und nach einer gedankenverlorenen Pause, in der ihm ein mittelgroßer Regentropfen auffällig von der Nase perlte, fragte Hansen: »Und wo ist nun der Himmelfahrt-Kopf?«
»Gute Frage.« Ich bemühte mich, die Fakten zu rekapitulieren: »Vielleicht untergegangen beim Überfall auf die Kogge.«
»Dann finden wir den vermutlich nie wieder!«
Die Plastiktüte im Hals des Toten kam mir in Erinnerung. Doch noch einmal die gleiche Prozedur, das war kaum vorstellbar und beim gegenwärtigen Zustand des Totenschädels auch von der technischen Umsetzung her gesehen nicht mehr realistisch.
»Ganz schöner Mist, Chef.«
»Wir brauchen mehr Informationen über die ›Wismaria‹, Rechtsverhältnisse, Finanzen, Einsätze et cetera. Das ganze Programm, Kubsch. Hängen Sie sich rein, aber gründlich!«
Es war mittlerweile kurz nach fünf. Kommissar Hansen blieb dort auf der Holzbank noch eine Weile wie ein begossener Pu-

del im Wolkenbruch sitzen und beobachtete in der Ferne den Hafenmeister bei einer seiner äußerst seltenen Amtshandlungen.

War Henne im Stress, und das war ein Zustand, der rasch erreicht wurde, wackelte sein Haupt derart, dass der Betrachter sich später an kaum noch etwas anderes als an das nickende Antlitz erinnern konnte.

Das sollte heute anders sein: Denn der dicke Hafenmeister spannte auf Höhe seines Baumhauses eine schwere Kette über die schmalste Stelle der Fahrrinne im Alten Hafen. Das war schon seit Jahrhunderten in Wismar so üblich gewesen, aber seit vielen, vielen Jahren nicht mehr vorgekommen. Seit dem ausgehenden 18. Jahrhundert bis zum Ende des real existierenden Sozialismus, als man Sicherheitsaspekten noch grundsätzlich aufgeschlossener gegenüberstand, wurde der Hafen bei Nacht oder drohender Gefahr vom Baumhaus aus mit einer seemannsarmdicken Eisenkette verschlossen – knapp dreißig Meter lang, das gute Stück.

Einst machten die Bohmschlüter (auf Hochdeutsch Baumschließer) diesen Job und waren dazu in besagtem Baumhaus untergebracht, einem kleinen, aber feinen Steinhäuschen direkt auf dem Pier an der Hafeneinfahrt. (An Land bedienten die Bohmschlüter den hinlänglich bekannten Schlagbaum, daher auch der Name für das Baumhaus.) Die Bohmschlüter kurbelten an einer Winde die vielgliedrige Kette straff, deren anderes Ende gegenüber am Kai des Alten Holzhafens fixiert war und die zuvor der Länge nach am Grund des Hafenbeckens geduldig auf ihren Einsatz gewartet hatte.

Die Baumschließer gab es nicht mehr, und auch die rostige Eisenschlange kam kaum noch zum Einsatz. Seit 1990 fiel der massive Absperrmechanismus in den Zuständigkeitsbereich von Henne, dem Hafenmeister, einem eher gemütlichen Menschen, dem die Anstrengung mit jeder Umdrehung an der Winde deutlicher in seine unaufhörlich nickende Grimasse geschrieben stand.

Es dauerte eine ganze Weile, bis die grobe, rostige, von Seetang und Muscheln besetzte Eisenkette in voller Länge, relativ straff gezogen, einen guten Meter über der Wasseroberfläche den Alten Hafen von Wismar für den Schiffsverkehr schier unüberwindbar verriegelte.

Am frühen Abend riss der graue Himmel auf und belästigte Wismar nur mehr mit vereinzelten kurzen Regenschauern.

Der junge Kollege, der zur Observation von Wirt Wichsmann vor der »Pelzplauze« abgestellt worden war, rief aufgeregt aus dem Stadtteil Wendorf an. Er habe die Zielperson aus den Augen verloren. Sie sei auf einem modernen leistungsstarken Motorrad für ihn und seine Fünfzig-Kubikmeter-Simson-Schwalbe einfach zu schnell gewesen. Er kehre jetzt um und beziehe vorsichtshalber wieder seine Ausgangsposition auf dem Ziegenmarkt.

Während ich mich ins Polizeiarchiv vertiefte und Pressematerial über die Hanse-Kogge sichtete, vollzog Olaf Hansen mit zwei Uniformierten die Razzia auf der »Vandalia«.

Der Durchsuchungsbefehl hatte Claudia Wichsmann wenig bis gar nicht schockiert. Sie war nach eigenen Angaben die Steuerfrau des Schiffes und hielt mit Sohn Enno und drei anderen Crew-Mitgliedern die Stellung an Bord, solange ihr Mann mit den anderen Motorradrockern auf der Promenade im Seebad Boltenhagen Harley fuhr. Wann er zurück sei, wisse sie nicht, es könne aber erfahrungsgemäß spät werden.

Hansen hatte das Schiff auf den Kopf stellen lassen, aber bis auf eine zwei Kubikmeter fassende Truhe unter Deck, randvoll gefüllt mit gusseisernen Kanonenkugeln, keine weiteren Indizien für kriminelle Machenschaften irgendwelcher Art gefunden. Die Truhe wurde – reine Vorsichtsmaßnahme – polizeilich versiegelt und somit offiziell beschlagnahmt. Wie und von wem, wann und wohin die schweren Kugeln aus dem Schiffsbauch von Bord gehievt werden würden, darüber mochte Hansen am Sonntagnachmittag lieber keinen weiteren Gedanken verlieren.

Er hatte der Steuerfrau Claudia eine Vorladung für ihren Ehemann in die Hand gedrückt, um sich mit ihm noch einmal in aller Ruhe auszutauschen, wie er es übertrieben respektvoll formulierte, und sich dann von der »Vandalia«, wie schon zuvor von der »Wismaria«, mit einem ähnlich unbefriedigenden Gefühl verabschiedet.

Die Geschichte der Hanse-Kogge hatte es in sich. Ein Prestigeprojekt der Stadt Wismar, initiiert von der Bürgermeisterin Ilse Hannemann und ihrem Stadtrat. Über drei Millionen Euro hatte das Schiff bis zur Taufe angeblich verschlungen. Pikanterweise waren die horrenden Entstehungskosten durch die Verpflichtung einer Reihe von unentgeltlich tätigen Arbeitslosen und sehr günstigen sogenannten Ein-Euro-Jobbern durch das städtische Jobcenter gewaltig gedrückt worden. Hätte man an deren Stelle selbstständige Fachkräfte an- und entsprechend akkurate Rechnungen ausgestellt, wären die Gesamtkosten sicher noch einmal explodiert.

Aber auch die Unterhaltskosten von fast zweihunderttausend Euro pro Jahr waren nicht von Pappe und wurden durch aktuell zweihundertfünfundzwanzig Mitglieder eines Fördervereins finanziert – durch Spenden und Mitgliedsbeiträge in der Regel zwischen zehn und zwanzig Euro pro Nase und Monat.

Einmalig hatte man die Kogge für ein Piraten-Filmprojekt gegen Zahlung einer nicht näher benannten Summe zur Verfügung gestellt. Bestimmt keine schlechte Einnahme, aber auch nur ein Tropfen auf den heißen Stein.

Wie die klamme Finanzierung auf Dauer gut gehen konnte, war eine berechtigte Frage, die wir dem Manager Hermann oder auch Kassenwart Torsten Kronkork stellen müssten. Oder wir wandten uns direkt an die Frauen und Männer hinter den Kulissen, und das waren alles stadtbekannte Unternehmer oder Politiker.

Neben Hermann Kronkork saßen im Vorstand Ilse Hannemann, die Bürgermeisterin der Hansestadt Wismar, Detlef Koth, Bürgermeister und Amtsarzt von Kirchdorf, dem Hauptdorf der benachbarten Insel Poel, und … ich traute einen Augenblick lang meiner alten Brille nicht: Harald Hanekamp, der Leuchtturmwirt und Bürgermeister meines Heimatdorfes Dorf Mecklenburg.

Genau in diesem Moment klingelte das Telefon auf meinem Schreibtisch. Der junge Beamte, der gestern Abend zur Beschattung an den Ziegenmarkt abkommandiert worden war, meldete sich innerhalb kürzester Frist schon ein zweites Mal. Er wolle wissen, wann seine Wachablösung käme, schließlich sei er seit fast zwanzig Stunden auf den Beinen und im Dienst.

»Sehen Sie es doch mal so: alles Überstunden!«, versuchte ich ihn zu besänftigen. »Heute ist Großkampftag! Ausnahmezustand! Generalmobil...«

Was das heißen solle, keifte er etwas unwirsch und übermüdet in den Hörer.

»Jeder auf der Kommandantur ... arbeitet rund um die Uhr!«

Das reimte sich und saß. Immer diese Ungeduld der jungen Kollegen. Aber ich versprach, mich um sein Anliegen zu kümmern.

Kaum aufgelegt, läutete es erneut. Diesmal war Tina Granderath, die frühere Schulkameradin und heutige Rezeptionistin des Mecklenburger Leuchtturms, am anderen Ende der Leitung.

»Moin, Kubschi!«, flötete sie in meinen Gehörgang. »Wie geht's denn so?«

»Ja. Gut. Viel zu tun.«

Warum die Mädels immer erst einmal drum herumreden müssen, bevor sie zum eigentlichen Kern der Angelegenheit kommen? Ich würde das wohl nie verstehen.

»Was gibt's denn, Tina?«

»Ich fand das ja total schau, dass wir uns nach so langer Zeit mal wieder über den Weg gelaufen sind. Mensch, Kubschi, wie lange ist das her? Weißt du noch, damals im Sportunterricht? Da kriege ich heute noch Kribbeln im Bauch ...«, seufzte sie wohlig. Ich stöhnte leicht. »Was machst du denn so?«, fuhr sie nach einer besinnlichen Weile fort. »Tust du auch noch etwas anderes, außer Verbrecher zu jagen? Bist du schon verheiratet, hast du Kinder? Und hast du heute Abend schon was vor?«

Meine Erinnerung an Tina Granderath konnte gar nicht so

schnell verblassen, wie sie es vielleicht befürchtet hatte. Die heute etwa Achtundzwanzigjährige war damals knapp fünfzehn gewesen und ich zwei Jahre älter (eine Ehrenrunde hatte es möglich gemacht). Wir hockten zwei Jahre gemeinsam in einer Schulbank, allein das waren schon genug turbulente Erinnerungen. Darüber hinaus hing sie mit ihren langen Korkenzieherlocken wie eine Klette an mir, um bei jeder Kleinigkeit anzufangen zu heulen. Immer diese dicken Pausbäckchen, und dann liefen die Tränen im Rinnsal über ihre beiden Airbag-Wangen.

Und damit sie nach der langen Zeit der Verdrängung bloß nicht gleich wieder so anfing, beantwortete ich lieber gewissenhaft ihre vielen Fragen, und zwar alle mit einem eindeutigen »Nein«.

»Na, das ist ja fein!«, säuselte sie mir wieder ins Ohr. »Wann ist es dir denn recht, Kubschi? Vielleicht auf ein Schlückchen im ›Schlauch‹? Ich hab da auch ein paar ganz heiße Informationen für dich!«

»Der Schlauch« war eine schwer angesagte Kultkneipe in der Altstadt von Wismar, gar nicht weit von meiner Haustür hinter dem Rathaus entfernt. Ich sagte für einundzwanzig Uhr zu, wollte aber schon noch gerne wissen, um welche Art von heißen Informationen es sich handelte.

»Da musst du dich bisschen gedulden, Kubschi!« Ihre Stimme klang jetzt nach Augenaufschlag. »Jedenfalls geht es um Hanekamp, meinen Chef, den du heute im Leuchtturm getroffen hast. Der hat dich nämlich angelogen!«

»Wie, angelogen?«

Mein Interesse an Tina Granderath war urplötzlich neu entfacht.

»Die Polen, die du heute Morgen gesucht hast, die waren bei uns am Turm! So! Mehr sag ich nicht. Sonst kommst du vielleicht nachher nicht!«

Ich spürte, wie sie sich eine Korkenzieherlocke hinter ihr linkes Ohr strich. Eine Weile bearbeitete ich Tina noch durch den Hörer hindurch, sofort alle Details detailliert bis ins Detail zu schildern. Umsonst. Sie wollte mehr.

»Du kommst um neun … in Uniform!«, hauchte sie und verkleisterte mir damit die Ohrmuschel. »So etwas habt ihr doch bei der Polizei, nicht wahr?«

Ich versprach ihr leichtfertig alles, was sie wollte. Obwohl ich gar nicht wusste, wo ich so schnell eine Polizeiuniform auftreiben sollte. Bei der Kripo trugen wir so etwas verständlicherweise nicht, und die Kollegen von der Streife würden erst morgen früh wieder in der Kommandantur sein. Ob dieses, gegenüber Wuschelkopf Tina Granderath geleistete, hohe und heilige Versprechen ein Fehler war, wusste zum jetzigen Zeitpunkt wahrscheinlich nur der Henker.

So schlimm wurde es im »Schlauch« dann doch nicht, dafür wenig später umso schlimmer. Denn nach drei Runden Cola-Rum (Tina) und drei Lübzer Pils (Kubschischi) rekelte sie sich bei mir schräg hinter dem Rathaus wie eine heiße Katze auf meiner Kaltschaummatratze, fummelte dabei an meinem Kassengestell herum und streichelte dann sanft über die goldenen Knöpfe der ausrangierten Ausgehuniform vom alten Bartelmann, unserem Hauptkommissar a. D., der sein gutes Stück nach der Pensionierung im Eisenspind im Keller der Kommandantur aus sentimentalen Gründen hängen gelassen hatte.

Der muffige Geruch war durch meinen kurzen Ausflug einmal rund um den alten Marktplatz noch nicht verflogen, aber für eine gründliche Reinigung fehlte heute einfach die Zeit.

Die adrette Klamotte schlabberte den halben Abend böse an meinem schmalen Körper herum, aber die drei goldenen Schulterstreifen und die akkurate Bügelfalte verfehlten ihre Wirkung nicht. Ich entlockte Tina ihre Informationen stückweise ... kleidungsstückweise.

Zum Klassiker von »Fly, Robin, Fly« spuckte Tina Granderath mit jedem grünen Kleidungsstück, das ich ihr in tapferer »Ganz-oder-gar-nicht«-Manier tänzelnd zuwarf, einen weiteren neuen Knüller aus ihrem plappernden Mundwerk.

Beim Sakko wiederholte sie nur, dass der Bürgermeister Harald Hanekamp gelogen und sich mit den Polen in der Gaststube des Turms am Morgen unterhalten habe.

Die Fortsetzung war mir die lange Hose wert: Hanekamp habe den drei Polen ein Fluchtauto zur Verfügung gestellt, einen schneeweißen Golf (Gürtel), funkelnagelneu, den er erst eine Woche zuvor als Geschäftswagen persönlich vom Werk aus Wolfsburg abgeholt hätte (Hose).

Das Uniform-Oberhemd hatte ich mir ungefragt aus dem Spind von Olaf Hansen geborgt. Die Gegenleistung ließ sich sehen: Der Bürgermeister habe schon länger unter dem Leuchtturm ein Lager, wo seit Monaten Waren ankämen, die mit dem Hotelbetrieb oder dem Gasthof darüber auf keinen Fall in Verbindung stünden. Zur Melodie von Silver Convention pfiff ich leise durch die Zähne.

Pro grün-weißer Ringelsocke, die es bei der Polizei gar nicht gab und die ausnahmsweise aus meinem Kleiderschrank stammten und der Liebe zum SV Werder Bremen geschuldet waren, erfuhr ich, dass der Hanekamp nebenher illegale Geschäfte mit zollfreier Ware machte (erste Socke), nicht nur um seinen Turm am Laufen zu halten, sondern auch um die Hanse-Kogge zu finanzieren (zweite Socke). Das waren echte Knaller, wie die frühen Fallrückzieher von Kalle Riedle.

Meine Gier kannte keine Schamgrenze. Ein guter Polizist muss, um der Wahrheit willen, auch einmal Prinzipien fallen lassen können. Somit segelten die grün-weißen Boxershorts über Tinas Wuschelkopf. Sie blies ihre Airbag-Bäckchen auf und gluckste vor Glück. Welch schicksalhaftes Szenario!

»Mir wurde dann ganz komisch, denn zum Schluss unterhielten sie sich über einen Kopf, von dem die Polen nicht wussten, wohin mit ihm.«

Tina hatte sich von der Unterhose (meiner) befreit und hielt sie wie ein schnuckeliges Kuscheltier an ihre üppige Brust.

»Und mein Chef, der Hanekamp, der meinte nur, sie sollten ihn in eine der leeren Fischkisten packen. Wir bekommen ja jetzt im Mai täglich frische Schollen und Flundern, direkt von den Fischern am Hafen in die Küche der Gaststube. Und in eine dieser leeren Flunderkisten, glaube ich, … weil, das habe ich so direkt nicht sehen können … steckten sie dann den Kopf und ab damit in den Kofferraum vom weißen Golf ... Und Hanekamp hat dann noch gesagt, dass sie den auf der Ostsee einfach verschwinden lassen sollten. Also den Kopf, nicht den Golf.«

»Woher weißt du das alles?«

Ich war von dem, was ich gehört hatte, aber auch von dem, was ich sah, sichtlich beeindruckt.

»Tja«, lächelte sie verschmitzt, »Köpfchen!«

Tina hatte geplaudert wie ein Wasserfall, jetzt schwieg sie, und in dieses plötzliche Schweigen, das mir mehr wie eine Andacht erschien, setzte sich der Wuschelkopf doch tatsächlich meine alte Brille auf ihr zartes Näschen und blinzelte damit lustvoll auf meine, wie ich mit Stolz sagen darf, vollkommene Nacktheit.

Nicht dass ich mich genierte, ich stand einfach nur da wie Piksieben und wusste nicht, wie es weitergehen würde. Meine kleine weinerliche Banknachbarin aus fernen Schultagen schien entzückt, sie lächelte und flüsterte:

»Übrigens, deine schicke Mütze kannst du jetzt auch noch abnehmen, Kubschi. Und häng sie einfach über den Ständer und komm zur lieben Tina!«

5

Montag, den 25. Mai

Hansen, Feddersen und ich wateten gerade in hüfthohen grünen Gummistiefeln durch die Schlicklandschaft um Langenwerder.

Die Genehmigung zum Betreten der Vogelschutzinsel hatte der Kommissar auf kurzem Dienstweg bereits morgens um acht aus dem Vorzimmer von Bürgermeisterin Hannemann gelotst.

»Gefahr in Verzug!«, hatte er gerufen.

Alles ein bisschen zu laut für einen frühen Montag im ehrenwerten Rathaus, deshalb waren sie dort froh, ihn quasi im Eilverfahren mit Unterschrift und Stempel wieder losgeworden zu sein.

Grund für diesen unangemeldeten Rathausbesuch war aber der sogenannte Möwenkopf-Mann oder das, was sich mir von ihm in meinem Gedächtnis festgesetzt hatte.

Ein komischer Vogel, den niemand wirklich kannte oder je tatsächlich gesehen hatte. Sein Äußeres solle, so die Gerüchteküche vor allem vor dem Eis-Moor-Imbiss, wegen seiner aerodynamischen Kopfform und seiner immergleichen grauen Erscheinung entfernt an eine Sturmmöwe erinnern. Deshalb diese merkwürdige Bezeichnung.

Polizeilich wurde er nicht geführt. Ein bürgerlicher Name war nicht bekannt. Einem Zugriff wegen illegalen Wohnens in einem Erdloch auf dem Seemannsfriedhof in Kirchdorf hatte sich der Möwenkopf-Mann in der Vergangenheit mehrfach auf geradezu unheimliche Weise entzogen. Dachten wir, jetzt seien wir ihm endlich auf den Fersen, löste er sich regelmäßig in Luft auf.

Manch einer war überzeugt, er sei der Totengräber der Insel Poel, andere vermuteten hinter seiner Identität nur die kornblumige Phantasie von Wurst-Willi vom Eis-Moor.

Wie auch immer: Der ominöse Möwenkopf-Mann erschien mir letzte Nacht just in der Stunde, als ich, von der ausgiebigen Tanzeinlage mit der Sexbombe Tina Granderath und weiterem diensteifrigem Einsatz ermüdet, erst in einen traumlosen, dann aber umso bildreicheren Schlaf verfiel.

Ich schipperte als stolzer Kapitän der »Vandalia« zwischen den Inseln Poel und Langenwerder hindurch, als mich das enervierende Lachen der Möwe Gustav, die in einem Körbchen hoch oben am Mast, noch über dem rot-gelben Jolly Roger, aufgeregt herumhüpfte, auf eine schemenhafte Gestalt aufmerksam machte, die wie in Zeitlupe fußhoch über die Vogelinsel zu flattern schien.

Grau in grau, wie aus Pergament, fast durchsichtig wie dünner Nebel und doch da. Eine Sinnestäuschung, träumte ich, nahm die Brille ab, putzte sie sorgfältig, setzte sie mir wieder auf die Nase und wollte mich wieder diszipliniert und pflichtbewusst den verantwortungsvollen Aufgaben eines Seemanns widmen, da krakeelte es schon wieder vom Mast herunter, und Gustav zeigte mit den Flügeln schlagend in Richtung Vogelinsel.

Jetzt erkannte auch ich: Das war keine Fata Morgana. Der schlanke Körper, das schmale Gesicht, eine leicht nach unten gekrümmte Schnabelnase, das konnte nicht nur, das musste der Möwenkopf-Mann sein, der Unheimliche, dem ich schon so lange auf der Spur war und der mich so manches Mal geleimt hatte!

Und nun schien er mir, dem Kapitän dieses wunderbaren Segelschiffes, freundlich zuzuwinken. Ich holte das Focksegel ein und korrigierte den Kurs auf Nord-Nordost. Keine Frage, diesem ungewöhnlichen Gesellen wollte ich gern einmal einen privaten Besuch abstatten.

Die »Vandalia« segelte quer zur Fahrrinne, leicht wie eine Möwendaune durch das Flachgewässer, über die kreuzende Sandbank hinüber und dann mitten hinein in die Brutplätze von Zehntausenden Sturm- und Lachmöwen, die, einem silbergrauen Taifun gleich, durch ihren Flügelschlag die Segel meines Bootes derart blähten, dass es für einen kurzen Moment das Land unter dem Kiel verlor und leicht wie ein Papierschiffchen vor das einladende hölzerne Finnhaus der Inselwacht wehte.

Früher hatte hier einmal, stets etwa für ein halbes Jahr, während der Brutsaison von April bis August, ein Biologieprofessor aus Rostock gelebt. Der hatte beobachtet und registriert und gezählt und gefüttert und die vom Aussterben bedrohten Seevogelarten beschützt – wie die seltenen Austernfischer oder den noch selteneren Zwergsänger und auch simple Schnatterenten oder Kormorane auf Durchreise. Bis der Mann vor drei Jahren an chronischer Vogelgrippe erkrankt war und seinen ehrenamtlichen Dienst am Federvieh quittieren musste. Seitdem kam er nur mehr einmal pro Saison auf die Insel, um flugs nach dem Rechten zu schauen und seine Finnhütte zu lüften. Ansonsten galt Langenwerder als unbewohnt.

Die Insel war für Fremde, das hieß für Touristen, Neugierige, aber auch Naturliebhaber, tabu. Die ungestörte Fortpflanzung ihrer Bewohner war oberste Priorität. Und während die Zugvögel kamen und gingen, blieben die Möwen dort, wo sie waren, jedes Jahr, zu jeder Zeit, seit Anbeginn der Zeit. Das schien der Sinn von Langenwerder zu sein.

Von irgendwoher hörte ich jetzt ein nerviges Geräusch, träumte ich voll innerer Unruhe. Da watete ich in meiner kühnen Piraten-Uniform, auf dem rechten Schulterblatt hatte sich die lachende Möwe Gustav vertrauensvoll niedergelassen, durch das sumpfige Areal um das Wärterhaus herum und sah dort nicht den von mir erwarteten Rostocker Einsiedler bei seinem alljährlichen Inselbesuch, sondern meinen unsichtbaren Möwenfreund, das fliegende Gespenst, an einer mir völlig fremden, ohrenbetäubenden Maschine hantieren.

Sein Möwenkopf reckte sich ein-, zwei-, dreimal kurz und keck in meine Richtung, das war wie eine Begrüßung. Danach schien er stumm zu grienen. Das schredderartige Ungetüm vor ihm ratterte und ratterte. Der graue Möwengeist stieß, wie an einem Fließband stehend, Massen von Zigarettenstangen in die riesigen rostigen Rotorblätter, die Tonnen von Tabak in enormer Geschwindigkeit zermalmten. Am Ende des Drechselgetriebes spuckte eine Art überdimensionales Ofenrohr mit einem kraftvollen, nicht enden wollenden Klingelton wieder frische grüne Tabakpflanzen aus ...

Plötzlich hatte der Spuk ein Ende. Unsanft wurde ich durchgeschüttelt, und wie ich blinzelnd feststellen musste, hielt mir ein hübscher Wuschelkopf meinen schrill rasselnden Wecker vor meine klimpernden Augenlider.

Hansen erkannte zwar die Fakten meines nächtlichen Polizeieinsatzes an, aber er glaubte weder an übernatürliche Phänomene noch an vage Interpretationen phantastischer Träume. Aufmerksam registrierte er zwar die Aussagen meiner Informantin über die Vorkommnisse am Leuchtturm in Dorf Mecklenburg, eher freudlos reagierte er jedoch auf meine Begegnung mit dem Möwenkopf-Mann. Dennoch: Mit ein bisschen gutem Willen war in der Geschichte eine gewisse Logik zu erkennen.

Vor Langenwerder hatte es ein Seegefecht gegeben. Hier hatte die »Dicke Auster« den polnischen Leichnam aus dem Salzwasser gefischt. Zwischen den Inseln und auf dem offenen Meer direkt vor dem Vogelschutzreservat herrschte augenscheinlich permanenter Hochbetrieb in Sachen Umschlag illegaler Waren. Die Geschäfte hätten natürlich gestört werden können, im Zweifelsfall musste man die Schmuggelware schnell, sicher und trocken irgendwo lagern. Da bot sich die nahezu menschenleere Insel in unmittelbarer Nähe geradezu an.

»Träume lügen nicht!« Ich hatte das irgendwo gelesen und versuchte damit meiner Vision Nachdruck zu verleihen.

»Wer weiß«, spekulierte Hansen ganz forsch, »vielleicht finden wir hier sogar den angeschwemmten Kopf von Piotr Jablonski.«

Wir stiefelten einmal quer über die Insel, mitten durch die Brutkolonien der Mecklenburger Sturm- und Lachmöwen hindurch, die das offensichtlich gar nicht lustig fanden. Ein folgenschwerer Fehler, wie wir wenig später feststellen sollten.

Hier und da mussten wir uns bereits leichter Attacken erwehren, aber das Gepicke am Schuhwerk oder das Gekacke aus der Luft war nichts gegen den wohlorganisierten Angriff einer halben Schwadron ausgewachsener Höckerschwäne.

Drei von den Langhälsen stellten sich uns in den Weg. Mit jedem weiteren mutigen Schritt unsererseits fauchten sie lauter und aggressiver und reckten uns ihre roten, klappernden Schnäbel entgegen. Beeindruckend, um nicht zu sagen: sensationell!

So etwas hatte ich noch nicht erlebt, selbst in den kühnsten Träumen nicht. Von hinten kamen drei weitere wild gewordene Tiere angeflogen. Die Männchen hatten eine imposante Flügelspannweite von über zweieinhalb Metern. Kolossale Exemplare mit Minimum zwanzig Kilo Lebendgewicht!

Die Vorstellung vom stolzen und stillen Schwan, der elegant und friedlich über Seen und Tümpel gleitet, wurde ad absurdum geführt. Dass sie keinen Laut von sich geben, dagegen sprechen schon die Bezeichnungen der Untergattungen, wie zum Beispiel Trompeter-, Pfeif- oder Singschwäne.

Traurig-schöner Schwanengesang klang jedenfalls anders, hier wurde gegen uns zur Attacke trompetet. Das lautstarke Kriegsgeheul und der aggressive Gefechtstanz, den sie um uns herum aufführten, ließen mir langsam das Blut in den Adern gefrieren.

Hansen, Feddersen und ich waren umzingelt. Das Federvieh hatte natürlich Angst um seine Gehege, das war klar. Die würden ihr Revier erbittert verteidigen. Bei Verletzungen ihres Territoriums konnte solch ein Schwanenangriff im schlimmsten Fall tödlich enden, da waren die Vögel von Hitchcock ein lahmer Hühnerhaufen gegen.

Feddersen zog seine Pistole aus dem Halfter und lud durch. Hansen fasste seinen Arm, schüttelte den Kopf und zeigte hinüber zum Vogelwärterhaus, der reetgedeckten Finnhütte, keine fünfzig Meter Entfernung. Dort wären wir in Sicherheit.

Der Kommissar schaute mich an, und ich nickte zustimmend. Um sein Leben zu rennen war besser, als ein Massaker unter Schwänen in einem Vogelschutzgebiet anzurichten und das Blutbad nicht nur vor einem gesundheitlich angeschlagenen

Ornithologieprofessor und unserer eh schon angesäuerten Bürgermeisterin Hannemann, sondern vor einer gesamten Köpfe fordernden Mecklenburger Öffentlichkeit verantworten zu müssen.

In hüfthohen Gummistiefeln zu rennen war schier unmöglich. Die ersten Schritte klappten noch wie geschmiert, doch dann rutschten die Socken, knickten die Sohlen oder blieb das komplette Schuhwerk im Morast stecken. Feddersen stolperte über eine Wurzel, fiel, blieb einen Augenblick stöhnend liegen, rappelte sich wieder auf und schrieb seinen ersten Stiefel ab.

Die Tiere knurrten und schnatterten unbarmherzig hinter uns her, glücklicherweise nahmen sie keine konsequente Verfolgung auf. Die Tür des Holzhäuschens ließ sich ohne Schlüssel öffnen und knallte hinter uns erleichtert ins Schloss. Feddersen war fahlweiß im Gesicht, Hansens Ohren glühten puterrot, mir leckte das Zahnfleisch.

Das Holzhäuschen war leer und ruhte in sich selbst. Dennoch gab es genügend Anhaltspunkte, dass die geräumige Finnhütte noch vor Kurzem bewohnt gewesen sein musste. Auf einem kleinen Tisch in der Mitte der Stube stand ein großer, tiefer Blechnapf mit Fischresten: Köpfe, Schwänze und Gräten eines beträchtlichen Fangs. Die hatte jemand fein säuberlich heraus- und abgetrennt.

Feddersen interessierte das anscheinend nicht die Bohne, er linste nervös hinaus, wahrscheinlich schwante ihm schon für den Rückweg Böses.

Das Fischfleisch, da war ich mir sicher, schwamm gerade in der Magensäure eines uns bestens bekannten Unbekannten. Alles schien hier der dunklen Gruft auf dem Friedhof von Kirchdorf sehr ähnlich. Da war uns im März der Möwenkopf-Mann schon einmal fast ins Netz gegangen. Aber so wie damals war er auch heute – und das konnte eigentlich niemanden richtig verwundern – vor unserem Erscheinen womöglich intuitiv ausgeflogen.

Immerhin, ihr Gutes hatte diese Dienstreise nach Langenwerder: Ich wusste jetzt, dass der verrückte Totengräber von Poel wirklich lebte und mittlerweile zu einer Art Ersatzmann für den Vogelschutzbiologen von Langenwerder mutiert war.

»Das ist Quatsch«, meinte Hansen, als ob er wieder einmal Gedanken lesen könnte, »denken Sie mal logisch, Kubsch!«

»Was ist Quatsch, Chef?«

»Dass der Möwenkopf-Mann jetzt seine Liebe zur Ornithologie entdeckt hätte.«

Okay ... Ich schaute mich um. Tatsächlich deutete in der Behausung rein gar nichts darauf hin, dass sich hier jemand aktiv um Vogelschutz oder Ökologie kümmerte. Keine Nistkästen, keine Metall- oder Plastikreifen für die Beringung, keine Messgeräte zur Erfassung der Population, kein Vogelfutter. Und dennoch: Im Holzhaus gab es neben dem Arbeitszimmer mit integrierter Küchenzeile eine kleine Schlafkammer mit engem Bett, an dessen Schlafdecke ein paar kleine graue und deshalb verdächtige Federn hingen! Zudem verfügte die Hütte über ein einfaches Bad ohne fließendes Wasser, geschweige denn Dusche oder Badewanne, dafür mit einem abgedeckten Plumpsklo.

Das war bekannt, die Insel kannte keine Annehmlichkeiten, ja noch nicht einmal Abflussrohre. Angefangen hatte es sehr viel früher nur mit einem Bauwagen als Unterkunft, wie uns der kränkelnde Vogelprofessor später einmal erklären sollte. Gewaschen und gekocht wurde immer schon mit Ostseewasser, davon gab es unmittelbar vor der Haustür mehr als genug. Wie die Abfälle wurden auch die Exkremente gesammelt und – falls die Notwendigkeit bestand – einmal pro Woche per Ruderboot auf der Nachbarinsel Poel entsorgt. Strom gewann man aus einer kleinen Anlage mit Solarzellen, die auf der Dachschräge der Südseite der Finnhütte montiert war. Somit hatte man immerhin elektrisches Licht und zwei funktionierende Herdplatten. Und das bedeutete schon eine enorme Entwicklung und echten Luxus auf Langenwerder.

Dann wurde es noch einmal spannend: Unter einem abgewetzten Teppich im Wohnraum fand Hansen eine verschlossene Falltür.

»Aufbrechen!«, befahl er Feddersen, der sich verdutzt vom

Fenster losriss, sich nach einem geeigneten Werkzeug umsah und schließlich mit einer Art Fleischermesser aus der Küchenschublade versuchte, die Luke aufzuhebeln. Die Klinge verbog kläglich, der Kapitän verzog entsprechend die Mundwinkel. Es dauerte eine knappe Viertelstunde, bis ich unter der Schlafmatratze des Möwenkopf-Mannes einen kleinen und passenden Schlüssel entdeckte.

Hansen hob die knarrende Falltür an. Gebannt schauten wir hinunter in die Finsternis. Eine enge Treppe führte in einen stockdunklen Kellerraum. Feddersen knipste seine Taschenlampe an. Hansen stieg mit gezückter Dienstwaffe hinab. Ich folgte ihm unauffällig. Was wir dort unten im Verlies des Vogelwärterhäuschens entdeckten, war ein Warenlager vom Feinsten! Stapelweise polnische Zigarettenstangen und Schnapskisten, Kartons voller Medikamente, zwei große Kartoffelsäcke mit Raubkopien chinesischer Pornofilme, ein großer Schrank mit Pelzmänteln aus verbotenen finnischen Zobel- beziehungsweise Rentierfellen und eine Seemannskiste, randvoll mit Fünfhundert-Gramm-Büchsen russischem Kaviar, deklariert als Halbliterdosen Graupeneintopf aus Klaipeda. Alles ohne deutsche Steuerbanderole beziehungsweise andere Importsiegel, also alles unverzollt, alles illegal, alles hochkriminell. Das Lager der Mecklenburger Mafia!

Wurst-Willi und sein Grillbruder aus Zoppot hatten recht, Henning Wichsmann zumindest nicht unrecht, und der Möwenkopf-Mann hatte mich quasi via Telepathie ins richtige Fahrwasser gestoßen. Ich verspürte eine gewisse Dankbarkeit. Denn Träume hin oder her, mit der heißen Ware hatte der Möwenkopf- Mann so wenig zu tun wie die Möwe Gustav mit dem Piratenschiff »Vandalia«, da waren sich Hansen und ich endlich mal einig.

Das Volumen des Schmuggellagers hatte eine Größenordnung, dass wir niemals alles allein zum Polizeiboot hätten schleppen und dort verstauen können, schon gar nicht bei der Vorstellung, etliche Male die gefährlichen Brutstätten der Möwen und Schwäne passieren zu müssen.

Dann kam mir ein schlauer Gedanke … und aus der Not entstand eine Tugend, das hieß ein etwas verwegener Schlachtplan, den ich Hansen und Feddersen unterbreitete, um der Bande ein für allemal das Handwerk zu legen.

Hansen nahm die Idee dankend an und sollte sie leicht verfeinert noch am selben Nachmittag auf den Weg bringen. Bezüglich des Schmuggellagers hieß es dann für den Rest der Woche: abwarten und Tee trinken – und mit einem besonders scharfen Auge stets auf der Vogelschutzinsel und ihrer Inselwacht.

Auf unserem nervösen Rückzug zur »Dicken Auster«, die an der Südspitze der Insel ankerte, mitten durch die in den Wiesen brütenden, skeptisch blickenden Möwenmassen hindurch, sah Hansen als Erster den schwarzen Schwan. Ein älteres Männchen, das sein großes Nest auf einem kleinen Hügel unweit der Vogelwarthütte erbaut hatte und mit Argusaugen bewachte.

Ein schwarzer Schwan ist bekanntlich äußerst selten. Die sogenannten Trauerschwäne stammten eigentlich aus Australien und gehörten zur einzigen noch lebenden fast vollkommen schwarzen Art. Im Gegensatz zu anderen Wasservögeln ist der Schwarzschwan kein Zugvogel, ein Grund mehr, warum ein solches Exemplar in Mitteleuropa selten gesichtet wird oder sich noch seltener gar bis an die Ostsee verfliegt.

In meiner Kindheit hatte ich mehrmals und über einen längeren Zeitraum ein schwarzes Schwanenpaar beobachten dürfen und mich über Herkunft und Wesen der seltenen Tiere einschlägig informiert. Es lebte voller Harmonie auf der kleinen unzugänglichen Insel des Fischweihers in der Nähe meines Heimatdorfes. Aber das ist lange her – bestimmt zwanzig Jahre.

Nicht nur der Vogel war imposant (der Trauerschwan hat übrigens den längsten Hals aller Schwäne), auch sein ungefähr ein Meter hoher Nistplatz, der einen Durchmesser von mindestens einem Meter fünfzig aufwies. Keine Frage: ein enormes Ausmaß für ein Vogelnest!

Unser Weg durch die Brutkolonien führte uns unmittelbar an diesem Trauerschwan vorbei. Auf dem chaotischen Hinweg hatte ihn noch keiner gesehen, das mag an unserer Aufregung um die aggressive Schwanenattacke gelegen haben.

Normalerweise lagen in solch einem Nest vier bis acht blassgrüne Eier, die fünf bis sechs Wochen vom Weibchen wie vom Männchen abwechselnd ausgebrütet wurden. Schwäne waren treue Tiere, bei einer Lebenserwartung von bis zu dreißig Jahren hatte man schon Paarbindungen von weit über zwanzig Jahren beobachten können. Trennungen waren selten, was den Nachteil hatte, dass, wenn ein Partner dieser langjährigen Schwanenehe starb, es für den Hinterbliebenen nach angemessener Trauerzeit schwierig wurde, einen neuen Partner zu finden, der das reifere Alter zu schätzen und lieben wusste.

Der schwarze Schwan, der hier schützend auf seinem Nesthügel hockte, sei solch ein alter Einzelgänger, wie uns sehr viel später der schon betagte Vogelwart aus Rostock bestätigen sollte.

Dass er da erhaben und mit hochgerecktem Hals konsequent seiner Aufgabe nachkam, wollte Hansen nicht recht verstehen. Schon von Weitem sahen wir seinen roten Schnabel angriffslustig klappern. Der Oberkommissar konnte schon arg misstrauisch sein, selbst Tieren gegenüber. Feddersen hatte nach dem vorherigen Angriff immer noch ziemliches Muffensausen.

Das provoziere doch nur wieder seine Artgenossen, so versuchte ich den Chef zu überreden, die Finger von der Brutstätte zu lassen.

Völlig vergeblich. Ein echter norddeutscher Dickschädel, der Herr Oberkommissar!

Hansen brach sich einen dicken Zweig vom Strauch und kraxelte den Hang hinauf. Der stolze Trauerschwan breitete seine gewaltigen Flügel aus und … flog wider Erwarten einfach davon. Ein schönes Bild, fast wie gemalt, dachte ich noch, da stand Hansen schon oben und winkte uns hinzu.

In einem für den schwarzen Einzelgänger viel zu großen Nest lag, wie Hansen schon ganz richtig vermutet hatte, kein einziges Ei und auch kein flügge gewordener Nachwuchs – dafür ein halb verwester Kopf!

»Donnerlüttchen!«, entfuhr es dem Kapitän.

Der Anblick war bestürzend und unappetitlich, aber trotz

seines erbärmlichen Zustandes konnten wir eine Übereinstimmung zwischen diesem und unserem in der Kommandantur verloren gegangenen Schädel definitiv ausschließen. Keine zerzausten blonden Haare, kein wilder Bartwuchs, keine Augenklappe.

»Das muss der Kopf von Piotr sein!«, meinte Hansen ganz nüchtern.

Ein Schock – vor allem für Kapitän Feddersen. Der hatte den zerrissenen Rumpf natürlich noch am deutlichsten vor seinem inneren Auge und konnte jetzt das eine mit dem anderen, wie bei einem Puzzle, im Geiste zusammenfügen. Ihm wurde ganz kodderig. Er stakste den Hügel unsicher hinab, setzte sich auf den Hosenboden und versuchte tief durchzuatmen.

Nicht minder beeindruckt glotzten Hansen und ich ins Vogelnest. Taufrisch war etwas anderes. Die Ohren und der Hals hatten Moos angesetzt. Ganz grün blühte es auch aus den Nasenlöchern. Erinnerte an vermodernde Petersilie. Zu dieser Jahreszeit konnte das dem Reizklima geschuldet sein: hohe Luftfeuchtigkeit, viel Regen, die ersten wärmenden Sonnenstunden – Gras und Unkraut sprossen wie Teufel …

Hansen schickte mich zurück zur Finnhütte, einen Beutel oder eine Plane oder etwas Ähnliches holen.

Die entscheidenden Fragen: Wie kam der Kopf hierher? Hätten ihn Schwäne aus dem seichten Ostseewasser auf die Insel kullern können? War der Tote tatsächlich das Opfer von Piraten geworden? Oder starb Piotr Jablonski vielleicht gar nicht auf hoher See, sondern auf der Insel? Aber wie kam dann sein Rumpf nachträglich ins Meer?

Fragen über Fragen, und für die Antworten brauchten wir jetzt dringend Steffen Stieber, unseren Forensik-Ballistik-Experten aus Lübeck.

Ohne weitere Zwischenfälle und mit dem Kopf, provisorisch eingerollt in eine dunkelgraue Plastikfolie, ging es zurück in die Kommandantur.

Während sich drei Kollegen der Spurensicherung mit einer

weiteren Ausnahmegenehmigung aus dem Rathaus und – auf der Basis des von mir ausgetüftelten Planes – mit ein paar Extrakisten aus unserer Dienststelle auf den Weg nach Langenwerder machten, um weitere Details zusammenzutragen, bereitete Stieber voll gerichtsmedizinischem Tatendrang im Kellergewölbe alles Weitere vor. Er nannte eine Art mobiles medizinisches Mini-Labor sein Eigen – mit Skalpell, Schabmesser, Pinzetten, Ampullen mit einer wässrigen Lösung, Reagenzgläsern und daneben, zur zügigen Auswertung, einem kleinen Laptop; sämtliche Utensilien zur Obduktion akkurat vor sich ausgebreitet.

Wie vermutet konnte eine flinke DNA-Probe des im Schwanennest gefundenen Kopfes dem Rumpf von Piotr Jablonski unzweifelhaft zugeordnet werden. Stieber klang enthusiastisch, als er glücklich ausrief: »Ein und derselbe Mann. Passt wie Arsch auf Eimer!«

Ich zuckte zusammen. Hansen schaute mich abwartend an. Ich riss mich zusammen und presste die Lippen aufeinander.

»Könnte es sein, mein lieber Herr Stieber, dass der Mann von einem Schwan oder einem Schwarm von Schwänen so zugerichtet wurde?«

»Nein, Herr Hansen, auf keinen Fall. Schwäne können, um ihre Jungen zu beschützen, enorm aggressiv reagieren. Wir hatten da mal in Hamburg einen Fall von einem kapitalen Alsterschwan, der auf einen Betrunkenen los ist, der aus Spaß ins kühle Nass gehüpft war. Der Schwan kam angerauscht, hat den Mann erst gerammt und dann sofort brutal auf ihn eingehackt. Der Angegriffene verlor das Bewusstsein und ertrank daraufhin keine zwanzig Meter vom Ufer entfernt.«

Die Hamburger Kollegen hätten bei der Obduktion sieben Knochenbrüche im Gesicht des Toten festgestellt, erzählte Stieber den Vorfall ganz unverblümt, allesamt erlitten durch die kraftvollen Schläge des Schwans.

»Aber einen Schwan als Scharfrichter, der mit der Axt oder dem Schwert einen Kopf vom Rumpf trennt? Beim besten Willen, das gibt es nicht.«

Piotr lag vor uns auf dem Seziertisch und glotzte mich aus

grün geränderten tiefen Augenhöhlen an, als würde er zuhören. Mir wurde ganz mulmig, ich presste mir ein Taschentuch unter die Nase.

Steffen Stieber sendete seine Ergebnisse via Notebook an Hansens E-Mail-Adresse, ordnete rasch sein Mini-Labor für den nächsten Auftrag, und Hansen versuchte derweil zu kombinieren. Es dauerte keine zehn Sekunden, da hatte der Kommissar den schmackhaften Wurm schon am Haken.

Nach dem faulenden Grünzeug in den Schädelöffnungen gefragt, meinte Steffen Stieber nur unschlüssig:

»Keine Ahnung, was das für ein morsches Gemüse ist, lässt sich aufgrund der maroden Konsistenz nicht so schnell klären. Gehört jedenfalls nicht dahin. Und selbst wenn Ohrenschmalz und Nasenschleim einen guten Nährboden darstellen, wissenschaftlich gesehen kann kein Kraut der Welt in solch einem Lebensraum so gut gedeihen. Wenn Sie mich nach meiner persönlichen Meinung fragen …?«

Hansen ermutigte ihn: Er bitte darum.

»Sieht aus wie nachträglich hineingepopelt und erinnert mich in der Vorgehensweise entfernt an die Plastiktüte von Himmelfahrt.«

Sicherlich habe der Kunststoff im Hals eine andere Funktion gehabt als die kaum mehr zu definierende Flora in Hör- und Riechorganen, philosophierte unser Forensik-Primus, aber eine Systematik bleibe eine Systematik, egal wie wenig archetypisch sie sich zeige.

»Wenn das alles nicht so furchtbar tragisch und vor allem verbrecherisch wäre, würde ich glatt behaupten, da erlaubt sich einer einen schaurigen Spaß …«

Egal, ob nun mit Sellerie oder sonst was in den Ohren, immerhin konnten die Angehörigen in Zoppot bald ihren Piotr Jablonski, wenn auch nicht in einem Stück, nun doch komplett beerdigen. Somit waren wir alle einen Schritt weiter.

Den nächsten Schritt sollte ich in Eigenregie übernehmen. Am Abend stand Mai-Scholle auf der Speisekarte des Mecklenburger Leuchtturms. Bürgermeister Harald Hanekamp hatte seine Einladung bestätigt und mich kurz nach achtzehn Uhr persönlich direkt vor seinem Gasthof begrüßt. Im Schlepptau hatte er seine zwei knurrenden Deutschen Boxer, zwei kräftige Rüden von stämmiger Statur.

»Vitali und Wladimir!«, stellte er mir die Hunde vor, die zur Begrüßung ohrenbetäubend um die Wette kläfften.

Die Boxer hatten einen starken, fast quadratischen Körperbau mit enormer Muskulatur, die Schädel waren kantig und das braune Haar kurz und glatt. Typisch für einen Boxer war der Vorbiss, das bedeutete: Der Unterkiefer überragte den Oberkiefer. Ein Umstand, der ihm, gepaart mit seiner sich zentral am Kopf abzeichnenden sogenannten schwarzen Maske, eine unverwechselbar abweisende Physiognomie verlieh.

Hanekamp sperrte Vitali und Wladimir glücklicherweise gleich gegenüber vom Leuchtturmeingang in einen Zwinger. Die beiden hätten mich beim Essen schon ein wenig nervös gemacht.

Auf dem Weg durch den kleinen Hotelempfang winkte mir eine aufgekratzte Rezeptionistin mit einem grün-weiß geriffelten Fußballstutzen nach.

Obwohl sie nie von Dorf Mecklenburg Abschied genommen oder auch nur Abstand gekriegt hatte, hatte das Leben die kleine Granderath trotzdem erheblich verändert. Bei der Erinnerung an die letzte Nacht bekam ich noch jetzt Gänsehaut und Schweißausbrüche.

»Sie kennen sich?«, fragte der Bürgermeister wie nebenbei, als wir die Wendeltreppe des Turms hinaufstiegen.

»Na ja, schon. Ein bisschen. Eine frühere Schulkameradin.«

»Interessant«, kommentierte Hanekamp kurz und gelassen.

Im zweiten Stockwerk ging mir langsam die Puste aus, der Leuchtturm hatte fünf davon. Nach dem Empfangsbereich samt Rezeption (Außen- wie Innenwände rot gestrichen) kamen drei Etagen mit kleinen Gästezimmern (weiß – rot – weiß) und darüber zwei Etagen Restaurantbetrieb (rot – weiß). Toiletten und Lagerräume waren ungeschickterweise wiederum ganz unten, also im Keller (Innenwände weiß gestrichen), untergebracht. Tina hatte mir gestern Abend den Grundriss des Turms mit zartem Strich am lebenden Objekt skizziert.

Hanekamp betonte, dass er uns die schönsten Sitzplätze ganz oben mit einem wunderbaren Blick über saftige Mecklenburger Wiesen und wogende Felder reserviert habe.

Kaum hatten wir den Speisesaal betreten, erkannte ich am Kopfende eines Tisches meine Mutter. Sie studierte, an einem Glas Sherry nippend, die Speisekarte.

Mein Gott! Nicht das auch noch!, dachte ich erschrocken.

Da hatte sie mich schon im Blick und winkte ähnlich begeistert wie zuvor meine ehemalige Klassenkameradin – mit dem nicht unerheblichen Unterschied, dass der kleine Saal, durch den ich an der Seite von Hanekamp schritt, mit Gästen recht gut besucht war (übrigens verdächtig viele von ihnen in Jogginganzüge gekleidet), und die sich entsprechend animiert fühlten, ihre Hälse nach mir zu recken.

»Moin, Moin, mien Jung. Got di to sehn, und got, dat dat so fix klappt hett, mit denn'n Mai-Scholl.«

»Tach, Mutti«, hechelte ich, »wusste gar nicht, dass du auch kommst.« Wir umarmten einander kurz und herzlich und setzten uns dann.

»Ihre Frau Mutter hatte mich gestern Morgen gebeten, sie umgehend zu verständigen, falls Sie meine bescheidene Einladung annehmen sollten.«

Der Wirt und Bürgermeister hatte die Sache arrangiert, ich hatte keinen blassen Schimmer, warum. Glücklicherweise war mein Hunger enorm, sodass ich mir erst einmal keine Gedanken um den Verlauf des Abends machte. Sollte sich Mutti sonnen, am Tisch des Bürgermeisters zu sitzen und ihrem Sohn bei der Arbeit zuzuschauen.

Doch Mutti wäre nicht Mama, wenn sie sich nur sonnen oder zuschauen würde. Im Gegenteil, sie redete in einem fort.

»Sie müssen ja wissen, Herr Hanekamp, der Junge ist ja mein einziger Sohn, und ich habe immer gewusst, der hat das Zeug zu einer Beamtenkarriere. Und er konnte immer schon gut kombinieren und hatte stets Lust, komplizierte Rätsel zu lösen, schon als Kind, müssen Sie wissen. Zuerst wollte er zur See, aber da haben wir ihm glücklicherweise von abgeraten, mein Mann und ich, Gott hab ihn selig, denn der Junge ist ja total kurzsichtig, müssen Sie wissen, und dann litt er fürchterlich unter Nasenbluten, und das sind ja nun keine guten Veranlagungen, um damit reinen Gewissens wochenlang ... Ach, was sag ich! ... womöglich monatelang auf Weltreise zu gehen ...«

Und so redete sie und redete und wollte gar nicht mehr aufhören. Aber dann wurden die gebratenen Schollen serviert, und meine Mutter hatte kurzzeitig eine neue Leidenschaft.

Der Hanekamp hatte wirklich Geduld, er aß seine Mecklenburger Scholle mit Bratkartoffeln, Speck und Zwiebeln und ließ sich Zeit mit der für ihn persönlich logischen ersten Frage.

»Und, Herr Kubsch? Haben Sie meinen neuen Golf schon gefunden?«

»Wir sind dran. Wir haben die, die ihn entwendet haben, und dann kann der Wagen nicht weit sein.«

»Aha! Das ist erfreulich. Wer hat ihn denn gestohlen?«

»Drei Polen.«

»Ach, die Polen wieder einmal«, mischte sich meine Mutter sehr munter ein, immer wieder seien es die Polen, die hier die Autos klauten. »Warum nur immer Polen, kriegen die da keine eigenen Autos drüben in Polen?«

»Deutsche Fahrzeuge, Frau Kubsch, deutsche Wertarbeit. Immer noch gefragt in der Welt!«, versuchte der Bürgermeister zu erklären.

Wir aßen einen Moment schweigend weiter, während Mutti wohl über das Gesagte nachdachte, denn plötzlich knüpfte sie noch einmal völlig überraschend an.

»Na ja, mein Trabbi läuft auch immer noch. Obwohl ... ob das Wertarbeit ist, das kann ich nicht mal sicher sagen.«

»Möchten Sie noch ein Getränk, Frau Kubsch?«

Unser Gastgeber war aufmerksam und zuvorkommend.

Mutti bestellte noch einen Sherry, ihren dritten, und ein Glas Wasser, ich eine große Spezi mit der Bemerkung: »Fisch macht durstig.«

Hanekamp fügte hinzu: »Fisch muss schwimmen!«

So tief steckten wir schon im Smalltalk, dass ich mich kurz entschuldigte, um auf die Toilette zu gehen.

Seine Gäste wollten weit gucken, jeder Quadratmeter müsse für den Ausblick genutzt werden, hatte mir der Wirt erklärt, deshalb sei das stille Örtchen damals unter die Erdoberfläche verlegt worden.

Mein Weg führte mich in schnellem Schritttempo und kürzester Zeit sechs Stockwerke tiefer, hinunter in den Keller, an den Waschräumen vorbei und dort direkt hinter die Tür mit der Aufschrift »Lager«.

Tina hatte gute Vorarbeit geleistet und die Räume zwischenzeitlich aufgeschlossen. Und sie hatte nicht übertrieben: Die gestapelten Wodkakisten wurden von einem Berg Zobelpelze und der wiederum von einem Schrank voller Muskelaufbaupräparate in den Schatten gestellt. Über den Brillenrand hinweg erkannte ich sofort an den Verpackungsmaterialien und der kyrillischen Aufschrift, dass die Waren einen ähnlichen Absender hatten wie die Fundstücke im Vogelhaus auf Langenwerder. Das reichte mir erst einmal, der Hanekamp war meines Erachtens so gut wie erledigt.

Nachdem ich die sechs Stockwerke auf der Wendeltreppe wie in einem Stakkato nach oben gewetzt war und schnaufend mit Herzklopfen und Seitenstechen durch den Speiseraum auf unseren Tisch zutrat, saß meine Mutter alleine bei ihrem inzwischen vierten Sherry. Sie guckte mit leicht glasigen Augen in die Ferne und beschwerte sich, dass man sie so lange allein gelassen habe.

»Wo ist denn der Bürgermeister?«, fragte ich etwas beunruhigt.

»Wie? Ich denk, der ist mit auf dem Lokus? Der ist dir doch hinterher.«

Scheiße, dachte ich nur, und mir stellten sich vor Konfusion die Nackenhaare auf.

»Mutti!«, sagte ich in einem vielleicht etwas zu groben Ton. »Trink bitte aus und geh umgehend nach Haus! Ich bin im Dienst und muss los!«

»Aber mein Junge, ich bitte dich!«, und sie fiel vor lauter Aufregung zurück ins Plattdeutsch: »Dat geht doch nich. Schad üm denn'n fiene Mai-Scholl! Dat kannst du doch mit dien Mudder nich maken ...«

Den Rest der Litanei ließ ich im allgemeinen Gemurmel der Gaststätte zurück. Dieses Mal flog ich im Affenzahn die fünf Stockwerke hinunter zur Rezeption. Manometer noch einmal, im Mecklenburger Leuchtturm brauchte man Kondition, dachte ich nach Luft japsend, da hörte ich draußen vor dem Haupteingang ein paar mächtig im Kies durchdrehende und quietschende Reifen. Gib Gummi, Schumi! Ein reißender Keilriemen war gar nichts dagegen.

Ich eilte vor die Tür, sah noch das Heck von einem schneeweißen Golf um die Kurve schlittern und sprintete ein paar Meter hinterher. Null Chance! Mir schwante Böses. Ich ging zurück zum Turm. Über seinem Eingang sah ich jetzt eine alte Holztafel mit einer merkwürdigen Inschrift, die mich für einen kurzen Moment verharren ließ.

»Man kann sick dreih'n as man will, de Achtersid bliwwt immer hinn'n!«

Die Rezeption war nicht besetzt, meine Tina Granderath nirgends auffindbar. Harald Hanekamp auch nicht.

Verzweifelt hastete ich nochmals hinaus auf den Hof. Der Hundezwinger stand sperrangelweit offen: auch von Vitali und Wladimir keine Spur ...

***

Hansen war zu Hause in der Böttcherstraße 35, und ich vermutete ihn über einer dampfenden Nordischen Fischplatte, der Spezialität seiner Mama Hanna. Ich merkte ihm an, dass es der erste Bissen war, der ihm jetzt im Hals stecken blieb.

»Mensch, Kubsch, konnten Sie denn nicht vorsichtiger sein?«

Hansens Ohren glühten durch Hörer und Leitung hindurch.

»Kommen Sie her und holen Sie mich ab! Haben Sie schon die Kommandantur alarmiert?«

Ich versprach gehorsam, dies nachzuholen und auch die Verkehrspolizei in Schwerin und Rostock um Amtshilfe zu ersuchen.

Der Rest des Abends ist schnell erzählt: Auf der neuen Autobahn A 14, auf der Bundesstraße 104 gen Rostock, der B 105 zur Autobahnauffahrt nach Lübeck, der B 106 Richtung Schwerin, der B 208 nach Gadebusch und natürlich der Autobahn A 20 gen Polen via Rostock wurden bis Mitternacht Straßensperren beziehungsweise KFZ-Kontrollen von den Kollegen der Verkehrspolizei durchgeführt – ohne den erhofften Erfolg.

Zwar fiel den Streifenbeamten kurz vor Gadebusch ein weißer Golf auf, der ziemlich flott und auch noch Schlangenlinien fuhr, aber eben Richtung Wismar und nicht umgekehrt, dennoch hielten sie den Wagen an. Der junge Mann, der sich verkrampft am Lenkrad festhielt, habe kein einziges verständliches Wort herausgebracht, könne aber, so der zuständige Beamte, nach meiner detaillierten Personenbeschreibung unmöglich Harald Hanekamp sein. Und der Golf war auch schon Baujahr 1983. Nach einem (kurioserweise) negativen Alkoholtest ließ man ihn einfach weiterfahren …

So etwas nannte Hansen Pech. Wir saßen zusammen bei gedämpftem Kajütenlicht unter Deck der »Dicken Auster« und wärmten uns an Tee mit Schuss, den Jan Feddersen freundlicherweise zur Verfügung gestellt hatte.

Eine Patrouillenfahrt entlang der riesigen Eisenkette am Alten Hafen, durch den neuen Westhafen, rund um das Wismarer Werftgelände und zurück zum Seehafen, vorbei am riesigen Torf-Terminal, hatte keine wirklich neuen Erkenntnisse gebracht.

Abgesehen davon, dass die Werft nach seiner letzten Pleite endlich unter dem neuen russischen Großinvestor wieder fristgerecht einen Auftrag zu realisieren hatte. Die große Dockhalle war sogar zu solch später Stunde hell erleuchtet, und der Maschinenlärm dröhnte fast schon belästigend über die Wasseroberfläche.

Den Hafenmeister schien das wenig zu stören, er schien in sich zu ruhen: Der Alte Hafen war diese Nacht einmal mehr auf seine gesamte Breite sicher versperrt, größere Schiffe konnten weder hinein noch hinaus, und im Baumhaus brannte trotz des Getöses vom Werftgelände nicht ein einziges Licht.

Zum Vorfall in Hanekamps Leuchtturm bemerkte Hansen nur, dass der Wirt da wohl die Nerven verloren habe.

»Ein Galgenvogel ist das! Und Sie hätten den Keller sehen sollen! Alles Schmuggelware – randvoll, Unterkante Oberlippe!«

»Das Zeugs läuft nicht weg. Da schicken wir gleich morgen früh die Zollfahndung hin, die holt das mit dem Laster ab und macht den Laden dicht.«

»Und Tina ... Ähh, Frau Granderath?«

»Die Rezeptionistin?«

»Ja.«

»Können wir erst einmal nur beten.«

Wenn meinem Kuschelkopf etwas passieren sollte, könnte ich mir das mein Lebtag nicht verzeihen. Ich kannte das ja schon kurzzeitig aus der Kommandantur und eigener Erfahrung: Tina war eine Geisel, das war klar, und Geiseln lebten gefährlich – nicht nur in Somalia.

Was ich Hansen zu erzählen vergaß, war das Verschwinden von Vitali und Wladimir, den beiden Boxerrüden. Aber vielleicht war das auch gut so, der Kommissar hatte nichts übrig für Hunde; oder anders ausgedrückt: eine grässliche Angst vor bissigen Tölen. Wenn ihn ein Blick wirklich windelweich werden ließ, dann die rot geränderten Augen eines zähnefletschenden Vierbeiners.

Zurück am Liegeplatz schaltete Kapitän Feddersen den Motor aus und die Notbeleuchtung an. Gustav hockte auf dem geschwungenen U der Radaranlage und schlief mit dem Köpfchen versteckt in seinem Federkleid. Feddersen trollte sich, eine knappe Entschuldigung murmelnd, in seine Koje und schnarchte schon bald leise vor sich hin.

Dann schlug es von einem der imposanten gotischen Kirchtürme, die die Altstadt Wismars beheimatete, dezent zur Mitternacht.

Hansen und ich spähten abwechselnd über die Hafenanlage zwischen altem Getreidespeicher und dem Rohbau der neuen Markthalle hindurch. Die Schiffe »Wismaria« und »Vandalia« lagen dort gegenüber am Kai im Alten Hafen friedlich nebeneinander und … schlummerten ebenfalls.

Dann musste auch ich irgendwann eingenickt sein.

6

Dienstag, den 26. Mai

Am Horizont stieg die Sonne auf und warf erste warme Lichtstrahlen auf die stille Ostsee. Einige wenige Kumuluswolken verteilten sich wie weiße Tupfer auf klarem Himmelblau. Eine laue Brise zupfte unmerklich an der Segel-Takelage. Diese fast unheimliche Stille bildete die Szenerie für zwei Schiffe, die sich auf offener See, weit draußen in der Mecklenburger Bucht, gegenüberlagen. Ihre Manöver waren langsam, kaum wahrnehmbar, von belauernder Art. Wie zwei riesige Raubkatzen, die sich taxierten und die jeweils bessere Angriffsposition suchten. Das Meer umschlang die beiden Kontrahenten wie eine glitzernde Manege. Ein majestätischer Anblick!

Das Duell stand bevor: Auf der einen Seite die schwarze »Wismaria«, auf der anderen die braune »Vandalia«. Wobei die Hanse-Kogge überlegen schien, weil sie größer war und ihre Kanonen eine längere Reichweite besaßen. Dafür schien das Piratenboot schnell und wendig, weil kleiner und um einiges leichter. Ein möglicher Vorteil im Nahkampf.

Zeitgleich und nur wenige Kilometer weiter am Ende der Wismarbucht weckte mich der Oberkommissar unsanft mit einem Klaps auf den Hinterkopf. Vor mir auf dem Kajütentisch stand ein dampfender Pott Kaffee, und Jan Feddersen flötete in der kleinen Kombüse ein Seemanns-Shanty, während er uns Rührei mit Speck briet.

»Ick heew mol en Hamborger Veermaster sehn, to my hoo-dah, to my hoo-dah. De Masten so scheev as den Schipper sien Been, to my hoo-dah, to my hoo-dah.«

Und über uns auf dem Radar lachte die Möwe Gustav und schunkelte im Takt mit dem braunen Köpfchen. Keine Frage, der Vogel hatte Rhythmus im Blut.

»Blows boys, blow for Californio; oh there's plenty of gold, so I'm told, on the banks of Sacramento. – mento …«

Das klang nicht schön, aber gemütlich. Nur passte das so gar nicht zur Laune des Chefs. Hansen stand mit der Nase im Wind und spähte hinaus auf die Wismarer Bucht, als hätte er nicht den Kaffeeduft, sondern schon den Pulverdampf der Kanonen gerochen.

Kurzerhand flitzte ich die circa hundert Meter hinüber zum Pier des Alten Hafens. Und richtig: Die mächtige Eisenkette vor der Hafeneinfahrt war weg oder zumindest nicht mehr auf Spannung, vermutlich abgetaucht in die Tiefe der Fahrrinne. Die Kaimauer zeigte sich gähnend leer. Die Crews der beiden verfeindeten Segelschiffe mussten schon in der Dunkelheit die Absperrung beseitigt oder durchbrochen haben, dann klammheimlich in See gestochen sein, und keiner auf der »Dicken Auster« – nicht einmal Gustav – hatte von dem frühen Radau irgendetwas bemerkt.

»Da stimmt was nicht«, murmelte der Kommissar, nachdem ich ihm Bericht erstattet hatte, und wies Feddersen an, das Küstenstreifenboot zum Auslaufen klarzumachen.

In diesem Moment sprang der schlaksige Bootsmann an Bord und wunderte sich, dass hier so früh am Morgen schon ein solches Tamtam herrschte. Feddersen reichte die Teller herum, Hansen und ich frühstückten im Stehen.

Gustav flog aufgeregt seine allmorgendliche Begrüßungsrunde, und fünf Minuten später legten wir ab.

Auf der Ostsee hatte die Schlacht begonnen. In einer unablässigen Kanonade flogen die gusseisernen Kugeln hin und her, manche klatschten ins Meer, gefolgt von ungeheuren Fontänen, andere durchschlugen mit dumpfem Krachen die Holzrümpfe und Deckplanken.

An mehreren Stellen flammten auf der »Wismaria« erste kleine Feuer auf. Die Matrosen versuchten schnell und effektiv mit Feuerlöschschaum und eimerweise Ostseewasser zu löschen.

Das Logbuch log nicht: Die »Vandalia« sah insgesamt wesentlich mitgenommener aus. Einige Segel, wie das vordere Fock-, das hintere Besansegel und die Takelage waren von Schüssen zerfetzt. Der Mast war durch einen Volltreffer gesplittert, drohte in der Mitte zu brechen, sein Großsegel war bereits von der eigenen Crew vorsichtshalber gekappt worden.

Auf beiden Decks herrschte höchste Erregung und Nervosität. Die Kronkorks bemühten sich diszipliniert, das Angriffsfeuer ihrer Kammergeschütze aufrechtzuerhalten und dem Gegner den Garaus zu machen.

Die Piraten um Henning Wichsmann versuchten verzweifelt, trotz ihrer angeschlagenen Ruderanlage und der brennenden Kommandobrücke näher an die Kogge zu gelangen, um sie trotz des eigenen Schlamassels zu entern, wie mir der auf der Stirn tätowierte Matrose der »Vandalia« später ungläubig erzählte.

Noch war das Verhalten der Schiffsführer und ihrer Besatzungen von Taktik geprägt. Doch schon bald sollte jedes Gesetz einer geregelten Seeschlacht über Bord gehen und nur mehr der blanke Hass die Kontrahenten anstacheln und aufeinanderhetzen.

Ausgangs des Wismarer Hafens ging es für uns einmal mehr zwischen den beiden schwedischen Holzköpfen hindurch, die, zwei riesigen Bojen gleich, den Schiffsweg begrenzten. Tradition verpflichtet: Zu Störtebekers Zeiten (und auch noch weit später) hatten gepfählte Totenschädel die fremden Seefahrer in der Hansestadt diabolisch willkommen geheißen.

Auf Backbord ließen wir die Insel Poel links liegen. Und erst bei voller Fahrt hinein in die Mecklenburger Bucht bekam man einen realistischen Eindruck, wie riesig die Ostsee eigentlich war.

Hansen und Feddersen standen nebeneinander auf der Brücke und suchten mit Ferngläsern das platte Meer ab. Wo sich am Sonntag die Frachter und Container noch wie beim Kaffeekränzchen ein vielfaches Ahoi zuriefen, war heute Morgen bei extremstem Blickwinkel von einhundertfünfzig Grad weit und breit kein Kahn zu sehen. Und doch hörte man entfernt und unverkennbar explosionsartiges Donnergrollen, das Geschützfeuer zweier Schiffe irgendwo draußen hinterm Horizont ...

»Die sind sich ins Gehege gekommen«, interpretierte ich die Kanonensalven.

»Die haben sich gesucht und gefunden«, antwortete Hansen und an Feddersen gewandt: »Geht's vielleicht ein Knötchen schneller?«

»Aye, aye, Oberkommissar!«

Und der Kapitän zog den Gashebel bis zum Anschlag. Die »Dicke Auster« machte einen Satz und klatschte in Schussfahrt über die glitzernde Oberfläche der Baltischen See. Hopsasa und hollala! Die fünfundzwanzig Knoten kribbelten bis in die Eingeweide. Das Meerwasser in meinen verkappten Seefahreradern kam schwer in Wallung.

Währenddessen herrschte draußen blankes Entsetzen und blutiges Chaos auf den beiden bedenklich demolierten Holzseglern.

Der riesige Mast ächzte, die Segel komplett zerschossen, schwarzer, beißender Rauch schwängerte die Luft auf der »Wismaria«. Die Kapitänin von Gollwitz hatte die schwarze Kogge schräg hinter das Heck des Piratenschiffes manövriert. Der Plan der »Vandalia«, das größere Schiff zu entern, konnte so unmöglich aufgehen.

Kapitän Wichsmann harrte standhaft auf der brennenden Brücke, brüllte unerschrocken die »Wismaria« an und schwang in seinen Pranken einen goldenen Säbel über seinem Haupt, als wolle er den übermächtigen Gegner allein und mit einem einzigen gezielten Hieb seines scharfen Schwertes in die Knie zwingen.

»Klarmachen zum Entern!«, schrie er seiner Mannschaft zu, ohne die Situation auch nur ansatzweise realistisch einzuschätzen. Die Pelzplauze mit dem Knochen in der Nase hielt an der Kanone einen Moment inne und glotzte erstaunt zu seinen übrigen Kameraden hinüber. Der Pirat mit dem Stahlhelm auf dem Kopf, der im Akkord eine Kugel nach der anderen aus dem Schiffsrumpf hob, kratzte sich verwundert an seiner harten Haube. Der dunkelhäutige Pirat – (vielleicht) aus dem fernen

Mosambik – rutschte am Heck der »Vandalia« mit seinem Enterhaken bewaffnet mutig und angriffslustig bis zur äußersten Spitze des Achterstevens. Ein Befehl ist ein Befehl, und war er noch so sinnlos …

An Kapitulation wurde kein Gedanke verschwendet, ohnehin würde es niemand wagen, das Teufelswort unter diesem patriarchalischen Befehlshaber auszusprechen. Das bedeutete aber auch, die »Vandalia« war über kurz oder lang dem Untergang geweiht.

»Mann über Bord!«, schallte es in diesem Moment von der »Wismaria«. Und tatsächlich: Außen auf Backbord saß Erwin Kronkork auf einer eisernen Haubitze und umklammerte etwas unbeholfen das qualmende Kanonenrohr.

Das Bordbuch zitierte einen Matrosen der »Wismaria«, der gesehen haben wollte, wie der Senior im Überschwang des sicheren Siegs vom Kastelldeck auf die Reling geklettert sei, dabei das Gleichgewicht verloren habe und dann abgeschmiert sei. Nach dem schmerzhaften Purzelbaum habe ihm seine Frau Emma einen rot-weißen Rettungsring hinterhergeworfen, der über seine Prinz-Heinrich-Mütze gerutscht und dann wie ein großer Lorbeerkranz auf den schmalen Schultern eines Seepferdchens hängen geblieben sei.

Ob das alles gesund für seinen Kreislauf war, durfte nicht nur von seinem Hausarzt bezweifelt werden.

Feddersen hatte als Erster die dunklen Rauchschwaden am Horizont gesichtet und den Kurs entsprechend auf Nord-Nordwest in Richtung der dänischen Insel Lolland justiert.

Hansen fragte nach einer Kamera. Mit entschuldigendem Blick brachte ihm der hagere Bootsmann nach einer Weile einen Fotoapparat, nicht irgendeinen, sondern ein analoges Einweg-Unterwasser-Gerät mit der Bezeichnung »Underwater Fun Flash«, wie es Tauchtouristen für ein paar Euro an jedem Kiosk weltweit kaufen konnten, wenn sie ihre Nonplusultra-Kamera zu Hause vergessen hatten. Maximal zwölf Motive auf altmodischem Zelluloid waren möglich. Immerhin.

»Besser als gar nichts«, meinte Hansen und drückte mir die billige Pocketkamera sogleich in die Hand. »Machen Sie sich schon mal vertraut, Kubsch. Das Ding ist in diesem Fall vielleicht noch mal Gold wert.« Und an den Kapitän gewandt, fügte er leicht verzweifelt hinzu: »Wie kann es sein, dass auf einem technisch hochgerüsteten Polizeiboot keine Videokamera vorhanden ist?«

Jan Feddersen zuckte kurz mit den Achseln, der Bootsmann machte ein belämmertes Gesicht. Ich pulte den Apparat aus seinem knisternden Zellophan.

Mit satten dreißig Knoten kamen wir rasant voran und endlich in Sichtweite des Schlachtengetümmels der vormals wunderschönen »Wismaria« und »Vandalia«.

Wie konnte dieses Unheil geschehen? Die Kneipe »Zur Pelzplauze« wurde rund um die Uhr von dem jungen Beobachtungsposten in Zivil bewacht. Oder hatte der sich unangemeldet vom Dienst entfernt? Ein Hinterausgang war jedenfalls nicht bekannt. Wie hatten Wichsmanns Männer in den frühen Morgenstunden die Bar verlassen, seelenruhig auf ihr Schiff spazieren können (den Bauch immer noch voller »konfiszierter« Kanonenkugeln), um nun einmal mehr in verwegener Störtebeker-Manier die Ostsee unsicher zu machen?

Feddersen betätigte mehrfach die Schiffssirene und ließ das Blaulicht heulen. Gustav stand gegen den Fahrtwind steif auf dem U und machte keinen Mucks mehr.

Wenig später plumpste Kronkork senior vor Erschöpfung ins Salzwasser und wurde von Jan Feddersen an Bord des Polizeibootes gezogen. Was ihm bei aller verhaltenen Freude über die Rettung nicht gefiel, war, dass er dadurch als Einziger seiner Crew nicht Zeuge des alles entscheidenden Volltreffers wurde.

Hansen schrie mich an, ich solle verdammt noch mal fotografieren, was diese koreanische Plastikkamera hergebe.

»Beweise! Kubsch! Unsere einzigen Beweise!«

Die »Dicke Auster« umschiffte die beiden qualmenden Kähne.

Da erhielt die »Vandalia« eine solche Breitseite, dass sie sich durch das klaffende Loch im Schiffsrumpf knapp über der Wasseroberfläche in Windeseile voll Meerwasser sog.

Wichsmann, seine Steuerfrau Claudia und ein knappes Dutzend Seeräuberkollegen sprangen panisch ins kalte Ostseewasser, ruderten mit den Armen und einige sogar noch mit den Säbeln. Beruhigend immerhin, dass die Eltern heute früh wenigstens den frechen Enno in seinem Kinderzimmer über der »Pelzplauze« zurückgelassen hatten.

Von der Hanse-Kogge kam animalisches Jubelgeheul. Auf ihren noch passabel tragenden Planken vollführten die Kronkorks einen Veitstanz, als hätten sie einen ganzen Krieg gewonnen. Vielleicht war das ja auch so, obwohl auch der Anblick ihres eigenen Schiffes nicht unbedingt zum Feiern einlud. Das würde den Förderverein oder den Steuerzahler einmal mehr eine Stange Geld kosten, die Kogge wieder hundertprozentig flott zu kriegen.

Die »Wismaria« ging jetzt auf respektablen Abstand, und wir zogen die schiffbrüchigen Piraten an Bord der »Dicken Auster«.

Dann ließ ein ohrenbetäubender Knall alle erstarren.

KAWUUMMM …

Eine Feuersäule brach durch das Deck der »Vandalia«, die Takelage stand von einem Moment auf den anderen in Flammen, die restlichen Segel wehten schwarz wie verbrannter Zellstoff über das Meer und waren Sekunden später nicht mehr zu sehen. Die letzte und entscheidende Kanonenkugel der »Wismaria« hatte augenscheinlich die Pulverkammer des Piratenbootes getroffen, sie entzündet und damit brutale Arbeit geleistet. Der Rumpf brach in zwei Hälften und sank in wenigen Augenblicken auf den Grund der Ostsee.

»Gagaga! Rä kiäh! Kriiiär!«

Gustav stieß lautstark seine Klagen in den Wind, hatte dann den Schnabel gestrichen voll und flog geistesgegenwärtig (vermutlich) nach Wismar zurück. Traurig, aber wahr: Wir sollten die treue Lachmöwe niemals wiedersehen …

Der Rest war wie Netze einholen. Henning Wichsmann schrie

und fluchte, seine Besatzung zitterte und schnaubte, Steuerfrau Claudia ging mit angesengten Zöpfen und rußverschmierten Krallen auf Kronkork senior los. Der zeterte und wollte lieber gleich zurück ins Meer, als mit den verhassten Ossenköppen, wie er mehrfach kurzatmig fluchte, gemeinsam in einem Boot zu hocken.

Es war makaber, aber nichts als die Wahrheit! Wie gesagt: Das Logbuch log nicht. Was sollte man machen? Die Geschichte nachträglich umschreiben? Der Senior war nicht zu beruhigen, sein Dannebrog-Antlitz sprach Bände. Kapitän Feddersen hätte ihn fast noch am Schlafittchen erwischt, da war Erwin Kronkork auch schon mit absolut letzter Kraft über Bord gehüpft und im nächsten Moment elendig ersoffen.

Die eigene Mannschaft war relativ weit weg, die Hanse-Kogge tuckerte mit hustendem Außenborder selbstständig Richtung Heimathafen. Ende Mai konnte die Ostsee verdammt kalt sein. Und dann die Aufregung der letzten Stunden. Alles zusammen genommen war des Bösen zu viel für Herz und Kreislauf des Seniorchefs vom »Zickenhuus«.

Schon wenige Minuten später erwiesen sich die Wiederbelebungsversuche unseres Bootsmannes an Bord der »Dicken Auster« als offensichtlich zwecklos. Zurück am Getreidepier konnte auch der Notarzt nur noch den Tod von Erwin Kronkork feststellen. Ein bitteres und vor allem unnötiges Opfer mehr im Nachbarschaftsstreit zwischen den Familien Wichsmann und Kronkork.

In dem ganzen Tohuwabohu kam kurz vor zwölf auf meinem Handy der Anruf aus der Kommandantur: Die Zielpersonen seien offensichtlich nicht mehr in der zu observierenden Heavy-Metal-Bar. Es tue ihm aufrichtig leid, entschuldigte sich der junge Beamte, er sei heute Morgen nach einer Marathonschicht von fast fünfzig Stunden am Ziegenmarkt an der gegenüberliegenden Hauswand des Zielobjektes eingeschlafen. Ab sofort sei er aber wieder diensttauglich und werde seine Überwachung fortsetzen, solange ihn kein anderer Befehl erreiche.

Im Alten Hafen saß ein frustrierter Henne vor seinem Baumhaus und starrte mit ungläubig wackelndem Kopf auf das völlig verbogene und brutal zerrissene Gliederende einer schweren Eisenkette. Sein stummes Meckern glich einem quengeligen Singsang. Da hatte einer ganze Arbeit geleistet und den Hafenmeister in seine wohl tiefste Sinnkrise gestoßen. Nichts mehr zu machen, die jahrhundertealte Kette war definitiv futsch.

Zurück in der Kommandantur am Marktplatz stellte sich mir nur eine Frage: Was jetzt? Das waren für unsere Verhältnisse einfach zu viele Gefangene. Ein Dutzend Möchtegern-Piraten und eine Großfamilie mit Trauerfall: Summa summarum machte das zwanzig festzusetzende Personen, von denen jetzt mindestens die Hälfte bei uns auf dem Flur und auf dem Absatz zwischen erster Etage und Ackermanns Bank herumlungerte. Im Fürstenhof hatten sie derzeit gerade einmal Platz für zwei, in der Kommandantur gab es eine provisorische Einzelzelle, eher gedacht zur kurzzeitigen Ausnüchterung oder Abkühlung erhitzter Gemüter, keine Dauerabsteige für gemeingefährliche Verbrecher. Auf der Insel Poel gab es noch einen alten trockengelegten Brunnenschacht, der bis ins vorletzte Jahrhundert als Kerker diente. Aber das wäre keine elegante und schon gar keine rechtlich einwandfreie Lösung.

Meine beharrlichen Anrufe in Rostock und Schwerin versprachen ebenfalls keine Hilfe. Die Kollegen hätten alle Hände voll zu tun: Gipfeltreffen der Kultusminister in Heiligendamm. Aufgebrachte Sozialpädagogen und depressive Mathematiklehrer hätten unmittelbar vor dem Konferenzgebäude eine Sitzblockade mit Hungerstreik organisiert. Gut dreihundert Demonstranten seien wegen schwerem Landfriedensbruch und Widerstand gegen die Staatsgewalt abtransportiert worden und stünden jetzt Schlange vor den überforderten Vollzugsanstalten Mecklenburg-Vorpommerns.

»Tut uns aufrichtig leid, Kollege. Sogar der Fuchsbau in Ueckermünde platzt aus allen Nähten. Das Problem mit ein paar lumpigen Piraten müsst ihr schon irgendwie alleine bewältigen.«

Der Dienststellenleiter in der Landeshauptstadt kannte kein

Pardon oder glaubte mir die Geschichte von der Seeschlacht in der Mecklenburger Bucht einfach nicht. Sie hätten selber einen Engpass und wüssten nicht, wohin mit ihren Extremisten.

In Rostock mochte sich der Kollege nicht einmal mehr halten vor Lachen und brüllte schallend in den Hörer etwas von Schwierigkeiten in Wismar mit einigen besoffenen Spätkarnevalisten et cetera pp …

Auch der Amtsrichter im Fürstenhof wusste keine adäquate juristische Antwort. Etwas hilflos stellte er die Familien Wichsmann und Kronkork bis zur Anklageerhebung unter Hausarrest und schloss bis auf Weiteres die Gaststätten »Zur Pelzplauze« und »Zum Zickenhuus« mit der windelweichen Begründung, es sei Gefahr im Verzug.

Als Hansen die Wegelagerer auf unserem Büroflur nach Hause schickte, glühten ihm die Ohren, ich konnte das zutiefst mitfühlen. Mir selbst kitzelte ein bitterer metallischer Nachgeschmack den Gaumen. Da war man endlich so weit und hatte genügend Beweise, um die kriminellen Elemente auf der Ostsee zumindest vorübergehend trockenzulegen, und dann scheiterte das kläglich an den begrenzten Kapazitäten der Wismarer Exekutive.

Nicht genug der Gemeinheiten: Keine Stunde später reichte Emma Kronkork für sich, ihre Söhne und deren Großcousins einen Antrag auf Aufhebung des Hausarrestes und einen Antrag auf vorübergehende Öffnung des Restaurants »Zum Zickenhuus« beim zuständigen Amtsgericht ein. Begründung: Die Familie müsse das Begräbnis vom Senior vorbereiten und in angemessenem Rahmen trauern dürfen. Die Trauerfeier sei in der eigenen Wirtschaft geplant.

Der Richter steckte moralisch gesehen in einem Dilemma, ließ einmal mehr Gnade vor Recht ergehen, den Arrest der Familie Kronkork und die Schließung der Gaststätte für die kommenden fünf Tage aussetzen.

Wen wunderte es da noch, dass knapp zwei Stunden später die Familie Wichsmann einen Eilantrag auf Erlass einer einstweiligen Verfügung einreichte …?

Ihr Hausarrest ginge einher mit einer inakzeptablen Vernachlässigung der elterlichen Fürsorgepflicht. Ihr siebenjähriges Kind Enno könne morgen Mittag nicht allein zum schulpflichtigen Schwimmunterricht ins Freibad Wonnemar fahren. Und am Donnerstagnachmittag müsse ihn jemand zum Fußballtraining der F-Jugend vom SC Ankerwinde Wismar begleiten. Außerdem sei das Musik-Café »Zur Pelzplauze« für das kommende Pfingstwochenende von einem norddeutschen Motorradverein zur Jahreshauptversammlung gebucht worden. Die Schließung hätte die kurzfristige Absage des Treffens zur Folge, womit der Veranstalter einen vertraglich geregelten, jedoch unverhältnismäßig hohen Regressanspruch beim Wirt geltend machen könnte. Zudem könne sich jeder anständige Bürger vorstellen, welche Folgen für die öffentliche Ordnung Wismars durch die Aussperrung und Unzufriedenheit einer Hundertschaft angereister Motorradfahrer drohten.

Dieser zweite Antrag klang nicht nur konstruiert und unüberlegt, er wurde vom Amtsrichter, wenn auch zögerlich, tatsächlich abgelehnt. Wenigstens der Chefpirat schien dadurch vorübergehend unter Kontrolle gebracht. Was seine treue Crew mit ihrer vielen Freizeit nun anfangen würde, damit beschäftigte sich keine höchstrichterliche Verfügung. Auch nicht mit dem Haufen Motorradrockern, die angeblich aus dem gesamten norddeutschen Raum zusammenkommen würden, um in Wismar ein nettes, feuchtfröhliches Pfingstfest zu verleben.

Wie bei jedem amtlichen Bescheid konnten natürlich auch die Wichsmanns fristgerecht Widerspruch einlegen. Um es kurz zu machen: Auch der erfuhr eine rasche Ablehnung. Mit den Rockern kannte der Richter kein Erbarmen, mit den stadtbekannten und angesehenen Kronkorks schon. Aber das war allein meine private Meinung, und die gehörte jetzt nicht hierher.

Ich saß an meinem Schreibtisch in der Kommandantur und versuchte einen einigermaßen logisch erscheinenden Bericht über die heutigen Ereignisse zu fabrizieren. Hansen stand am Fenster und schaute auf den historischen Marktplatz und auf das gegenüberliegende Rathaus, hinter dessen weiß getünchter Fassade sich bestimmt schon ein mittelschweres Gewitter zusammenbraute.

»Wenn Sie fertig sind, Kubsch, dann bringen Sie noch den komischen Fotoapparat zur Entwicklung. Und lassen Sie gleich ein paar Vergrößerungen machen. Auch für den Kollegen Stieber in Lübeck. Der sieht das bestimmt noch mal mit ganz anderen Augen.«

Ich versprach, den Auftrag gleich nach Dienstschluss zu erledigen. Die Kollegen der Zollbehörde hatten ihren Bericht schon fertig. Sie hatten die Schmuggelware aus dem Leuchtturm in Dorf Mecklenburg konfisziert und das Lager amtlich versiegelt. Der Hotelbetrieb war weiter zulässig, und die Angestellten konnten, wenn sie wollten, bedenkenlos ihrer Arbeit nachgehen, fast so, als sei alles beim Alten – nur eben vorübergehend ohne Chef und charmante Empfangsdame.

Die Fahndung nach Harald Hanekamp und seiner Geisel Tina Granderath im funkelnagelneuen Golf GTI lief auf Hochtouren. Sogar die Beamten von Koordinierungsverbund Küstenwache zeigten Flagge und hatten den Hafenämtern der gesamten Mecklenburger Küstenregion Anweisung beziehungsweise freie Hand gegeben, einschlägig bekannte Speicher, Docks und Terminals auf eigene Faust und ohne Rücksicht auf Verluste zu filzen – bislang leider ohne Erfolg.

Ich zuckte kurz und heftig zusammen, als das Läuten meines Telefons mich aus meiner Konzentration riss. Ich nahm ab, und meine Stimme klang matt und mechanisch: »Polizei Wismar, Dienststelle Am Markt, Kubsch am Apparat.«

»Kubschi!«, schrie es hysterisch durch den Hörer. »Hilf mir! Bitte! Hier ist deine Tina! Ich …«

Weiter kam sie nicht, ich hörte einen dumpfen Schlag, dann ein Poltern und Winseln, dass sich mir vor Wut und Angst einmal mehr fast der Magen entleerte, und dann die flüsternde oder gepresste Stimme von Hanekamp: »Wir sind Gefangene der Schwarzen Störtebeker Söhne!«

Ich gab Hansen ein Zeichen und stellte per Knopfdruck mein Telefon laut.

»Übrigens spreche ich mit Ihnen über eine Freisprechanlage, sodass der Inhalt des Gesprächs mitgehört wird. Was ich Ihnen jetzt vorlese, Herr Kubsch, ist ein Text unserer Entführer …«

Er hustete und schluckte, er hörte sich nicht an, als sei er Herr der Lage. Im Hintergrund hörten wir ein Kläffen. Was ging da vor sich? Wer hatte da wen gekidnappt? Beim Gedanken an meine Tina verstärkte sich vor lauter Stress mein Zahnfleischbluten. Aber das war mir in diesem Augenblick auch egal.

»Wo sind Sie, Hanekamp? Was haben Sie vor? Wie geht es Tina Granderath?«

Hansen trat an meinen Schreibtisch, machte eine beruhigende Geste und setzte sich mir gegenüber auf seinen Bürostuhl.

»Da die Wismarer Behörden nicht in der Lage sind«, begann Hanekamp flüsternd, kurzatmig, stockend einen vorformulierten Text wiederzugeben, »der Mecklenburger Mafia und ihren stadtbekannten Helfershelfern das Handwerk zu legen, sehen wir uns gezwungen, einen der Drahtzieher des hanseatischen Filzes zu kidnappen und als Gefangenen der Schwarzen Störtebeker Söhne zu betrachten.«

An dieser Stelle lachte Hanekamp leicht verstört, worauf wir einen Schlag hörten. Es klang wie eine Ohrfeige. Dann las der Dorf-Bürgermeister weiter:

»Die Angestellte Frau Tina Granderath ist zwar unschuldig in diese Situation geraten, wird aber von den Schwarzen Störtebeker Söhnen als Pfand behalten, damit die Wismarer Polizei nicht auf die Idee kommt, unüberlegt den Aufenthaltsort der beiden Gefangenen zu stürmen.«

Hanekamp hustete und spuckte irgendetwas aus, wonach ihn wieder eine klatschende Strafe im Gesicht traf.

»Hanekamp! Wo sind Sie?« Falsch gefragt, das merkte ich noch im selben Moment. »Sind Sie in der Nähe Wismars?«

»Jo!«

Es klatschte noch einmal, begleitet von einem mehrstimmigen bösen Kläffen. Vitali und Wladimir! Hanekamp fuhr fort:

»Harald Hanekamp und Tina Granderath werden sterben, wenn die Polizei versucht, sie zu befreien, und wenn die Wismarer Behörden die folgenden Forderungen nicht bis spätestens Freitagmittag vollständig erfüllt haben!«

Es entstand eine kurze Pause, in der wir Tina im Hintergrund schluchzen hörten. Der Kommissar nahm sich Stift und Block und schob mir eine Notiz herüber. Ich las und versuchte noch einmal mein Glück.

»Wir möchten einen der Kidnapper persönlich sprechen.«

Papier raschelte, Harald Hanekamp wurde wohl ein neues Blatt gereicht.

»Denken Sie, ich bin blöd?«, zitierte Hanekamp.

»Wer?«, fragte ich.

»Er.«

»Aha ...«, antwortete ich leicht verwirrt.

Hansen notierte für mich weitere Anweisungen.

»Ruhig Blut. Keine unnötige Konfrontation! Kennen wir den Ort?«, las ich laut vor.

Hansen massierte seine Schläfen, das kannte ich bereits, das tat er nur, wenn er mehr als genervt war, es aber nicht zeigen wollte. Unterdessen bestätigte Hanekamp meine Frage mit einem leisen, aber zustimmenden Gemurmel.

»Werden Sie in der Nähe festgehalten?«

Wieder eine fast unmerkliche Bejahung. Dann ein nahes Bellen.

»Irgendwo am Hafen?«

»Jo.«

Wieder klatschte es fürchterlich. Harald Hanekamp jaulte einmal kurz und heftig auf – vielleicht war das aber auch Vitali oder Wladimir, das war im akustischen Wirrwarr nicht mehr klar zu unterscheiden. Dann las er weiter.

»Erstens: Die Hanse-Kogge ›Wismaria‹ wird stillgelegt. Zweitens: Die Kronkorks werden festgenommen. Drittens: Der Vorstand des Fördervereins wird abgesetzt. Viertens: Der Leuchtturm im Dorf Mecklenburg wird ... Nein! Niemals! Das lese ich nicht vor. Das ist ja Wahnsinn!«

Es hörte sich an, als hätte es eine Art weiteres Handgemenge gegeben, in dessen Folge die Geiselnehmer meine Tina erneut ans Telefon holten. Sie wimmerte mir ins Ohr, und ich sah vor meinem inneren Auge die Tränen im Rinnsal die Bäckchen runterkullern. Mir brach es das Herz. Ich versuchte, beruhigende Worte zu finden, sie sammelte sich und fuhr mit zitternder Stimme fort, die Forderungen der Geiselnehmer zu rezitieren.

»Wo waren wir? Ach ja, stimmt ... Viertens: Der Leuchtturm im Dorf Mecklenburg wird gesprengt!«

Tina holte tief Luft. Ich versprach ihr rasch und vorschnell, dass das nicht geschehen werde. Hansen schrieb die Forderungen der Geiselnehmer auf seinen Schreibblock.

»Fünftens: Die Stadt Wismar verpflichtet sich, den Untergang des Segelschiffes ›Vandalia‹ in Form einer Spende in Höhe von fünfhunderttausend Euro an den Förderverein Lätare zu entschädigen. Die Gesamtsumme wird Freitagmittag um zwölf in bar in einer herkömmlichen weißen Einkaufstüte übergeben. Die genauen Koordinaten der Übergabe werden Ihnen ... dir, Kubschi, dir ...!«

Erneut flennte Tina herzzerreißend in meine Ohren, nur von einem abermals aufgeregten Bellen unterbrochen.

»Es wird alles gut, Tina! Ganz bestimmt, ich sorge dafür, dass dir nichts passiert. Versprochen, Tinalein! Und bis dahin reißt du dich bitte zusammen, ja? Verliere jetzt nicht die Nerven! Bitte!«

»Die genauen Koordinaten für die Geldübergabe«, weinte sie in den Hörer, »werden dir Freitag früh übermittelt.«

Es knackte in der Leitung, und die Verbindung zu Tina war radikal unterbrochen.

»Aufgelegt!«, meinte Hansen trocken.

»Scheiße!«, hauchte ich und tupfte mir Blut von den Schneidezähnen.

So könne man das auch nennen, stimmte mir der Kommissar zu. »Ein entführter Geiselnehmer! Also ein doppelt gemoppeltes Kidnapping, oder wie heißt das, wenn ...?«

»So viel Pech auf einmal kann man gar nicht haben.«

»Hat der Hanekamp nun die Granderath als Geisel genommen? Oder haben die Schwarzen Störtebeker Söhne von Anfang an beide im weißen Golf gekidnappt? Und woher hatten die eigentlich den Wagen?«

Mir wurde schon wieder ganz mulmig. Arme Tina! Womöglich hatte der Hanekamp sie erst entführt. Und dann wurde er von den Störtebeker Söhnen einkassiert und Tina als Zufallszugabe gleich dazu.

»Und dann haben die Ganoven nicht mal den Schneid«, rief ich entrüstet, »persönlich ihre Forderungen zu übermitteln. Eine Bande von Angsthasen ist das!«

»Nicht so krippelig, Kubsch. Bleiben Sie mal ganz suutsche!« Der Chef hatte leicht reden, schließlich fühlte er sich, im Gegensatz zu mir, nicht persönlich betroffen. Mir pocherte das Herz bis in die Mundhöhle.

»Wer hatte schon zuvor die Störtebeker Söhne erwähnt?«, fragte Hansen mehr sich selbst als seinen komplett verstörten Assistenten. »War das nicht die Lotte am Alten Hafen? Die hat doch schon zu Himmelfahrt die Piraten von der ›Vandalia‹ als Störtebeker Söhne bezeichnet!«

Stimmt! Auch ich erinnerte mich jetzt genau. Dann steckten bestimmt der Wichsmann und seine Männer von der »Pelzplauze« hinter der Geiselnahme und Erpressung. Die letztgenannte Forderung nach einer halben Million in bar als Entschädigung für den Verlust ihrer »Vandalia« und deklariert als sogenannte Lätare-Spende, das war ebenfalls eindeutig und an Dreistigkeit kaum zu überbieten.

Hansen stand auf und stellte sich einmal mehr ans Fenster. Wir gingen im Einzelnen noch mal die fünf Forderungen der Erpresser durch.

Spätestens durch die Entführung, das war klar, hatte der Fall eine Dimension erhalten, dass wir das Landeskriminalamt in Schwerin zumindest konsultieren müssten. Mit ein bisschen Pech würden die uns sogar den Fall wegnehmen und sich mit ihrer eigenen Blechbüchsenarmee vielleicht als SOKO »Störtebeker« in unserer Kommandantur breitmachen. Eine Vorstellung, die Hansen missfiel – mir auch.

Da ließe sich ohne höheren Beistand nichts machen, schloss Hansen unsere Erörterung. »Das liegt außerhalb unserer Zuständigkeit. Wir werden gegenüber im Rathaus der Bürgermeisterin einen Besuch abstatten müssen. Mal sehen, was die Hannemann von der ganzen Sache hält.«

Ilse Hannemann war seit der Wende die unangefochtene Bürgermeisterin unserer Hansestadt. In der knapp achthundertjährigen Geschichte Wismars war sie die erste Frau in Amt und Würden und mit fast zwanzig Dienstjahren das am längsten amtierende Stadtoberhaupt.

Sie war resolut, voller Energie, parteilos, mit hervorragenden Verbindungen zur Wismarer Wirtschaft. Was sie anpackte, hatte Hand und Fuß, und das aktuelle touristische Aushängeschild, die Wismarer Hanse-Kogge, war für sie von Beginn an eine Herzensangelegenheit gewesen.

Hartnäckig und in mühevoller Kleinarbeit hatte sie vor knapp zehn Jahren den Stadtrat, die Bürgerschaft und die wirtschaftlich relevanten Unternehmen überzeugt, dass der originalgetreue Nachbau des zwischen den Inseln Poel und Langenwerder gehobenen Wracks einer mittelalterlichen hanseatischen Handelskogge eine lohnende Zukunftsinvestition darstelle.

Die Widerstände waren anfänglich enorm – genauso die Kosten von weit über drei Millionen Euro. Dass nur wenige Jahre nach der Realisation ihres Lieblings- und Vorzeigeprojektes Intrigen, Mauscheleien oder vielleicht sogar kriminelle Organisationen den Kurs der Kogge zumindest beeinflussten, das passte nicht in Hannemanns Weltbild. Genauso wenig wie die Vorstellung, dass in ihrer Stadt Piraten, geschweige denn Camorristi in neapolitanischer Tradition ihr Unwesen trieben.

»Das ist Blödsinn und entbehrt jeder realen Grundlage, meine Herren. Und Schwerin? Warum gleich das LKA in Schwerin aufschrecken? Das sind hausgemachte Probleme, die lösen wir in Wismar am besten auf unsere eigene Art. Wir gehören zum Weltkulturerbe, wir haben einen Ruf zu verlieren! Denken Sie nur an die vielen Touristen … Wenn da ein paar Polen über die

Ostsee Zigaretten schmuggeln, sind das noch lange keine Mafiosi und auch keine italienischen Verhältnisse. Und wenn die Rockerclique vom Ziegenmarkt Robin Hood und die Rächer der Enterbten spielt, haben wir es hier noch lange nicht mit einem Fluch der Karibik zu tun. Sind wir uns darin einig, meine Herren!?«

Hansen und ich saßen der grauhaarigen Politikerin in ihrer sogenannten großen Stube gegenüber. Der Raum lag zum Marktplatz im ersten Stockwerk. Vor den zwei Fenstern stand ein dezent schräg versetzter, massiver Arbeitstisch und darauf eine Sanduhr, die die Bürgermeisterin, aber vor allem auch ihre Besucher, stets an die vergehende Zeit erinnern sollte. Vier mit schwarzem Leder bezogene Stühle gruppierten sich im Viertelkreis vor ihrem Schreibtisch. Beleuchtet wurde die große Stube durch einen zwölfarmigen Messingleuchter, der neben einem originalgetreuen, etwa einen Meter langen Holzmodell einer Kogge über ihrem Schreibtisch von der getäfelten Decke herabhing. Es roch etwas stechend, der dunkle Dielenboden war stets frisch gebohnert.

Die Pragmatikerin Hannemann schüttelte missmutig ihr ergrautes Haupt. Für die Kronkorks lege sie ihre Hand ins Feuer. Das sei eine alteingesessene Wismarer Kaufmannsfamilie, deren Ahnen schon ganz andere Prestigeobjekte der Hansestadt finanziert hätten.

»Schauen Sie sich mal die Nikolaikirche oder die Wasserkunst am Marktplatz an, auch da haben die Kronkorks zu einem nicht unerheblichen Teil mitgewirkt.«

Die Familie sei ohne Fehl und Tadel. Im Gegenteil: Schon zur Hanse-Zeit hätten Vorfahren der Kronkorks sich um Recht und Ordnung stets verdient gemacht.

Bereits Ende des 14. Jahrhunderts, so belege das Wismarer Verfestungsbuch, habe der Kommandant Hermann Kroners das Herz und das Gesetz in beide Hände genommen und die Stadt aufopferungsvoll und unter Einsatz seines Lebens gegen Vandalen und Seeräuber verteidigt. Später heiratete der älteste Urenkel von Kommandant Kroners in einen neuen Industriezweig ein, der durch die Geschäfte mit Kork enorme Gewinne gemacht und entsprechenden Einfluss auf die Geschicke der Stadt gewonnen habe. Über zweihundert Jahre lang habe stets jemand aus dieser mächtigen bürgerlichen Verbindung, die aus Kroners und Kork den neuen Familiennamen Kronkork gebar, im Wismarer Stadtrat gesessen.

»Tja, so war das damals«, endete die sechzigjährige Ilse Hannemann ihren historischen Streifzug.

Zu ihrer Linken hing an der Wand eine große Wanderkarte von Wismar und Umgebung inklusive der Insel Poel und zur Rechten ein großes Ölgemälde vielleicht aus dem 15. oder 16. Jahrhundert. Es zeigte das Wassertor, das einzig erhaltene von ehemals fünf Stadttoren der Wismarer Stadtbefestigung. Das Wassertor, durch das man direkt vom Hafen in die Stadt gelangte, war eingerahmt vom sogenannten Festungsgürtel und seinen Geschützen.

Die Bürgermeisterin stand auf, nicht ohne vorher die Sanduhr umzudrehen, womit sie uns gnädig eine zweite Zeiteinheit gewährte, ging gemessenen Schrittes zum Gemälde und zeigte auf einen stattlichen Mann mit gezücktem Säbel, der unerschrocken auf der Stadtmauer breitbeinig über einer Kanone thronte – anscheinend zu jedem Kampf bereit.

»Das ist er!« Hannemann zeigte auf ebenjenen kräftigen Kerl. »Das ist der Kommandant Hermann Kroners, wie er leibte und lebte.«

»Imposant!«, kommentierte der Kommissar die kolossale Gestalt und konnte sich ein Schmunzeln nicht verkneifen. Hansen hatte garantiert den wenig eleganten Haubitzenritt von Erwin Kronkork vom heutigen Vormittag vor dem inneren Auge und verglich ihn gerade mit dem heroischen Kanonenauftritt seines Vorfahren Hermann Kroners.

Ein neues Ölgemälde des verstorbenen Kronkork senior würde vermutlich genauso wenig Realitäten widerspiegeln wie die Kunstwerke der alten Meister in unserem Rathaus, dachte ich tiefsinnig und rutschte unruhig auf dem schwarzen Lederstuhl hin und her. Ich wusste nicht, was die Hannemann uns mit ihrer Stadtgeschichte verdeutlichen wollte. Vielleicht war sie ja mit Hermann Kronkork oder seiner Mama Emma um irgendwelche Ecken herum verwandt oder anderweitig verbandelt. Auf alle Fälle wäre es nicht das erste Mal, dass sich die Hannemann den Vorwurf des Provinzpatriotismus gefallen lassen müsste.

Sie sei, weiß Gott, keine ausgewiesene Patriotin, nahm sie mir das Wort fast aus dem Mund, aber wenn einer da draußen mit den Machenschaften in der Mecklenburger Bucht aufräumen könne, dann seien das die Kronkorks, niemand sonst.

»Und nur unter diesem Blickwinkel kann man den Untergang dieses ... dieser ... ›Vandalia‹ heute Morgen objektiv beurteilen. Die ›Wismaria‹ wird umgehend aufgemöbelt und bleibt auf See. Basta! Und der Kronkork bleibt im Vorstand des Fördervereins. Nochmals basta!«

»Frau Bürgermeisterin!«, begann Hansen von vorn. »Wir haben es akut mit einer Geiselnahme und einer Erpressung der Stadt Wismar zu tun. Wie gedenken Sie mit den Forderungen der Kidnapper umzugehen?«

Die Hannemann antwortete nicht sofort, sie überlegte hin, sie überlegte her und presste dann nach einer Weile hervor, dass der Bürgermeister Hanekamp ein echtes Schlitzohr sei.

»Wollen Sie damit etwa andeuten ...?«

Weiter kam Hansen nicht. Kompromisslos fauchte die Hannemann dazwischen und wedelte mit ihren Armen in der Luft herum, sodass das hölzerne Modell der schwarze Kogge über ihrem Haupt leicht zu schaukeln anfing und ein wenig Staub fast unmerklich auf uns und ihren Schreibtisch herunterrieselte.

»Ich will damit gar nichts andeuten, Herr Oberkommissar! Ich will damit nur sagen, dass wir eigentlich so gut wie nichts wissen. Wir wissen nichts über das Verhältnis zwischen Harald Hanekamp und dieser ... dieser ... Wie heißt sie noch gleich?«

»Granderath. Tina Granderath.«

Die Namen der kleinen Leute vergaß man schnell, die Mächtigen hängte man sich als Gemälde über den Schreibtisch.

»Genau. Danke, Herr Kubsch. Der Hanekamp und die Granderath – wer weiß, vielleicht steckt da ja noch etwas ganz anderes dahinter.«

Sie machte eine vage Geste, die alles und nichts heißen konnte. Innerlich glühte ich wie die Segelohren meines Chefs. Aber was sollten wir machen, Ilse Hannemann war Trägerin des Bundesverdienstkreuzes Erster Klasse mit Lorbeerkranz und goldener Anstecknadel, da konnte man als kleiner Beamter nicht viel dagegenhalten. Hansen lenkte ein und mimte den treuen Untergebenen.

»Wie sollen wir uns verhalten?«

Die Bürgermeisterin hatte Weisungsbefugnis, sie zuckte erst mit den Schultern und zwinkerte uns dann ganz ungeniert zu.

»Auf dem Papier die Forderungen erfüllen, was sonst.«

»Und der Leuchtturm?«, fragte Hansen mit matter Stimme.

Da bedürfe es einer Sondergenehmigung vom zuständigen Ministerium in Schwerin, und das würde eben etwas länger dauern. Die Pragmatikerin Hannemann setzte sich zurück in ihren Chefsessel und schaute wie eine Patronin auf Hansen und mich herab.

»Die wollen Lösegeld: fünfhunderttausend in bar!«, wiederholte Hansen. »Übergabe Freitagmittag an den Förderverein Lätare …«

»Was soll das denn sein, bitte schön? Gibt's denn den überhaupt, diesen Verein?«, fragte sie zweifelnd.

»Zumindest ist er nicht stadtbekannt«, musste der Kommissar einräumen.

Die Hannemann grübelte und lamentierte dann, dass man so viel Geld auch gar nicht zur Verfügung habe.

»Dann gibt's vielleicht Tote!«, brachte Hansen die mögliche Eskalation konsequent auf den Punkt.

»Behalten Sie diese Gauner aus der ›Pelzplauze‹ im Auge. Dass mir da keiner ungefragt und unerlaubt das Haus am Ziegenmarkt verlässt. Nehmen Sie die Geldsumme, die Ihnen die Amtskasse Freitag früh aushändigen kann. Das muss als Köder reichen. Und bestellen Sie das SEK aus Schwerin. Auch dafür haben Sie meinen Segen.«

Ihr gefiel das Ganze gar nicht, eine brenzlige Situation für sie und ihr geliebtes Amt. Hansen fragte offen provokativ:

»Sie wollen also, dass ich den Geiselnehmern eine Falle stelle?«

»Anschließend bringen Sie das Lösegeld vollzählig und mit Hanekamp und seiner Begleitung zurück zu mir. Direkt hierher! Ich hab mit dem Hanekamp eh noch etwas zu bereden.«

Ihr eisiges Lächeln unterband jeden Einwand im Ansatz. Hannemann schaute auf die gläserne Sanduhr und drehte sie etwas zu schwungvoll, weil überstürzt, um. Der weiße, feine Sand rieselte langsam durch die enge Öffnung und vermittelte das trügerische Gefühl, noch sehr viel Zeit zu haben. Unsere war hier definitiv abgelaufen.

7

Mittwoch, den 27. Mai

Die Ausführungen der Bürgermeisterin über das Verfestungsbuch und die Familienhistorie der Kroners beziehungsweise Kronkorks empfand ich als hochinteressant und auch äußerst lehrreich.

Nach dem einzigen Besuch vor fast zwanzig Jahren mit meiner damaligen siebten Schulklasse im Rahmen des Heimatkundeunterrichtes … oder war das damals Staatsbürgerkunde? Jedenfalls hieß es später Geschichtsunterricht, dann Gemeinschaftskunde, dann Politische Bildung und derzeit, glaube ich, Politische Weltkunde – wohlgemerkt: stets das gleiche Fach …

Wie auch immer, heute saß ich jedenfalls erstmals freiwillig im Schabbelhaus an der Schweinsbrücke und studierte das sogenannte Liber proscriptorum von Wissemara aus der Zeit von 1323 bis 1429.

Das Schabbelhaus war nach seinem Bauherrn benannt, dem bekannten Bierbrauer und beliebten Bürgermeister Heinrich Schabbel aus dem 16. Jahrhundert. Ein Kleinod als Sitz des zeitgeschichtlichen Museums mit eindrucksvollen Fluren, Speicherböden und Wendeltreppen. Eine Schatzkammer der Stadt Wismar, die mit Stolz darauf verwies, ausschließlich Originale zwischen seinen ehrwürdigen Wänden zu beherbergen – egal ob es sich um Gemälde, Schriften oder Schwedenköpfe handelte.

Und das Verfestungsbuch war das älteste wismarsche Gerichtsprotokoll, in dem vor einem Tribunal verhandelte Fälle, Verweise, Strafen, aber auch Begnadigungen penibel genau eingetragen wurden. Man nannte es auch das Buch der Ächtungen. Über ein Jahrhundert prallvoll mit Geschichte, handschriftlich festgehalten auf Pergamentbogen und zum Buch zusammengenäht.

Hansen hatte mir ausdrücklich drei Stunden freigegeben, um

mich mit den Familien Kronkork und Wichsmann »historisch auseinanderzusetzen«, wie er es formuliert hatte. Vielleicht hätten die Scharmützel der Neuzeit einen in der Geschichte der Hansestadt verwurzelten Ursprung, der uns Anhaltspunkte bieten könnte für unsere heutigen Ermittlungen.

Natürlich war es alles andere als einfach, die mittelalterliche deutsche Schrift zu entziffern und dann auch noch zu verstehen. Der betagte Museumswärter, der bereits seit 1990 an sechs Tagen in der Woche im Schabbelhaus die Stellung hielt, hatte an diesem Vormittag wieder einmal nicht viel zu tun und half mit Neugier und echtem Sachverstand.

»Wann ist schon mal ein Kriminalist im Hause?«, erklärte er begeistert sein persönliches Engagement. Er trug einen dunkelblauen Anzug mit einem hochwertigen Metall-Pin in Form eines Schwedenkopfes am Revers. »Aber ganze drei Stunden für das Studium des Liber proscriptorum, das kann wohl kaum ausreichen, junger Mann.«

Ich zuckte mit den Achseln und machte mich ans Werk: Der erste Eintrag über Hermann Kroners, Kommandant des Wismarer Rathauses, war schnell gefunden. Seine schicksalhafte Bestimmung begann indirekt schon im Jahr 1380, und zwar auf Seite achtzehn: Die Wismarer Bauernburschen Balhorst Boldelage und Lucius Craan seien von einem gewissen Nicolao Stortebeker und dem Knecht Gherardo Torfmann nächtlich mit etlichen Knochenbrüchen und blauen Flecken auf brutalste Weise verprügelt worden. (Komisch, mir hatte man bisher immer erzählt, dass das genau andersherum gewesen sein sollte …)

Der Flüchtige Stortebeker sei danach durch einen Deichtunnel zum offenen Meer hin entwischt. Der Wachhabende Hermann Kroners habe vom Schultheiß (das sei so etwas wie der Vorgänger eines Bürgermeisters gewesen, nur eine Nummer kleiner, wie mir mein ergrauter Museumsfreund erklärte) den Auftrag erhalten, mit einer Kanonenkogge den Freibeuter Stortebeker in der Mecklenburger Bucht zu fangen und ihn dem Verlies des Schlosses Gottesgabe in Schwerin zu überstellen.

Die beiden Punkte auf dem o mussten nachträglich ihren

Platz im Namen des berühmtesten deutschen Piraten gefunden haben.

Auf Seite zwanzig gab es dann einen Zusatz, der sinngemäß besagte, dass Kommandant Kroners unverrichteter Dinge von seiner Jagd auf Stortebeker zurückgekehrt war. Bei einem schuldhaften Manöver auf der Ostsee war die Ruderanlage seiner Kogge derart in Mitleidenschaft gezogen worden, dass das Boot drei Tage gebraucht hatte, um in den Heimathafen zurückzufinden.

Den Stadtrat kostete die Verfehlung eineinhalbtausend Taler, schon für knapp das Doppelte hätte man damals ein nagelneues Schiff zimmern können. Beim anschließenden Rechtsstreit zwischen dem Schultheiß und dem Kommandanten war Hermann Kroners jedoch von jeder Verantwortung freigesprochen worden.

Zugegeben, eine uralte Geschichte. Sollte aus dieser Randnotiz der hanseatischen Vergangenheit etwa irgendein Ressentiment bis in die Gegenwart abgeleitet werden können? Immerhin belegte sie vortrefflich die tiefe Verwurzelung der Familie Kroners beziehungsweise Kronkork in den Geschicken der Stadt und ihre Animositäten gegenüber der damaligen Freibeuterei.

Richtig aufschlussreich war erst ein Eintrag des Jahres 1390. Da war die Rede von einem Überfall der »Likedeeler«, dem Seeräuberschiff von Klaus Störtebeker, auf eine Hamburger Hanse-Kogge, die über einhundert Tonnen feinste Gewürze, teure Seide und seltene Felle von Stralsund Richtung Lübeck beförderte und nordöstlich der Insel Poel von den Piraten aufgebracht, geentert und ausgeplündert wurde. Einige Überlebende der Handelskogge hatten übereinstimmend von einer waghalsigen und auch deshalb grandiosen Manövrierleistung des ersten Steuermanns der »Likedeeler« berichtet.

Während die Männer um Stortebeker zum Kapern und Plündern am Bug gestanden und den richtigen Zeitpunkt abgewartet hatten, hatte sich seine rechte Hand, der Steuermann Henning Wichmann, in geschicktem Zickzackkurs ans feindliche Schiff geluvt. Das hieß, er hatte den Vordersteven der »Likedeeler«

derart in den Wind gedreht, dass sie sich so dem ungeschützten Heck der Kogge von hinten nähern konnte. Dann hatte er das eigene Boot mit einem sogenannten Aufschießer von einem Moment auf den anderen zum Stillstand gebracht und sich am feindlichen Heck, salopp formuliert, festgebissen. Bei Windstärke sieben und mächtigem Seegang hätte dieser Coup ohne Wichmanns phänomenale Segelkunst niemals gelingen können.

Ich pfiff leise durch die Zähne und wienerte nochmals meine alten Brillengläser.

Steuermann Wichmann sollte unter der Führung von Klaus Störtebeker zum Kapitän aufsteigen und schon wenige Jahre später (1393) seine eigene Piratenkogge erhalten. In unaufhörlichen Kämpfen war kein fremdes Fahrzeug des Hansebundes vor seinen Raubgelüsten sicher.

Nord- und Ostsee wurden fortan von einem Seeräuberquintett, dessen Verbund sich »Vitalienbrüder« nannte, in Angst und Schrecken versetzt. Klaus Störtebeker und seine Kumpane: die gefürchteten Brüder Godeke und Clawes Mychel, der schlaue Magister Wigbold und eben jenes Manövergenie Henning Wichmann.

Völlig überraschend wies das Ächtungsbuch auf Seite siebenunddreißig eine Unterlassungsklage aus, in der der Vitalienbruder Wichmann in seinem Heimathafen Wissemara von jedem Verdacht und jeder Verfolgung freizustellen sei.

Der Pirat konnte also schalten und walten, das hieß plündern und brandschatzen, was die Mecklenburger Bucht hergab.

Mein hilfreicher und äußerst kompetenter Museumswärter wusste auch den Grund: Gegen Ende des 14. Jahrhunderts waren die politischen Verhältnisse im Ostseeraum äußerst angespannt gewesen. Nach dem Tod des dänischen Königs hatte es Streit um die Thronfolge gegeben, in dem auch Mecklenburger Herzöge ihre Chancen witterten und in den sie entsprechend verwickelt gewesen waren.

Eine nationale Krise bedürfe zu jeder Zeit auch außergewöhnlicher Maßnahmen, meinte mein zuverlässiger Chronist mehrdeutig.

In jahrelangen Gefechten, vor allem auf hoher See, war dem Stadtrat von Wismar jede Hilfe willkommen gewesen – auch die der Ostseepiraten. Die Hansestadt hatte sich offen gegen Dänemark und auf die Seite der Seeräuber gestellt, ihnen sogar sogenannte Kaperbriefe ausgefertigt, um den Überfällen einen legalen Anstrich und Störtebekers wilden Gesellen die Möglichkeit zu geben, die erbeuteten Waren auf dem Marktplatz in Wismar unbehelligt zu verkaufen.

Klaus und Henning hatten immer darauf geachtet, dass jeweils ein Zehntel der Beute an bedürftige Wismaraner verschenkt worden war. Das hatte ihr Ansehen und ihren Ruf als Volkes und Gottes beste Kumpel immens gestärkt.

Da war sie wieder, die Lätare-Spende! Wie der Name des dubiosen Fördervereins der Schwarzen Störtebeker Söhne. Das passte. Klar wie Kloßbrühe: Da steckten die Piraten der »Vandalia« dahinter.

Am Lätare-Sonntag werde, so der Museumswärter und Kenner der historischen Materie, das Fasten ausgesetzt. An diesem Tag dürfe der Gläubige »secundum carnem«, also gemäß dem Fleische leben. Oder anders ausgedrückt: Mit den leckeren Spenden von Störtebekers Mannen hätten sich die armen Seelen endlich einmal wieder so richtig die Bäuche vollschlagen können.

Der Erlass des Herzogs von Mecklenburg, der die Wismarer Behörden ermächtigte, die Kaperbriefe auszustellen, legitimierte von höchster Stelle einen privat organisierten Kaperkrieg. Der Familie Kroners konnte das gar nicht geschmeckt haben. In den Folgejahren entwickelte sich ein schwunghafter Handel mit schnellen wendigen Piratenbooten, der nötigen Bewaffnung und dem Umschlag der erbeuteten Waren.

Boomtown Wismar, dachte ich etwas neumodisch.

Doch die Blütezeit legalisierter Piraterie war schnell wieder vorbei – und damit auch die Blitzkarriere des Henning Wichmann.

Mit dem Friedensabkommen zwischen der Hanse und Dänemark im Mai 1395 beschloss der Stadtrat, dass die Hilfe der Seeräuber nicht mehr nötig war, die Kaperbriefe wurden zurückgenommen und Wichmann und seine Kumpane kurzerhand wieder zu Feinden erklärt.

Nicht gerade die feine Art der Wismarer Obrigkeit, aber so schnell konnte sich das Blatt damals wenden. Da wurde im Hause Kroners beziehungsweise Kronkork in sicherer Vorfreude bestimmt schon mal ein Fläschchen geköpft. Insbesondere vor dem Hintergrund, dass gemäß Seite fünfundvierzig des Ächtungsbuches Henning Wichmann und seine Raubgesellen ihre Überfälle auf der Ostsee entgegen der neuen Rechtslage ohne Unterbrechung fortgesetzt hätten. Kein Wunder – waren die Vitalienbrüder doch stocksauer auf den windelweichen Opportunismus der Mecklenburger Herrscher.

Unter rot-weißen Flaggen machten Dänen und Wismaraner fortan gemeinsam Jagd auf die Vitalienbrüder. Der Kroners habe wirklich alles versucht, den Wichmann aber nie erwischt, meinte mein Schriftexperte und Übersetzer zum Abschluss bei einem gemeinsamen Kaffee mit Schuss im malerischen Innenhof des Schabbelhauses. Das wisse man heute so genau, weil der Wichmann von der Wismaraner Doppelmoral und Kroners Nachstellungen irgendwann die Nase voll gehabt habe und mit seinem Piratenboot dem Klaus hinterher und in die Nordsee übergesiedelt sei. In Hamburg seien sie dann einige Jahre später gemeinsam enthauptet worden. Aber sogar die Nachfahren von Hermann Kroners sollten von Rachegelüsten derart gelenkt worden sein, dass sie selbst die Exekution an der fernen Elbe dem verhassten Henning noch lange krummgenommen hätten.

Das Einzige, was mein exzellent informierter Museumsmensch genauso wenig erklären konnte wie das detailliert geführte Verfestungsbuch, war der Grund für das nachträglich eingefügte »s« im Familiennamen des »Vandalia«-Kapitäns Henning Wichsmann. Denn dass der Wirt der »Pelzplauze« am Ziegenmarkt ein später Nachkomme des Segelkünstlers und Piratenkönigs Wichmann war, daran bestand für mich keinerlei Zweifel mehr.

Ich bedankte mich herzlichst bei meinem freundlichen Helfer und steckte am Ausgang zur Unterstützung des Schabbelhauses zwanzig Euro in die Spendenbox. Das war eine gute Investition.

Mit den neuesten Erkenntnissen im Notizbuch traf ich Hansen zu einem schnellen Imbiss in der Fußgängerzone bei Wurst-Willi am Eis-Moor.

Der Kommissar hatte sich einen schwarzen Schlips umgebunden und versuchte nun beharrlich Schlips und scharfe Wurstsoße fein säuberlich getrennt voneinander zu halten. Schwieriges Unterfangen. Ihm war anzumerken, dass sich sein Appetit in Grenzen hielt, dem Kommissar hätte die viertel Pfeffermakrele bei Lotte Nannsen sicher besser gemundet. Hin und wieder spülte er schlückchenweise mit einem Export nach.

So ungewöhnlich sein Aufzug für einen Jeansträger auch war, der Schlips und auch das weiße Hemd darunter mussten sein, denn Erwin Kronkork sollte bereits am heutigen frühen Nachmittag zu Grabe getragen werden. Und Hansen hatte vor, das Begräbnis und vor allem auch die Szenerie drum herum genau unter die Lupe zu nehmen.

»Die alte, überlieferte Feindschaft erklärt natürlich den Nachbarschaftsstreit auf einer tieferen Ebene«, analysierte Hansen ganz nüchtern die neuen Informationen, die ich ihm brühwarm servierte.

Um uns herum waren die Ohren wie Echolote auf Schleichfahrt justiert. Zur Mittagszeit wurde das Eis-Moor besonders hoch frequentiert, Willi hatte da nicht viel Zeit für persönliche Darbietungen oder Ausschmückung eigener Geschichten, der Rubel musste rollen. Seine Stammkundschaft ließ es zwar um diese Uhrzeit noch gemächlich angehen, nicht wenige hatten aber schon kurz nach zwölf das halbe Dutzend Mecklenburger intus. Doch egal ob als Pilsener oder Export, so ganz ohne Gerüchteküche schmeckte auch das kälteste Flaschenbier schnell fade.

»Dass der Wichsmann etwas mit dem Wichmann aus der Hanse-Zeit zu tun haben würde, habe ich mir schon fast gedacht.

Nicht umsonst hat der Piratenwirt bei unserem zweiten Besuch so angepikt auf den Namen ›von Utrecht‹ reagiert. Erinnern Sie sich, Kubsch?«

Klar. Das komische Frage-und-Gegenfrage-Geplänkel war mir nicht entfallen.

»Wer war denn eigentlich dieser von Utrecht?«

»Simon von Utrecht war der Legende nach der Kapitän der berühmten Hanse-Kogge ›Bunte Kuh‹, die in einer entscheidenden Schlacht vor Helgoland Störtebekers Schiff ›Likedeeler‹ versenkte und dessen gesamte Crew gefangen nahm.«

Ich staunte nicht schlecht, auch Hansen hatte seine Hausaufgaben gemacht. Simon von Utrecht! Mir wurde schwindelig beim Gedanken an den Namen der Kapitänin der »Wismaria«: Simone von Gollwitz! Wie hing denn das wieder zusammen? Und vor allem warum?

Utrecht war eine holländische Hafenstadt am Amsterdam-Rhein-Kanal – Gollwitz das verschlafene Seebad auf Poel, gleich gegenüber der Vogelinsel Langenwerder. Hatte das eine mit dem anderen irgendetwas zu tun? Mir schien das alles sehr verworren.

Neben unserem Stehtisch tauchte plötzlich und ganz ungeniert ein leicht taumelndes »U-Boot« auf. Der Mann hatte eine Schippermütze auf dem Kopf und versuchte krampfhaft, alle überflüssigen Geräusche zu vermeiden, um ja keine Silbe unseres Dialogs zu verpassen. Dennoch konnte er trotz eines Höchstmaßes an Konzentration mehrfaches Aufstoßen im Wechsel mit einem hartnäckigen Schluckauf nicht unterdrücken.

»Moin!«, lud Hansen ihn ein und prostete ihm auffordernd zu.

Der Lauscher reagierte nicht und stellte sich taub. Ein Möchtegern-KaLeu auf Schleichfahrt, eine Hand fest am Mecklenburger, die andere verkrampft an der Tischkante. Der Chef drehte ihm den Rücken zu und fuhr mit gedämpfter Stimme fort:

»So gesehen war die Versenkung der ›Vandalia‹ für die Familie Kronkork eine sehr späte Genugtuung für die kläglich gescheiterten Bemühungen ihres Vorfahren Hermann Kroners.«

»Aber wenn das mit der Feindschaft der Familien so weit zurückreicht«, gab ich zu bedenken, »dann ist da noch lange kein Ende in Sicht – mit dem Hass aufeinander und dem Krieg gegeneinander!«

»Stimmt. Der Tod vom Senior kann die Rachegelüste wieder neu entfacht haben«, ergänzte Hansen skeptisch, »davon muss man leider ausgehen.«

»Wir müssen uns noch einmal den Wirt Wichsmann vorknöpfen, Chef!«, flüsterte ich, so leise es ging. »Wenn der nicht drinhängt in der Erpressernummer, dann will ich kein Polizist mehr sein.«

»Vorsichtig, Kubsch. Keine falschen Versprechungen.«

Hansen deutete auf die Schippermütze neben ihm und legte einen Finger auf die Lippen.

»Wenn wir da eine Verbindung finden, dann haben wir ihn endgültig am Haken«, ereiferte ich mich mit gepresster Stimme. »Vielleicht kapern die Piraten sogar die Schmugglerboote, um mit der heißen Ware eigene krumme Geschäfte zu machen. Zuzutrauen ist den windigen Kameraden eine ganze Menge, da bin ich mir sicher.«

»Unsinn ...«

Der Chef war kurz angebunden, weil abgelenkt. Dem ging das Echolot an seiner Seite sichtlich auf die Nerven. Immerhin hatte der wissbegierige Mithörer seine Schluckgeschwindigkeit stark herabgesetzt und somit die eigenen Schwankgeräusche minimiert. Sein Ohr hing fast auf Hansens Schulter, und sein Blick ging glasig und stets auf der Suche nach der richtigen Fokussierung von Hansens Mund zu meinem und wieder zurück.

Andere nannten so jemanden vielleicht eine nervige Klette oder empfanden es als störende Belästigung, für Willis Stammkunden am Eis-Moor-Imbiss war das die Normalität.

»Schönes Wetter heute, nicht?«

Hansen trat einen Schritt zurück und guckte den Mann forsch an. Der hatte die Worte wohl vernommen, schaute tatsächlich kurz nach oben, musterte fragend den grauen Küstenhimmel, presste dann die Augen zusammen und brabbelte irgendetwas Unverständliches durch seine zusammengebissenen Backenzähne.

Gepflegte Kommunikation ging anders. Immerhin verstand das »U-Boot« den Wink mit dem Zaunpfahl, machte die Schotten dicht und tauchte sukzessive ab: oben zehn, unten fünfzehn – oben zwanzig, unten zwanzig – Flasche anblasen! – oben dreißig, unten fünfundzwanzig – oben vierzig, unten dreißig … Fatale Folge: deutliche Schlagseite. Der Mann wankte und begann in Zeitlupe am Pfosten des Stehtisches hinabzurutschen, hielt die Flasche Mecklenburger intuitiv in die Höhe, blieb dort unten verschmitzt grinsend auf seinen vier Buchstaben hocken und nuschelte: »Klarr mi an'n Mors!«

Hansen lud mich ein, bezahlte, und Willi gab uns zum Abschied sechs frische Fontänen aus seinem Pferdegebiss mit auf den Weg:

»Tschüss, Hansen! Tschüss, Kubsch! Und schönes Begräbnis. Und schönen Gruß und tiefstes Beileid vom Imbiss.«

***

Alle Wege führen bekanntlich nach Rom. Das gilt für das kontinentale Festland, nicht für die Insel Poel. Die Poeler sagen: Alle Wege führen nach Kirchdorf, mitten auf der Insel gelegen. Und inmitten dieser heimlichen Hauptstadt liegt mittig zwischen Kirchsee und Möwenhügel der Friedhof.

Nicht irgendein Friedhof, denn der Poeler Friedhof ist ein ganz besonderer. Er heißt seine Toten bereits seit dem 12. Jahrhundert willkommen, in seiner Mitte steht eine wunderschöne romanisch-gotische Kirche, das älteste Bauwerk der Insel, dem das Dorf seinen Namen verdankt. Das Gräberfeld ist trotz seines Alters eher klein, umrahmt vom sogenannten Schlosswall und einer niedrigen Steinmauer, und allein das hat zur Folge, dass der Platz nur über eine sehr begrenzte Kapazität verfügt.

So wurde der Friedhof zur letzten Ruhestätte vor allem für Seeleute oder Menschen, die sich der See sehr verbunden fühlten. Das passte – vor allem in früheren Jahren: Da gab es mehr Gedenksteine als Gräber, weil letztendlich nur die wenigsten Seemänner auf einem richtigen Friedhof bestattet wurden. Jedenfalls hieß es unter den hiesigen Fischern schon immer: Der letzte Weg führe zum Totenacker nach Poel.

Erwin Kronkork und seine Vorfahren hatten vorgesorgt, seine letzte Ruhestätte war ein großes Familiengrab in vierter Generation. Die schwere Marmorgrabplatte zierte ein verschnörkelter, eiserner Anker, rechts und links davon die Namen seiner Eltern, der Groß- und Urgroßeltern, alles Kronkorks vom Feinsten – und auch den Namen eines gewissen Ture Kroners sah man dort eingemeißelt.

Die trauernde Familie und etwa zwei Dutzend Angehörige und Gäste standen überwiegend schwarz gekleidet, bedrückt oder weinend vor dem offenen Grab des Seniors. Die hiesige Crème de la Crème einflussreicher Leute: Bürgermeister Detlef Koth, stellvertretend für Kirchdorf und den Förderverein der Hanse-Kogge. Gregor Mahlzan, der Redaktionsleiter vom OSTSEE-BLICK (seine besten Reporter standen der Trauergemeinde leger gegenüber, schrieben und fotografierten für die morgige Ausgabe). Pastor Adalbert Petersen von der Wismarer Sankt Nikolaikirche, der den Verstorbenen jeden Sonntag (ob seiner regelmäßigen finanziellen Zuwendungen) in der ersten Reihe seines Gotteshauses persönlich begrüßt hatte. Und die Vorstände des Schützenvereins Hanse e.V. und der Freimaurerloge »Zur Vaterlandsliebe«, deren Ehrenmitglied Erwin Kronkork fast schon seit Menschengedenken gewesen war.

Der dunkle Eichensarg war bereits herabgelassen. Die Kränze warteten aufgereiht zwischen zwei Totengräbern links vom Erdloch. Der neue und noch recht junge Pastor von Kirchdorf predigte zur Rechten, eine Hand an der Bibel, in der anderen eine Schippe, auf der er nicht ungeschickt ein kleines Häufchen Sand balancierte.

Hansen und ich hielten uns im Hintergrund, ein Streifenwagen parkte vor dem gusseisernen Friedhofstor, drei Uniformierte standen, reine Vorsichtsmaßnahme und zur Sicherheit der Trauergäste, etwas bedröppelt zwischen Grab- und Gedenksteinen auf dem Gelände herum. Meiner Meinung nach hätte man die aus Gründen der Rücksichtnahme und Achtung vor den Trauergästen auch weglassen können. Doch war es eine Idee der Hannemann, die auch bei der Totenfeier keine Scherereien mehr erleben wollte. Erwin Kronkork sollte seine letzte Ruhe finden, notfalls mit Polizeieskorte.

Draußen, weit vor dem gusseisernen Tor, hörte man jetzt typisches tiefes Blubbern, wie es spätestens seit dem Rocker-Hippie-Chopper-Film »Easy Rider« unvergesslich geworden war und weltweit rechtlich lizenziert aus dem Auspuff kam. Das Geblubber kam aus vielen Rohren und durch die Hauptstraße Kirchdorfs langsam, aber deutlich näher gerollt.

Torsten Kronkork, der gerade die Schippe von seinem Bruder Hermann entgegennahm, verharrte in seiner Bewegung, horchte, streckte sich dann wie ein Leuchtturm in die Höhe … und wechselte fast im Sekundentakt von einer ungesunden Gesichtsfarbe zur nächsten.

Murmeln und Tuscheln raschelte durch die Trauergemeinde, wurden aber durch das lauter werdende Motorengebrubbel übertönt. Ich schätzte die Geräuschkulisse auf satte einhundert Dezibel … oder anders ausgedrückt: auf ein gutes Dutzend Harley Davidsons.

Die Biker kamen gefährlich nah, ließen ihre Maschinen unweit der Gräberkolonie ausrollen, und das patentierte Harley-Blubbern verebbte.

Die Trauergemeinde schaute paralysiert zum Tor. Es war mucksmäuschenstill, keine Möwe wagte zu krächzen, kein Baum rauschte, nur der Poeler Pastor räusperte sich einmal kurz und verlegen. Die Grabesstille hielt bis zu einem plötzlichen dumpfen Schlag …

Hermann und Torsten sprangen sofort intuitiv hinterher und zogen ihre Mutter Emma aus dem Erdloch, sie war ohnmächtig geworden und polternd auf den Holzsarg ihres Mannes gestürzt.

Verlegenheit und Angst standen jedem ins Gesicht geschrieben.

Die leichenblasse Emma Kronkork kam glücklicherweise rasch wieder zu sich und hielt sich tapfer auf den leicht wackeligen Beinen. Die anderen Trauergäste hatten es plötzlich sehr eilig und zogen hektisch an Erwins frischer Grabstätte vorbei. Durch den Stau vor seiner Grube kam es zu mehreren unangenehmen Rempeleien. Blumen, Sand und letzte Grüße segelten schneller ins Erdreich als ursprünglich geplant.

Der junge Pastor nuschelte ein letztes Gebet, das mehr einem Stoßseufzer glich, nur das abschließende »Amen!« war laut und deutlich zu hören. Dann verschwand der Gottesmann schnellen Schrittes in seiner kleinen Kirche, Luftlinie keine zwanzig Meter entfernt.

Die Brüder Kronkork und ihre beiden Großcousins schäumten vor Wut – über das würdelose Szenario am Grab ihres Vaters und über das donnernde Spektakel der verhassten Motorradfreaks draußen vor der Friedhofsmauer.

»Kommen Sie, Kubsch!« Das war Hansen, er zog mich am Sakkoärmel den Kiesweg hinauf. »Wir schauen mal nach dem Rechten.«

Unmittelbar vor dem gusseisernen Tor standen sie Spalier – zwölf Originale aus der »Pelzplauze«, auf jeder Seite sechs Mann. Dieses Mal nicht in übertriebenem Piraten-Outfit, sondern in ihrer Alltags-Motorrad-Rockerkluft samt Kutte und Kette. Hinter den Fahrern parkten in zweiter Reihe ihre verchromten Lieblinge – jeder einzelne eine echte Augenweide.

Ihr Anführer Henning Wichsmann war nicht dabei, auch nicht seine Frau Claudia und auch die Rotznase Enno nicht. Offensichtlich hielt sich die Familie vorschriftsmäßig an den verordneten Hausarrest. Der Kommissar hatte keine Handhabe, deshalb versuchte er es mit direkter Rede.

»Was macht ihr hier?«, fragte Hansen die erstbeste Plauze.

»Ehrengasse bilden für ehrenwerte Bürger an einem ehrenvollen Tag.«

Das wirkte wie gut auswendig gelernt. Mein ganz persönlicher Piratenfreund, der riesige, stets ruhige und vermutlich aus Tansania stammende Einwanderer, stand vor einer coolen mattschwarzen Night Train und grinste mich breit an.

Der andere Spezi aus der »Pelzplauze«, der mit dem komischen Knöchelchen durch die Nasenwand, stand direkt neben ihm und guckte besonders grimmig.

»Was wollt ihr?«

»Kondolieren!«, log er, dass sich sein Knochen in der Nase bog.

»Ihr seid nicht eingeladen.«

Hansen wollte den Rockern auf den Zahn fühlen.

»P.P.!« antwortete der mit dem Stahlhelm auf dem Kopf.

»Wie bitte?«

»Persönliches Pech!«

»Was wollt ihr von den Kronkorks?« Hansen ließ nicht locker.

»Wir sammeln für ein neues Boot, unseres ist hin. Wir dachten, vielleicht geben die hanseatischen Pfeffersäcke etwas ab von ihrem Zaster.« Der Kerl nahm seinen verbeulten Helm ab und hielt ihn wie einen Klingelbeutel Hansen vor die Brust. »Genug Schotter haben sie ja.«

»Ein paar Extraeinnahmen hier, ein paar Sonderbezüge dort.« Die korpulente Glatze mit den Knöchelchen durch die Ohrläppchen spuckte einmal kräftig auf den Boden. »Pfeffersäcke! Die wissen immer, wo sie die Kohle herkriegen!«

»Mann! Die alte Leier kann doch niemand mehr hören!«

Der Chef wollte die Rocker-Gang ins Gespräch ziehen, das war klar. Alte Regel: Wer quatscht, prügelt nicht.

»Freibeuter der Meere! Hanseatische Pfeffersäcke! Das ist Vokabular aus dem Mittelalter. Leute, Leute! Wir leben im 21. Jahrhundert!«

Der dunkelhäutige Hüne aus dem fernen Sansibar drehte jetzt sein mächtiges Haupt gen Friedhofspforte und zeigte einmal mehr zwei imposante Zahnreihen.

In diesem Moment trat der Clan der Kronkorks aus dem Kirchhof. Angeführt vom neuen Patron, der ab sofort Hermann hieß. Er setzte sich seine dunkle Sonnenbrille auf, warf sich in die Brust und ging gemessenen Schrittes mitten durch das Rocker-Spalier.

Sein impulsiver Bruder blieb vor dem Kameraden stehen, der mitten auf der Stirn einen Totenkopf tätowiert hatte, und guckte dem Chopper-Rocker erst provozierend lange in dessen flackernde Augen und dann auf dessen funkelnagelneue Cross Bones. Wie passend, jetzt bauten die in Amerika auch schon Motorräder für Seeräuber.

Der Knochen-Nasen-Mann scharrte mit der Metallkappe seines Motorradstiefels geräuschvoll im Sand. Torsten drehte sich um, ihm schwoll der Kamm. Die Großcousins, der eine an seiner linken, der andere an der rechten Flanke, behielten derweil den Tätowierten im Auge. Ein hochexplosiver Augenblick.

Da trat Mama Emma, am Arm gestützt von der »Wismaria«-Kapitänin von Gollwitz, in die gefährliche Gasse für Trauergäste.

»Nicht hier! Und nicht am Tag der Beerdigung von Papa!«, rief sie schnarrend in die Hahnenkampf-Arena. »Ji süllt juch alltohoop wat schamen!«

Sie schaute mit böse funkelnden Augen erst die eigenen Söhne und dann die fremden Störenfriede an. Die Rocker-Banausen lachten zwar spöttisch, doch schienen sie beeindruckt vom strengen und couragierten Auftreten der Witwe.

Hermann umarmte kraftvoll die Schulter seines Bruders und zog ihn mit sich fort. Langsam und schweigend trollte sich die Kronkork-Sippe zum nahen Parkplatz. Hansen und ich gingen hinterher und sicherten so ihre Achterfront. Die Situation beruhigte sich zusehends. Selbst die Streifenpolizisten schauten jetzt vorsichtig um die Friedhofsecke, ob die Luft rein sei. Einer von ihnen warf eine Münze in den offenen Stahlhelm, der Rocker guckte konsterniert.

Die Motorrad-Gang wusste nicht, was sie machen sollte. Die Pelzplauzen verharrten immer noch als Ehrengasse – durch die niemand mehr wollte. Selbst die Reporter vom OSTSEE-BLICK trauten dem Frieden nicht und kurvten im großen Bogen außen um das Spalier herum.

Dann bestieg der mit den eisernen Kreuzen als Ohrbehang ganz cool seine dunkelrote Fat Boy. Getragen schritten auch die anderen zu ihren Maschinen. Der Knochen-Nasen-Mann rief mit Inbrunst und aus voller Überzeugung: »Aller Welt Feind!«

Und der Chor der Piratenbande, mit Ausnahme des Mannes aus Afrika, brüllte zurück: »Und Gottes Freund!«

Wie auf Kommando röhrten die Harley-Chopper auf und rollten zum Höllenritt. Nicht wenige Besucher auf dem Parkplatz erstarrten vor Ehrfurcht. Ein Inferno aus Dezibel und Adrenalin karriolte an uns vorbei Richtung Wismar!

8

Donnerstag, den 28. Mai

Vom Suezkanal verlaufen einige der weltweit bedeutendsten Seehandelsrouten durch das Rote Meer und den Golf von Aden und verzweigen sich am Horn von Afrika zum Persischen Golf, nach Südostasien und sogar bis nach Australien. Diese Schifffahrtswege verbinden wirtschaftlich äußerst relevante Gebiete mit dem europäischen Kontinent. Aufgrund der chaotischen Lage in einigen angrenzenden Ländern, wie Jemen oder Somalia, wo fast alles an Staatsgewalt und somit an Polizei oder Küstenwache zusammengebrochen ist, sind die betroffenen Seegebiete seit einigen Jahren massiv durch Piraterie bedroht.

Oft suchen die Menschen, die in diesen gesetzlosen Regionen leben, nur nach der Möglichkeit, Lebensmittel, Bargeld oder Gegenstände von Wert durch solche Schiffsüberfälle zu ergattern. Bei diesen Männern, ausgerüstet meistens nur mit Messern oder Macheten, geht es weniger um die Anhäufung von Reichtümern, als um die nackte Existenz. Davon unabhängig agieren andere Piraten in diesen Zeiten aber auch aus reiner Macht- und Habgier.

2009 hatte sich die größte Containerreederei der Welt, die skandinavische Smørrebrød Line, entschieden, den Suezkanal nicht mehr zu befahren und stattdessen, wie vor 1869 und dem Kanalbau, den weiten Weg um das Kap der Guten Hoffnung zu wählen, egal wie lang der Törn aus dem Pazifik bis in die Ostsee auch dauern sollte.

Hintergrund war der vielleicht spektakulärste Angriff einer Piraten-Bande, den die moderne Seefahrt je erlebt hatte: Bis 1999 fuhr die besagte Reederei noch Rohstoffe wie Flüssiggas oder Rohöl, da traf es ihren größten Supertanker in der Straße von Malakka zwischen Indonesien und Malaysia.

Die Seeräuber griffen das dreihundert Meter lange Zweihunderttausend-Bruttoregistertonnen-Ungetüm mit modernen Speedbooten und Maschinengewehren an. Dazu wurden sie aus der Luft von zwei Helikoptern unterstützt. Die etwa zwanzig perfekt organisierten Piraten kaperten den Tanker, obwohl dieser in weiser Voraussicht eigene speziell ausgebildete Sicherheitskräfte an Bord hatte. Dass es bei der Schießerei keine Toten gab, grenzte fast an ein Wunder.

Die Seeräuber wollten aber nicht, wie sonst in der internationalen Piraterie allgemein üblich, Lösegeld für die Crew oder das Schiff erpressen, sondern zwangen die gesamte Besatzung, nachdem der Kapitän ihnen den Bordsafe geöffnet hatte, zum Verlassen des Schiffes. Im Tresor lagen die Heuer und zu erwartende Liegegelder in Höhe von zweihunderttausend US-Dollar. Die vergleichsweise leichte Beute wurde sogleich wie ein vereinbartes Honorar unter den beteiligen Piraten aufgeteilt.

Aus der Straße von Malakka fuhren sie mit dem gekaperten Supertanker »Römpömpöm« bis nach Ho-Chi-Minh-City, löschten dort unbehelligt die Ladung von fast zwei Millionen Barrel Rohöl (damaliger Marktwert etwa einhundert Millionen US-Dollar), die für schlappe zehn Millionen nach Hanoi verkauft wurden, statteten das Schiff mit falschen Papieren aus und verkauften es unter dem neuen Namen »Labskaus« für zwanzig Millionen US-Dollar weiter an einen taiwanischen Reeder. Ein Schnäppchen, wenn man das so sagen darf.

Das Entführen, Umlackieren und Weiterverkaufen war in der weltweit agierenden Piraterie seitdem gängige Praxis geworden. Deshalb beschloss die Smørrebrød-Reederei, eine solch drastische Erfahrung nicht ein zweites Mal machen zu wollen und das brenzlige Gebiet vor Suezkanal und Rotem Meer weiträumig zu umfahren.

Lange Rede, kurzer Sinn: Kollegen vom Koordinierungsverbund Küstenwache aus Polizei und Zoll fanden am Vormittag, aus einem puren Zufall heraus, das Fluchtauto beziehungsweise Entführungsfahrzeug von Harald Hanekamp.

Der neue schneeweiße Golf war jetzt ein neuer pechschwarzer Scirocco – professionell umlackiert und mit frischen Nummernschildern versehen, jedoch mit derselben Fahrzeugidentifikationsnummer, siebzehnstellig, eingestanzt neben dem Motorblock, wie wir im Verlauf der näheren Untersuchung feststellen konnten.

Was den Kollegen auf dem öffentlichen Parkplatz vor dem neuen Westhafen beim zweiten Frühstück erst auf den dritten Blick spanisch vorgekommen war, war die Typenbezeichnung am Heck des Wagens, der direkt vor ihnen parkte, die passte so gar nicht zur Karosserieform.

Zuerst fühlten sich die Beamten veräppelt: ein Scirocco, getarnt als Golf, oder ein Golf, deklariert als Scirocco? Dann überprüften sie vorsichtshalber das dänische Kennzeichen und stellten nach einer geschlagenen Stunde fest, dass das Auto auf die Reederei Smørrebrød im dänischen Marstal zugelassen war (manchmal war die Welt verdammt klein) und dort nicht der Pkw vermisst, geschweige denn entwendet worden war, jedoch die Nummernschilder.

Das nannte Hansen schnelle und effektive Arbeit. Wir standen auf dem Parkplatz um den frisch lackierten, aber mächtig mit Möwenkot besprenkelten Golf herum. Der Kommissar bedankte sich bei unseren Kollegen von Zoll und Verkehrspolizei, die das Auto kurzerhand knackten und den Rest der Arbeit der Spurensicherung überließen.

Das Innere des Wagens war picobello, wie nach einer Grundreinigung. Dennoch fand man in der hinteren Sitzreihe ein paar lange lockige und einige wenige kurze braune Haare und im Handschuhfach einen kleinen Topf bereits vertrockneter blauvioletter Blumen. Komischer Anblick.

Ich war mir sicher, die lockigen Haare von der Rückbank gehörten zu Tina. Wenn die Halunken ihr an den Haaren gezogen hatten … mir wurde ganz mulmig vor Wut. Außerdem duftete der Sitzbezug nach ihrem dezent-lieblichen Parfum.

Hansen schaute mir ein Weile missbilligend zu und meinte nur, ich solle mich gefälligst zusammenreißen, der süßliche Geruch könne auch mit dem Blumentopf zusammenhängen. Aber da machte er mir nichts vor, Tinas Duft würde ich nie vergessen!

Einer der beiden Spurensucher war im privaten Leben leidenschaftlicher Botaniker. Er erklärte uns, dass es sich bei der zartlila Pflanze um ein Usambaraveilchen handele. Das erkenne er an den eiförmigen, behaarten Blättern und vor allem natürlich an den veilchenähnlichen Blüten.

Auf die berechtigte Nachfrage vom Chef, inwieweit uns das weiterhelfe, meinte der Hobbygärtner nur lapidar: Die kämen aus einem Bergland südöstlich von Somalia, unweit des Kilimandscharo, eben dem Usambara-Hochplateau.

»Soweit ich mich vage an meinen Erdkundeunterricht erinnern kann«, gab Hansen zu bedenken, »liegt der Kilimandscharo irgendwo an der Grenze zwischen Kenia und Tansania.«

Der Kollege kratzte sich am Kopf und versuchte seine Unsicherheit zu überspielen, indem er recht mechanisch antwortete, das sei auf alle Fälle alles Ostafrika.

Das war dann doch merkwürdig. Usambaraveilchen! Die legte man normalerweise nicht ins Handschuhfach. Da waren sie ja nicht zu gebrauchen. Und selbst wenn das Fach klimatisiert wäre, wovon man bei solch einem Neuwagen heutzutage ausgehen konnte, würden die Veilchen dort drinnen unweigerlich innerhalb kürzester Zeit verwelken.

Wer auch immer den Topf dort deponiert hatte, er wusste nichts über die Behandlung von Blumen oder wollte mit dieser »barbarischen Aktion«, wie der Botaniker unter den Beamten betonte, etwas anderes, aber ganz Bestimmtes versinnbildlichen.

Hansen machte den Anfang und sinnierte über die Symbolik von Zierpflanzen.

»Gänseblümchen stehen für die Unschuld. Stiefmütterchen für Trauer und Verlust.«

»Der Weihnachtsstern soll Glück und Segen bringen«, beteiligte ich mich an dieser spontanen und ungewöhnlichen Ermittlungsmethode.

Der Spurensucher fühlte sich auf seinem Spezialgebiet herausgefordert und kombinierte fachmännisch und zielsicher, dass die Tulpe für Versöhnung stehe, die Hyazinthe für Kälte, das Heidekraut für Einsamkeit und das Edelweiß die Schönheit symbolisiere.

Gleich vier Treffer auf einmal! Nicht schlecht, aber er war auch der Fachmann in unserem Rate-Quartett. Der Vierte sagte übrigens kein Wort und schüttelte nur hier und da irritiert den Kopf.

Hansen: »Die Schwertlilien sind Zeichen für den Kampf auf Leben und Tod!«

Ich: »Die Narzisse steht bestimmt für Eitelkeit?!«

Hansen nickte anerkennend: »Und die Distel für Gefahr!«

Ich: »Das zählt nicht. Die Distel ist keine Blume!«

Hansen schmunzelte: »Seien Sie nicht kleinlich, Kubsch.«

Ich flüsterte mit Herzblut: »Die rote Rose für die Liebe!«

Hansen: »Sie sind ein unverbesserlicher Romantiker, Kubsch. Aber wofür steht denn nun das Usambaraveilchen?«

Wir beide schauten einmal mehr unseren Blumenexperten an. In seinem Oberstübchen arbeitete es auf Hochtouren, man sah es an seinen glänzenden, leicht fiebrigen Augen. Doch eine Antwort wollte einfach nicht über seine zusammengekniffenen Lippen kommen.

Plötzlich stach der vierte Mann und räumte mit seiner Trumpfkarte den ganzen Einsatz ab:

»Für die Rache!«

Volltreffer! Versenkt! Da hätten wir auch früher draufkommen können. Hansen klopfte dem Freund und Helfer anerkennend auf die Schulter, der Botaniker guckte beleidigt.

Stolz erklärte der Kollege, dass er einmal einen Film über die sizilianische Mafia gesehen habe. Wenn da einer von der Konkurrenz umgenietet worden sei, habe die eine Familie der anderen Familie eine Botschaft in Form eines Blumentopfes gesendet, bevor die Rache vollzogen werden sollte. Die Sizilianer hätten den Brauch gekannt, und keiner habe die blau-violetten Veilchen annehmen wollen. Usambaraveilchen!

Heidewitzka, Herr Kommissar! Und schon ging es volle Kraft voraus. Hansen deklinierte die Kombinationsmöglichkeiten in einem Affenzahn durch sein Kriminalistenhirn und präsentierte abschließend wie beim Schnellschach ein Matt in drei Zügen.

»Ausgangsbasis: Harald Hanekamp, Wirt des Leuchtturms in Dorf Mecklenburg und Vorstandsmitglied des Fördervereins für die Hanse-Kogge ›Wismaria‹, ist an illegalen Geschäften mit polnischen Mafia-Organisationen beteiligt. Das Oberhaupt der Zoppot-Mafia Karel Woitila gerät durch die Konfrontation mit den Störtebeker Söhnen in polizeilichen Gewahrsam. Nach dem Ausbruch aus der Haft erpresst Woitila Hanekamp oder beendet deren Partnerschaft. Hanekamps Komplizen auf der ›Wismaria‹ machen kurzen Prozess und töten Woitila und seine Leute. Tina Granderath kommt ihrem Chef auf die Schliche und bringt die Polizei in den Turm. Hanekamp kriegt kalte Füße und flüchtet mit Frau Granderath als Geisel und seinen beiden Boxern Vitali und Wladimir. Die Störtebeker Söhne, die dem Komplott aus ›Wismaria‹ und Mafia zu nahe gekommen sind, werden auf der Ostsee vernichtend geschlagen. So. Und ab jetzt gibt's drei Varianten.«

Hansen machte eine kurze schöpferische Pause, holte tief Luft und legte los:

»Erstens: Die Störtebeker Söhne schnappen sich Harald Hanekamp und Tina Granderath und rächen sich durch Geiselnahme und Erpressung für die Schmach und den Verlust ihrer ›Vandalia‹.

Oder zweitens: Der große Unbekannte, ich nenne ihn mal den Paten von Polen, lässt Hanekamp und seine Angestellte entführen und stellt es so dar, als seien es die Störtebeker Söhne. So schlägt die Mafia zwei Gegner mit einer Finte: Sie rächen sich an ihren Geschäftspartnern in Wismar und an den Piraten, die ihre Geschäfte auf der Ostsee regelmäßig torpedieren.

Und last, but not least: Die Kronkorks lassen Harald Hanekamp und Tina Granderath verschwinden, weil Hanekamp droht, auszusteigen oder alle anderen zu verpfeifen. Zudem wird Hanekamp außerhalb der ›Wismaria‹ der Einzige sein, der über die wahre Todesursache der Woitila-Crew informiert ist. Und indem die Kronkorks den Störtebeker Söhnen die Erpressung unterjubeln, rächen sie auch noch den Tod ihres Seniors Erwin.«

Ich schnupperte gedankenverloren an dem winzigen Topf. Wem galt diese Botschaft? Ich hielt den Schlüssel zur Lösung in meinen Händen, das war sicher. In jedem Fall machten die Veilchen als Zeichen der Rache einen Sinn. Damit war zwar noch lange nicht das Himmelfahrtskommando mit dem toten Kopf im Hafenbecken geklärt und erst recht nicht, warum vermutlich die Piraten-Söhne den Klein-Mafioso Piotr Jablonski aus Zoppot geköpft haben sollten. Aber es war immerhin ein Anfang, Licht ins schier endlose Dunkel dieses verwobenen Falles zu bringen.

Der Anblick der fast vertrockneten Pflanze führte mich direkt zu einem weiteren Aspekt: Was bedeutete es eigentlich, wenn das vorvorgestern in den Ohren vom Piotr auf Langenwerder kein Moos, keine Petersilie und auch keine Selleriereste waren, sondern Stängel einer ebenfalls verklausulierten Blumenbotschaft?

Alle Ungereimtheiten klären und alle Puzzleteilchen auf einmal zusammenfügen zu wollen, war zum gegenwärtigen Zeitpunkt einfach zu viel verlangt.

Und wie so oft sitzt auch dem Beamten das Hemd näher als die Hose. Deshalb verwarf ich jeden unfertigen Gedanken an weiteres verwelkendes Grünzeug und überlegte mit meinem frisch entwickelten Hang zur bildhaften Symbolik, ob man in diesem Fall das Seepferdchen nicht gleich am besten von hinten aufzäumen sollte.

»Oder der Hanekamp hat die Tina gar nicht entführt«, spekulierte ich munter drauflos, »sondern beiden ist samt den Hunden am Leuchtturm aufgelauert worden, und sie wurden gekidnappt. Von der Mafia, von den Störtebeker Söhnen oder den Kronkorks!«

Die drei Kollegen guckten mich an, und ich begann über das Gesagte nachzugrübeln, behielt aber meine weiteren Schlussfolgerungen lieber für mich.

Dass der schwarze Golf auf dem Parkplatz am neuen Westhafen abgestellt worden war, konnte alles und gar nichts bedeuten. Der Westhafen lag zwischen Werftgelände und Altem Hafen und damit in unmittelbarer Nähe der Altstadt und des Ziegenmarktes. Möglich, dass die Geiseln an Bord eines Schiffes gebracht worden waren. Möglich, dass sie irgendwo auf der Ostsee waren. Vorstellbar aber auch, dass das Auto so weit entfernt wie möglich vom Versteck der Geiselnehmer geparkt worden war.

Hansen reichte es. Er orderte per Handy umgehend Verstärkung aus der Kommandantur und von der Staatsanwältin am Amtsgericht im Fürstenhof drei sofortige Durchsuchungsbefehle.

Punkt sechzehn Uhr waren alle Formalitäten geregelt. Hansen schickte Polizeikapitän Jan Feddersen mit seinem Bootsmann auf dem kürzesten Weg zur »Wismaria«. Sie lag im Alten Hafen, einen Steinwurf vom VW-Golf entfernt, vis-à-vis dem Getreidehafen, in dem die »Dicke Auster« vertäut war.

Hansen bollerte um Punkt vier höchstpersönlich mit dem Messing-Ziegenkopf an die schwere Holztür »Zum Zickenhuus«, er hatte zur Verstärkung zwei Beamte im Schlepptau.

Mich sandte er zur selben Zeit mit einem weiteren Kollegen drei Haustüren weiter zur »Pelzplauze«. Dort trat der für den Ziegenmarkt abkommandierte Wachposten zur Unterstützung auf mich zu. Eine konzertierte Aktion mit drei Razzien zum selben Zeitpunkt an drei verschiedenen verdächtigen Orten.

Der kleine Butscher Enno Wichsmann öffnete mir die Tür und zuckte mit den Achseln, als ich ihm den Durchsuchungsbefehl vor die Rotznase hielt. Er flitzte mit dem Schreiben durch den Flur und schrie wie am Spieß:

»Papa! Papa! Die Scheißbullen sind wieder da und wollen uns durchsuchen. Papa! Komm schnell her, Papa!«

Ich trottete mit meinen beiden Kollegen einfach hinterher und schickte sie in die erstbesten Räumlichkeiten.

Henning Wichsmann saß wieder auf dem roten Plüschsofa

und schnitzte abermals mit seinem kleinen Messer. Das musste seine Lieblingsbeschäftigung sein, wenn der Wirt und Kapitän zu Hause war beziehungsweise seine Wohnung nicht verlassen durfte. Eine unschöne Angewohnheit, überall um ihn herum lagen Schnitzholz und kleine Holzspäne.

Bevor ich mein Anliegen vortragen konnte, kam mir Claudia Wichsmann zuvor und schmiss den Staubsauger an und saugte wie ein Wirbelwind um ihren Mann herum, der sich durch die Geräuschkulisse nicht im Mindesten gestört oder abgelenkt zeigte.

Enno schrie dem Papa irgendetwas ins Ohr und hielt ihm das amtliche Schreiben unter die Nase. Wichsmann las und lachte einmal verächtlich und laut auf. Sein massiger Körper schüttelte sich, dass einem angst und bange und selbst Claudias Sauger locker übertönt wurde. Dann machte der Wirt mit seinen mächtigen Tatzen eine einladende Handbewegung, die besagen durfte, dass wir uns keinen Zwang antun sollten, die Wohnung stünde zu unserer Verfügung.

Die Wichsmanns ließen uns gewähren, zeigten allerdings keine Anzeichen der Kooperation. Als wir das Kinderzimmer durchsuchen wollten, fanden wir es fest verschlossen. Auf mehrmaliges Klopfen kreischte Enno von drinnen drohend:

»Bis hierher und nicht weiter! Scheißbullen!«

Claudia brachte einen Ersatzschlüssel, und die Kinderzimmertür flog auf. Mitten im kreativsten Chaos seines überall verstreuten Piratenspielzeugs stand der kleine Frechdachs und schwang den Plastiksäbel über seinem Haupt. Eine Augenklappe und ein rotes Tuch um den Kopf vervollständigten sein kriegerisches Outfit.

»Scheißpolypen!«, rief er noch einmal und hopste durchs Zimmer wie von einer Tarantel gestochen.

Wir versuchten unser Bestes, doch immer wenn sich einer von uns an einer Schublade oder einem Regal zu schaffen machte, hing der Butscher wie eine Klette am Arm, biss herzhaft zu oder trat sogar unserem jungen Kollegen in Zivil einmal kräftig gegen das Schienbein.

Allein für das Zimmer des Grünschnabels brauchten wir etwa dreißig Minuten und noch einmal eine geschlagene Stunde, um sicherzugehen, dass in der Vierraumwohnung der Wichsmanns im Obergeschoss, im Keller unter ihrer Metal-Bar und im Rocker-Treff »Zur Pelzplauze« keine Geiseln, aber auch keine Anhaltspunkte für eine Entführung oder andere illegale Machenschaften aufzufinden waren.

»Wonach suchen Sie eigentlich?«, wollte die Haus- und Steuerfrau Claudia wissen, immer noch emsig mit dem Staubsauger bewaffnet.

»Nach der schönsten Frau der Welt!«, antwortete ich spontan.

Die Claudia guckte mich für einen kurzen Moment an, als hätte sie mich verstanden, und beteuerte dann:

»Da werden Sie hier leider nicht fündig.«

An der Wohnungstür stand Enno in voller Montur und wollte sich den Moment unseres Abgangs nicht entgehen lassen. Er ballte seine Kinderfaust wie zum Zeichen des Triumphs. Ich reichte ihm meine Hand. Die Rotznase verzog nur das Gesicht und stotterte:

»Nie. Niemals! ... Spinnst du? Du ... du bist doch ein Bulle!«

»Wie war das Training?«, fragte ich ganz beiläufig.

»Wie?«, fragte er verblüfft zurück.

»Na, dein Fußballtraining! Du spielst doch in der F-Jugend beim SC Ankerwinde, oder nicht?«

»Ja ... Was soll das? Willst du mich aushorchen?«

»Wo denkst du hin, Enno?«

Der Junge sammelte sich gerade innerlich zu einem neuen Angriff.

»Aber deinen schicken Ring kannst du mir schon noch zeigen.«

»Welchen Ring?«

»Na, den da an deinem Finger.«

Ich zeigte unnötigerweise auf seine geballte Faust. Er wusste ganz genau, welchen Ring ich meinte.

»Das ist ein Totenkopf!«, betonte er nicht ohne Stolz.

»Ein Totenkopfring. Nicht schlecht!«, versuchte ich ihm zu schmeicheln. »Wo hast du den denn her, Enno?«

Der Frechdachs war plötzlich gar nicht mehr so vorlaut und bissig. Es irritierte den Kleinen zusehends, dass ein Polizist ihn in ein Gespräch über seinen coolen Ring zog.

»Gibt's nur ein einziges Mal auf der Welt, sagt Papa.«

»Ein Unikat!«, staunte ich.

»Ein was?«

»Echt cool!«

»Cool, ja.«

Enno war die Enttäuschung anzusehen, er schloss ganz sanft die Tür hinter uns. Den Abgang der Polizei hatte er sich explosiver ausgemalt. Die Familie Wichsmann war sauber, zumindest oberflächlich gesehen.

Das konnte Hansen, wie er mir später auf dem Ziegenmarkt anschaulich erzählen sollte, von den Kronkorks nicht behaupten. Die Familie hatte nach einem einzigen Trauertag schleunigst ihren geregelten Alltag gesucht und gefunden. »Zum Zickenhuus« war mit Gästen prall gefüllt, als der Kommissar mit seiner Verstärkung in der Schankstube stand.

Eine Fahrradreisegruppe aus Sachsen hatte eine Großbestellung aufgegeben, Emma Kronkork wirbelte in der Küche zwischen Töpfen und Pfannen hin und her. Zum Glück hatten die zwei Dutzend hungrigen Radler vorbestellt und sich auf ein Gericht einigen können: Mecklenburger Wurstgulasch in Biersoße mit Senfgurke und Semmelknödel.

Die Getränke standen bereits auf den Tischen, registrierte Hansen. Die ersten Gulaschteller waren drapiert, und Torsten Kronkork half mit zwei Kellnern, die Gedecke von der Küche zu den Gästen zu bringen. Mama Emma hatte alle Hände voll zu tun und war bislang nicht geneigt, den Durchsuchungsbefehl anzunehmen, geschweige denn durchzulesen.

»Wir fangen einfach an«, soll Hansen dann leicht genervt zu seinen Kollegen gesagt haben.

Die Beamten wollten nicht unnötig für Aufsehen sorgen,

sparten sich den Gastraum bis zum Schluss auf, durchstöberten erst die Küche und dann das angrenzende Lager.

Der Junior begleitete die drei durchs Haus, zeigte ihnen alle privaten Räume der Kronkorks. Auch hier sollte es einmal mehr, wie sich der Kommissar später erinnerte, streng nach Bohnerwachs riechen. In einem Arbeitszimmer saß der neue Seniorchef am Schreibtisch, vertieft in die Buchhaltung.

»Was suchen Sie denn eigentlich?«, fragte Hermann Kronkork.

»Einen guten Freund von Ihnen!«, antwortete Hansen vieldeutig. Die beiden Brüder guckten sich einen Moment lang an, als sei ein guter Freund das Letzte, was man bei ihnen finden könnte.

»Gibt's hier nicht«, beteuerte Torsten, ohne dass sein Bruder ihm dafür in die Parade fuhr.

Das Haus am Ziegenmarkt Nummer 1 war groß, es dauerte eine Weile, bis die Männer wieder in den Gästesaal zurückkehrten.

Die sächsische Reisegruppe hatte gegessen und getrunken und wollte gerade bezahlen. Emma fragte leichtfertig in die Runde, ob es denn allen geschmeckt habe. Die Antwort kam wie im Chor und war ein sächsisch erfreuliches »Nu!«, was nichts anderes heißen sollte als »Ja!«. Nur einer scherte aus, zeigte sich auffällig miesepetrig und empfand das Wurstfleisch als – wortwörtlich – »zu zää' unn zu seeehnsch«.

Wurst sehnig? Hansen schluckte. Später erklärte er mir, dass er von einem Moment auf den anderen eine Vision hatte. Er stand auf, winkte seinen Helfern, die selber gerade eine Portion Mecklenburger Wurstgulasch von Mama Emma spendiert bekommen hatten, und schritt mit zwei kauenden Polizisten, die sich schon um ihren verdienten Lohn gebracht sahen, durch die Küche und dann noch einmal ins Lager.

Und tatsächlich: In einer der Kühltruhen lag ein halber Rumpf und ein sezierter Oberschenkel. Alle dachten das Gleiche. Eine unappetitliche Schlussfolgerung.

Vor allem für die zwei hungrigen Kollegen. Der eine übergab

sich, ohne Vorankündigung, mitten in die Küche hinein. Der andere, kalkweiß im Gesicht, setzte sich vor die Kühltruhe, fing an zu keuchen und dann wie ein Schlosshund zu heulen. Nervenzusammenbruch.

»Dat is'n halwen Ossen!«, flehte Emma Kronkork wütend um Verständnis.

»Und das Bein?«, fragte Hansen.

»Na, ein Ochsenschenkel!«, jammerte die Wirtin verlegen.

»Beides ist vorläufig beschlagnahmt.«

»Das ist normales Rindfleisch, Herr Kommissar! Glauben Sie mir! Hab ich selbst bei Herrn Schmatz aufm Wochenmarkt gekauft.«

Schwer zu beurteilen. Hansen und die beiden Polizisten waren weder Fleischhauer noch Viehbeschauer, also keine Experten. Aber gewöhnlich, sollte man annehmen, könnte auch ein Laie den Brustkorb eines Mannes von der Hälfte eines Rindviehs unterscheiden, selbst wenn das Fell beziehungsweise die Haut abgezogen und teilweise Filetstücke von den Knochen schon fein säuberlich und unwiederbringlich abgetrennt waren.

»Wo ist der Rest?«, fragte der Kommissar nichts Gutes ahnend.

»Na, wo soll das Fleisch schon sein«, grunzte Frau Kronkork eingeschnappt, »im Gulasch natürlich.«

»Im Wurstgulasch?«

»Ja, warum denn nicht? Verfeinert nach Mecklenburger Art ...«

»Beschlagnahmen!«

Der Polizist, der vorübergehend in der Küche mit sich und seinem Mageninhalt beschäftigt war, kippte voller Widerwillen den Rest des Wurstgulaschs aus dem großen Kessel, der noch immer auf halber Flamme köchelte, in einen grünen Plastiksack mit der weißen Aufschrift »POLIZEI des Landes Mecklenburg-Vorpommern«.

Der andere, der kurzzeitig theatralisch vor der Kühltruhe gebetet hatte, zog sich jetzt gewissenhaft Plastikhandschuhe über und steckte die gefrorenen Fleisch- und Knochenreste in einen zweiten Sack mit der gleichen Aufschrift.

Torsten Kronkork stand in der Küche, glotzte dümmlich und zuckte mit den Achseln. Er hinterließ beim Chef erstmalig den Eindruck, rein gar nichts zu wissen.

»Sie haben das Fleisch gekauft und in die Kühltruhe gelegt?«, fragte der Kommissar noch mal eindringlich. Frau Kronkork nickte. »Dann muss ich Sie jetzt vorläufig festnehmen«, schlussfolgerte Hansen.

Er hatte vor, Emma Kronkork auf die Wache zu bringen, sie zu verhören und dann gegebenenfalls der Staatsanwältin vorzuführen, die dann U-Haft anordnen könnte, so lange, wie die Analyse der Fleischreste dauerte.

Bevor jedoch die übliche Maschinerie überhaupt in Gang kam, piepte es in Hansens Jeansjacke. Auf seinem Handy erreichte den verdutzten Kommissar ein Anruf direkt aus der Amtsstube des Richters vom Fürstenhof.

Die arme, alte Frau sei sofort gegen Kaution freizulassen, denn laut vorliegendem Attest des Hausarztes, das just in diesem Augenblick vom zuständigen Amtsarzt behördliche Bestätigung erfahren hatte, sei der Gesundheitszustand von Frau Emma Kronkork seit dem Tod ihres Mannes mehr als bedenklich. Zudem bestünde in Anbetracht ihres Alters keine Fluchtgefahr, vervollständigte der Amtsrichter fernmündlich seine Anweisung.

Zu allem Überfluss tauchte in diesem Moment Hermann Kronkork mit gelassener Miene in der Küche auf und legte doch tatsächlich einen Batzen frischer Hunderteuroscheine auf den erst kürzlich benutzten Fleischschneideblock. Hansen stellte das Funktelefon aus, steckte es zurück in seine Jacke und guckte perplex.

»Ist abgezählt, Herr Kommissar!«, versuchte Hermann so freundlich wie möglich zu klingen. »Fünftausend. Die vom Amtsrichter verlangte Kaution. Sie würden mir einen großen Gefallen tun, wenn Sie die Summe gleich mitnehmen und bei der Amtskasse im Fürstenhof einzahlen ... Wem kann man denn heute noch trauen?«

Im Hintergrund reckte sein Bruder den Hals und griente sich eins. Fürsorglich legte der ältere von beiden einen dieser herkömmlichen Quittungsbelege auf den Fleischblock und fordert Hansen spöttisch auf:

»Würden Sie bitte hier unten gegenzeichnen? Ihr Kürzel genügt.«

Mein Chef muss für einen kurzen Augenblick so konsterniert gewesen sein, dass er einfach nur unterschrieb und mit den Kollegen und den Polizeitüten voller Gulaschfleisch das Traditionsrestaurant »Zum Zickenhuus« wortlos verließ.

»Eine Sauerei!«, stellte Hansen schimpfend fest, als wir auf dem Ziegenmarkt zusammentrafen. Offen gestanden: Nachdem ich einen Blick in die Plastiktüten gewagt hatte, konnte ich seine Reaktion bestens nachvollziehen.

Manchmal fühle er sich, sinnierte er, wie dieser armselige spanische Ritter in der blechernen Rüstung.

Don Quijote, ergänzte ich in Gedanken.

Nachdem er uns die jüngsten Vorkommnisse aus der Kronkork-Küche geschildert hatte, verstand ich seine Verärgerung vollends. In der feinen Wismarer Gesellschaft schien eine Hand die andere zu waschen. Man kannte sich und half sich, so gut und so unbürokratisch es eben ging. Überall auf der Welt scheinen die gleichen Mechanismen zu greifen, doch niemals hätte ich es für möglich gehalten, dass diese Art von Vetternwirtschaft auch in meiner geliebten Hansestadt grassierte.

»Merken Sie sich für Ihre berufliche Zukunft vor allen Dingen eines, Kubsch!«, setzte Olaf Hansen stöhnend hinzu. »Die Wege in Wismar sind oft merkwürdig verschlungen, dafür aber immer die kürzesten.«

Sehr viel später zerpflückte der Oberkommissar das Dickicht aus Schlingpflanzen: Der Koggenmanager hatte den Hausarzt vom Senior kontaktiert, der den Amtsarzt vom Kegeln her kannte. Dessen Bruder war Mannschaftsarzt vom SC Ankerwinde und saß dort mit dem Chef vom OSTSEE-BLICK im Vorstand. Der Redaktionsleiter versprach der Bürgermeisterin (vor der nächsten Bürgerschaftswahl) eine ganzseitige Serie mit dem

Titel »Meine großen Erfolge«, worauf der Gerichtsdirektor den Amtsrichter anwies, das Fleisch auf kleiner Flamme zu kochen. Den Richter musste man nicht bitten, der war Nachrücker des langjährigen Kameraden Erwin in der Freimaurerloge »Zur Vaterlandsliebe«. Der Kreis schloss sich in weniger als einer Viertelstunde. Ein wasserdichtes System, in dem kreuz und quer durch Wismar die Drähte glühten.

Mich schockierte vielmehr der Inhalt der Tüten. Ich hätte den Kommissar nicht unbedingt daran erinnern müssen, dass Henning Wichsmann uns damals den Tipp gegeben hatte, einmal in die Kühltruhe vom »Zickenhuus« zu blicken.

Vielleicht sei da der Rest vom Himmelfahrt-Kopf zu finden, hatte der vor einer Woche noch offensiv und im Brustton der Überzeugung getönt. Woher hatte der das gewusst? Oder hatte er einfach nur richtig geraten?

Und ich musste Hansen auch nicht vergegenwärtigen, dass wir auf die Untersuchung der Kühltruhe leichtfertig verzichteten, nachdem wir den kranken, nervösen Senior verhört hatten. Gott hab ihn selig.

»Emma Kronkork lügt wie gedruckt!«, ereiferte ich mich. »Die hat nie und nimmer einen halben Ochsen persönlich vom Markt in die Kühltruhe geschleppt. Die deckt ihre Söhne … oder wen auch immer.«

»Warten wir die Fleischanalyse ab. Wenn es das ist, was wir vermuten«, zog der Kommissar den vorläufigen Schlussstrich unter dieses ganz und gar unwürdige Kapitel, »dann machen wir den Laden dicht – aber ein für allemal.«

Unweit vom Ziegenmarkt, auf dem kleinen Parkplatz neben dem Schiefen Haus, dem ehemaligen Fährhaus, das seinen Namen seiner äußerst waghalsigen architektonischen Konstruktion verdankte und in dessen Fassade wirklich alles total verzogen, schief und krumm wirkte, stand der Einsatzwagen der Kollegen aus der Kommandantur.

Und neben dem VW-Bus der Polizei standen die Ausflügler aus Sachsen, unterhielten sich äußerst angeregt über die schmackhafte und sättigende Mecklenburger Küche und fotografierten lachend (»Guggemada!«) das Schiefe Haus von Wismar.

Ob es am Gulasch oder am Dialekt lag, verriet er nicht, jedenfalls stieg dem labilen Beamten derart die Magensäure hoch, dass er unverzüglich noch eine Runde ins Gebüsch musste, bevor er gemeinsam mit seinen Kollegen abrücken konnte, um ihre dubiose Fracht zu Steffen Stieber nach Lübeck ins Labor zu bringen.

Die Radfahrergruppe radelte mit einem Liedchen auf den Lippen fröhlich davon. Und unser Wachposten trottete müde zu seiner Ausgangsposition auf den Ziegenmarkt zurück.

Das alles war fast nichts im Vergleich zum schweren Los von Kapitän Jan Feddersen und seinem dürren Bootsmann. Als die beiden Wasserschutzpolizisten pünktlich um sechzehn Uhr mit dem Durchsuchungsbescheid den langen Holzsteg zur »Wismaria« überqueren wollten, ließ Feddersen ein kollegiales »Schiff ahoi!« vorauseilen.

Weiter kam er nicht, denn da schaute er in die Mündung einer 44er Magnum. Der schwere Revolver in der Faust von Kapitänin Simone von Gollwitz war nicht der Auftakt einer langatmigen Begrüßungsarie, sondern allenfalls der einer kurzweiligen Abschiedsballade.

Auf seinen Einwand hin, dass das nicht die feine englische Art sei, hatte die von Gollwitz nur böse geantwortet:

»Scheiß drauf! Ich trinke meinen Tee auch nicht mit Milch, sondern mit Honig.«

Was immer die Kapitänin damit gemeint haben mochte, Tatsache war, sie verwehrte unter Waffengewalt der Polizei die Untersuchung der Hanse-Kogge. Und allein das entsprach nach Paragraph 113 beziehungsweise 114 StGB einem mittelschweren Straftatbestand.

»Im Namen des Gesetzes ...«, wollte der Vollstreckungsbeamte zur See einen unnachgiebigen amtlichen Ton anschlagen.

»Wollen Sie mich verkohlen ...?«, entgegnete die von Gollwitz kühl.

Feddersen stutzte, schien überfordert und drehte sich fragend nach seinem schlaksigen Kollegen um, der plötzlich noch dünner wirkte als ohnehin schon. Von achtern war keine tatkräftige Rückendeckung zu erwarten.

Der Kapitän versuchte es zur Abwechslung auf die nette Art, von einem Schiffsführer zum anderen, ganz unter vier Augen. Er biss auf Granit und kratzte sich die Glatze.

»Hier bin ich der Chef. Kapiert? Auf meinem Schiff hab ich das Kommando. Und jetzt runter vom Steg! Wir legen gleich ab!«, zischte Simone von Gollwitz kaltschnäuzig.

Feddersen winkte ihr etwas steif mit dem amtlichen Schreiben noch einmal übertrieben freundschaftlich zu, aber das wirkte eher wie der einst verordnete Versuch, mit einem sozialistischen Winkelement am Hafengeburtstag vor der Tribüne der Parteibonzen für gute Stimmung zu sorgen. Das hatte schon damals nur selten geklappt.

Die Gollwitz drehte geräuschvoll und cool am Trommelrevolver und schoss dann mit der schweren Magnum in die Luft. Der Knall erschreckte nicht nur einige Sturmmöwen, die sich lässig auf der Takelage der Kogge niedergelassen hatten und jetzt entrüstet kreischend den Luftraum über dem Alten Hafen mit waghalsigen Flugmanövern durchkreuzten.

Auch Feddersen machte eine Flugeinlage – nicht federleicht, nicht filigran. Und seine Flugbahn war ohne feine Finesse und endete feucht. Kurzum: Der Kapitän der »Dicken Auster« stürzte kopfüber vom Landungssteg in den schmalen Spalt zwischen Kogge und Kaimauer und damit mitten hinein in ein Meer voller Quallen, die dieses Frühjahr wieder einmal zu Tausenden den Alten Hafen heimsuchten und sich im nährstoffreichen Brackwasser der Ostsee offenbar rollmopsfidel fühlten.

Elegantes Ausschiffen sah anders aus.

Jetzt stand er bedröppelt und in Decken gehüllt mit Hansen und mir bei Lotte Nannsen am Fischkutter, trank heißen Glühwein, und wir stärkten uns mit Lottes besten Fischbrötchen von ganz Meck-Pomm. Hansen genoss schon seine zweite obligatorische

Pfeffermakrele, Feddersen mampfte fettigen Butterfisch, und ich gönnte mir nach einem Bismarckhering noch ein Krabbenbrötchen mit Mayonnaise.

Es gab keine Beweise, dass Henning Wichsmann der Geiselnehmer war. Sein Sohn, der mir einen glasklaren Zahnreihenabdruck im Unterarm hinterlassen hatte, war noch nicht strafmündig. Möglich, dass die Kronkorks ihr Wurstgulasch mit Menschenfleisch streckten und dennoch vogelfrei blieben. Jan Feddersen nieste, schniefte und wischte sich gerade angewidert einen kleinen Quallenrest aus dem Nacken. Der Bootsmann hatte sich in Windeseile krankgemeldet, Simone von Gollwitz mit der »Wismaria« unverzüglich das Weite gesucht. Sie war auf der Flucht – wahrscheinlich irgendwo draußen in der Mecklenburger Bucht. Die Bilanz eines Ermittlungstages konnte nicht mieser sein.

Der völlig ahnungslose Hafenmeister kam gerade aus einer der Kneipen gegenüber vom Kai, torkelte nickend an uns vorbei und suchte, mit schiefem Kopf die Gesamtlage peilend, offensichtlich den richtigen von zwei Heimwegen. Henne, munkelte man, vertrug mit zunehmendem Alter nicht mehr sehr viel: Zwei, drei Kurze und schon dümpelte er mit Schlagseite durch das Reich Poseidons.

Lotte kletterte von ihrem Kutter, gesellte sich zu uns und schaute mitleidsvoll von einem zum anderen.

»Minsch, Kinners. Dat nööm ick Mallür.«

»Lass mal, Lotte, solche Tage gibt's einfach«, beschwichtigte sie Hansen, »morgen drehen wir den Spieß einfach um.«

Die Fischverkäuferin wechselte vom Platt ins Hoch und hatte wieder mal den passenden Spruch auf Lager: »Verwandle große Probleme in kleine und kleine in gar keine.«

Feddersen guckte sie verdutzt an, schlürfte von seinem Heißgetränk und fragte den Kommissar dann hüstelnd, welchen Spieß er denn meine?

Das sei so eine Redensart, wich Hansen einfach aus.

»Wir zahlen es denen heim!«, erklärte ich seine Absichten. »Sonst kriegen wir die nie an die Angel. Das ist wie mit den Windmühlen. Vitamin B! Verstehen Sie? Dagegen hilft nur TNT!«

Feddersen schaute mich eine Weile mit offenem Mund an und kaute dann weiter an seinem Brötchen.

»Die Kogge hat bestimmt etwas an Bord, was da nicht hingehört«, keuchte der Kapitän verschnupft und biss noch mal kräftig in den Butterfisch.

»Geiz und Ehr treibt übers Meer.« Lotte guckte freundlich und keck ihren liebsten Gast an. Der Kommissar wirkte etwas beschämt und verkündete dann umso entschlossener:

»Keine Sorge, die ›Wismaria‹ entkommt uns nicht. Die Hafenämter sind alarmiert, und Wismars bekannteste Botschafterin kann gar nicht anders, als irgendwann in den Heimathafen zurückzukehren.«

»Der Fisch, der flieht, den fängt man!«, zitierte ich aus der Erinnerung heraus die erste Hälfte von Lottes flotter Weisheit und schaute sie dabei erwartungsvoll an. Sie grinste dankbar und spielte mit der Zunge in ihrer klaffenden Zahnlücke:

»Der Schwan, der im Tümpel schwimmt, kann das Meer nicht beurteilen.«

Wow! Das war ein echter Nannsen! Feddersen kratzte sich die Glatze und dachte angestrengt nach. Ich war zu müde und ließ den Tiefsinn streifenfrei an mir abperlen. Und Hansen wollte sich nicht lumpen lassen, lächelte verschmitzt und beendete den Tag mit einem Sinnspruch seiner Mama Hanna:

»Es reicht eben nicht, auf See zu fahren mit dem Wunsch, Fische zu fangen. Man muss auch das Netz mitbringen.«

Bis zum nächsten Morgen sollte Hansen ein engmaschiges Netz geknüpft haben.

9

Freitag, den 29. Mai

Bereits früh um acht hatte Olaf Hansen einmal mehr die Übergabe einer Summe Bargeld zu quittieren – diesmal im Rathaus den Betrag von 24.525 Euro in zumeist kleinen Scheinen aus der Amtskasse der Bürgermeisterin Ilse Hannemann. Als er die profane weiße Plastiktüte mit den Geldbatzen in die Hand gedrückt bekam, überhörte er geflissentlich den flotten Spruch des Verwaltungsbeamten, dass sich Hansen mit dem reichhaltigen Trinkgeld ein schönes Wochenende machen solle. Für solche schwachen Scherze war der Kommissar heute Morgen viel zu diensteifrig und pedantisch.

Wie schon am Dienstag angekündigt, klingelte Punkt neun auf meinem Schreibtisch das Telefon. Hansen wies mich an, aufs Knöpfchen zu drücken und das Gespräch anzunehmen. Ich ersparte mir und dem Anrufer jedes Geplänkel:

»Ja.«

»Kubschi?«

»Tina! Wo bist du? Was machst du? Wie geht es dir? Ist alles in Ordnung? Wirst du gut behandelt?«

»Ich vermisse dich!«

In meinen Gehörgängen klingelte es wie im Glockenturm der Sankt Nikolaikirche – ein ausgewachsener Tinnitus könnte nicht schlimmer sein.

»Wo bist du?«, hauchte ich sehnsuchtsvoll. »Hört jemand mit?«

»Hör zu, Kubschi! Die Schwarzen Störtebeker Söhne sagen, ich soll euch nur die Koordinaten für die Geldübergabe durchgeben. Hörst du?«

»Schieß los!«

»Also …« Tina knisterte mit einem Zettel herum und musste das, was sie da auf dem Papier las, anscheinend erst einmal verarbeiten, denn es dauerte einen Moment lang, bis sie begann: »Also … Hörst du?«

»Klar! Nur zu …«

»Hier steht: Vierundfünfzig und ein Kringel.«

Der Kommissar schrieb mit und stutzte, ich auch. Was sollte das? Vierundfünfzig und ein Kringel? Das sei Unfug, flüsterte Hansen ungeduldig.

»Ruhig, ganz ruhig, liebste Tina! Und noch mal langsam.«

»Eine Fünf, eine Vier, dann kommt ein Kringel, dann eine Null, eine Eins und ein Strich …«

»Tinalein, ich versteh kein Wort.«

Im Hintergrund hörte ich ein Poltern, dann jaulte Tina kurz und heftig auf.

»Tina! Tinalein! Bitte! Tut ihr nichts!«, schrie ich hysterisch in den Hörer. Dann wurde es ruhig, und ich hörte das schwere Atmen eines Mannes.

»Kubsch?«

»Ja?«

»Deine Tina ist aber auch zu nichts zu gebrauchen. Ich soll jetzt weitermachen.«

Das war Harald Hanekamp, das Schwein. Was nahm der sich heraus! Dieser aufgeblasene Arsch! Hansen zog seine Stirn in Falten und riss die Augen auf – zur Mahnung, dass ich mich im Zaum halten sollte. Mich selbst geißelnd und plötzlich ganz Profi fragte ich: »Herr Hanekamp?«

»Die Schwarzen Störtebeker Söhne wollen das Geld um zwölf und zwar nicht nur pünktlich, sondern genau auf folgenden Punkt: Vierundfünfzig Grad, eine Minute, 42,81 Sekunden nördliche Breite. Elf Grad, neunundzwanzig Minuten, 36,08 Sekunden östliche Länge. Ich wiederhole …«

Und Hanekamp wiederholte die Koordinaten:

54° 01’ 42,81” N und 11° 29’ 36,08” Ö.

Ehrlich – das war aber auch eine hundsgemeine Art, den exakten Ort für eine Geldübergabe auszudrücken. Wie sollte Tina das denn so schnell verstehen? Daran wäre in ihrer Situation fast jeder gescheitert …

»Und vor Ort keine Polizei, sonst sind wir tot!«

Es knackte in der Leitung, Hanekamp oder die Entführer hatten aufgelegt.

Hansen zog aus dem Regal hinter seinem Schreibtisch den alten Diercke-Weltatlas, schlug ihn auf, guckte, blätterte, holte eine Lupe aus seiner Schublade, schaute noch einmal auf seinen Zettel, guckte genauer, blätterte erneut, starrte durch die Lupe und klappte den Atlas wieder zu.

»Zu grob!«

»Vierundfünfzig Grad, eine Minute, 42,81 Sekunden nördliche Breite. Und elf Grad, neunundzwanzig Minuten, 36,08 Sekunden östliche Länge.« Ich ließ die Koordinaten auf der Zunge zergehen, dachte über das Zahlenwerk intensivst nach und brummte dann leicht verzagt: »Wer weiß, wie weit das weg ist?«

»Das ist Quatsch, Kubsch.«

»Was ist Quatsch, Chef?«

»Denken Sie mal logisch, Kubsch!«, rief Hansen leicht genervt. »Es sind keine drei Stunden mehr bis zur Geldübergabe. Es muss in Wismar sein … oder zumindest in der Nähe.«

Das klang einleuchtend. Hansen räumte seine Schubladen leer und fand nach einer guten Minute, was er suchte: einen Faltplan von Mecklenburg. Ich trat hinter ihn, und wir breiteten die Karte auf seinem Schreibtisch aus.

»Vierundfünfzig Grad, eine Minute Nord. Das hätten wir hier. Elf Grad, neunundzwanzig Minuten Ost …«

Hansen schnappte sich noch einmal sein Vergrößerungsglas.

»Das mit den Sekundenangaben ist zu genau, das können wir vergessen. Aber vierundfünfzig und eins nördlich und elf und neunundzwanzig östlich … das wäre … genau hier!«

Er wanderte mit der Lupe über Wismars Altstadt, dann hinaus auf den Hafen, über die Insel Poel und dann noch ein Stückchen nach Nordosten.

»Wusste ich doch: Langenwerder!«

Meine Stimme überschlug sich: »Der Möwenkopf-Mann!«

»Unfug!«

»Das Vogelwärterhäuschen!«

»Kann sein.«

»Der schwarze Schwan!«, flüsterte ich leicht fiebrig und wollte sofort los.

»Keine Eile, Kubsch. Ich dachte mir das schon. Das SEK ist bereits da und hat alles unter Kontrolle.«

Punkt zehn schipperten wir mit einer schnöden Plastiktüte voller Geld auf der »Dicken Auster« hinüber zur Vogelschutzinsel. Hansen hatte mir unterwegs erklärt, dass er die Männer vom Sondereinsatzkommando »Roter Erwin« schon gestern Abend in weiser Voraussicht für heute Morgen nach Langenwerder beordert hätte. Da hatte der Chef einmal mehr den richtigen Riecher bewiesen.

Seit sechs Uhr morgens harrten die kampferprobten SEK-Beamten mitten in der Brutkolonie unter fünftausend zumeist misstrauisch dreinblickenden Sturm- und Lachmöwen.

»Mit stressenden Kampfschwänen haben wir noch keinen Kontakt gehabt, auch nicht mit Piraten oder neapolitanischen Camorristi.« Die Männer vor Ort zogen via Funk für uns eine kurze Zwischenbilanz. Anders ausgedrückt: Es war alles ruhig auf Langenwerder.

Jan Feddersen hatte an Bord der »Dicken Auster« modernstes GPS, klassische Navigations- und sogar Sonargeräte für die Unterwassersuche. Mittels GPS sollten wir mit den Koordinaten die Position der Geldübergabe exakt bestimmen können und fuhren jetzt nervös eine endlose Minute immer wieder im Kreis um eine Stelle auf der Ostsee, das Ganze vielleicht zwanzig Meter vom Küstenstreifen der betreffenden Insel entfernt.

»Das kann nicht sein!«, meinte Feddersen und spielte nervös mit seinen Bordinstrumenten.

»Versenken sollen wir die Geldtüte ja wohl nicht!«, gab Hansen etwas gallig zu bedenken.

»Fahren wir doch zur Insel, nehmen das mobile GPS-Navigationsgerät mit und probieren es dort noch mal!«, forderte ich ungeduldig schnelle Konsequenzen.

Gesagt, getan. Die »Dicke Auster« tuckerte wie auf Schleichfahrt um die Insel herum und ankerte an der gleichen Position wie vor fünf Tagen. Zwei rot-schwarze Schlauchboote der Wasserschutzpolizei waren im hohen Schilf versteckt, sie gehörten sicher zur Schweriner Einheit. Die knapp sieben Meter langen Festrumpfboote mit aufblasbaren Schläuchen waren nicht von Pappe. Da passte locker eine Fußballmannschaft hinein, und mit ihren knapp Zweihundert-PS-Motoren sollten sie richtig flott sein.

Keine zehn Meter davon entfernt lag im Küstensaum ein weiteres Boot vor Anker, eine kleine weiße Segeljolle.

»Könnte ein Korsar sein«, überlegte ich laut, »leichtes, schnelles Sperrholzboot, knapp über fünf Meter Länge, ausgelegt für zwei bis drei Mann Besatzung.«

»Kann man zur Not sogar allein segeln«, setzte Jan Feddersen hinzu, »mein Sohn hat so ‘ne Nussschale, hübsches Spielzeug, mehr nicht.«

»Egal, ob Kutter oder Gondel oder sonst was«, resümierte der Kommissar, »der Kahn gehört jedenfalls nicht hierher.«

Die Brutkolonie schien entweder zum Großteil ausgeflogen oder gerade ein gemeinschaftliches Verdauungsschläfchen zu halten. Es war verdächtig ruhig auf Langenwerder. Hier und da glitt eine Möwe übers Meer oder schwang sich mit gefülltem Bauch wieder zurück. Feddersen hatte Muffensausen, er traute dem Frieden nicht.

Die bis an die Zähne bewaffneten Elitekameraden des SEK »Roter Erwin« waren verdammt gut getarnt. Hansen war zwar über Funk mit dem Einsatzleiter vor Ort verbunden, doch schlichen wir jetzt schon eine gute Viertelstunde mehr oder weniger orientierungslos durch Schilf und Strauchwerk kreuz und quer über die Inselwiesen.

Doch plötzlich, unmittelbar vor uns, im Dickicht des hohen Grases, reckte sich eine Gestalt. Gut getarnt unter dicker Camouflage-Schminke, gab sich der offizielle Einsatzleiter zu erkennen und forderte, dass wir uns schleunigst hinlegten oder abknieten oder wegtauchten. Der Truppführer sah ein bisschen mitgenommen aus. Auf seinem Stahlhelm und der Bleiweste hatten sich bereits etliche Möwen erleichtert.

Man habe vor fünf Minuten deutliche Geräusche aus der Vogelwärterbehausung vernommen und die SEK-Beamten mit der Kalaschnikow im Anschlag um das Holzhaus herum positioniert.

Er hob den Arm, und wir sahen, wie sechs weitere Arme um das Zielobjekt verteilt nach oben schnellten. Einer saß im Hohlraum von einem toten Baumstumpf, einer hing in der Krone eines Apfelbaums, ein anderer lugte aus einem offensichtlich verlassenen Schwanennest, ein weiterer hatte sich bereits ans Holzhäuschen herangepirscht, hockte dort unter einem flachen Fenstersims und lauschte mit einem elektronischen Richtmikrofon ins Innere hinein. Mehrfach streckte er seinen Zeigefinger gen reetgedeckte Dachschräge der Finnhütte und zuckte dann dreimal mit den Achseln. Das sollte wohl heißen: Geräusche vorhanden, aber nicht definierbar.

Nicht weit von der Haustür entfernt, mitten zwischen den Nestern einer Lachmöwenkolonie, lagen zwei besonders gut getarnte SEK-Beamte. Sie waren über und über mit Gänse- und Daunenfedern beklebt und wirkten wie zwei fette polnische Flugenten, die man sich in weihnachtlicher Vorfreude selbst mit Heißhunger nicht besser hätte ausmalen können. Ihre Wahlverwandten trauten aber dem Braten nicht, sie pickten zaghaft bis aggressiv nach der Vogeltracht. Immerhin, zum effektiven Heranschleichen an die Holzhütte hatte es gereicht.

Komplett von Vogelkot verdreckt sahen sie eigentlich alle aus. Die Männer waren bekanntlich hoch qualifiziert und wurden gut honoriert, hatten jedoch in ihrem Job nicht viel zu lachen. Die Operation still und heimlich vorzubereiten und gewissenhaft durchzuführen war in Anbetracht der über fünftausend nistenden Vögel drum herum ein heikles Unterfangen.

Um Punkt zehn Uhr dreißig stand jedes einzelne Mitglied des Sondereinsatzkommandos aus Schwerin Gewehr bei Fuß und war bereit, zuzuschlagen.

Exkurs: Wenn Piraten gerade dabei sind, ein Schiff zu entern, die Beute zu sichern oder zu verteilen, dann sind sie sehr beschäftigt. Doch zwischen ihren Überfällen gibt es oft lange Phasen des Wartens und der Langeweile, häufig an Bord eines ihrer Seelenverkäufer oder in einer zwielichtigen Spelunke, meist etwas abseits in einer düsteren Hafenecke. Diese nutzlose Zeit ist den meisten Freibeutern ein Gräuel. Zur Passivität verdonnert, vertreiben sich die Seeräuber die Zeit bis zur nächsten Kaperung gewöhnlich mit heftigen Trinkgelagen. Manche versuchen sich auch im Glücksspiel mit Karten oder Würfeln oder beidem. Nicht selten verliert ein Mann bei diesen Spielen seinen gesamten Anteil an der Beute – oder mehr. Oftmals kommt es dann zu heftigen Streitigkeiten, übelsten Beschimpfungen und schlimmsten Raufereien. Nach solch wilder und durchzechter Nacht liegen die meisten Piraten am Ende jedoch sichtlich erschöpft in ihrer Koje und schlafen, meistens äußerst geräuschvoll, ihren Rausch aus und träumen von weiteren Raubzügen und fernen Schatzinseln mit neuer fetter Beute.

Der Geruch nach ausgiebigem Alkohol- und Tabakgenuss war das Erste, was uns in der Vogelwärterhütte hart entgegenschlug – und glücklicherweise auch das Einzige. Selbst als die SEK-Einsatzkräfte mit der AK-47 im Anschlag mitten in der Wohn- und Arbeitsstube standen, zuckten die Piratenrocker nicht mal mit der Wimper, … sie schlummerten tief und fest wie die Murmeltiere.

Vorhin, durch die tiefe Dachschräge, hatte das elektronische Körperschall-Mikrofon das ratternde Schnarchen eines Stahlhelmträgers erfasst, dessen schwere Kopfbedeckung wie ein Hohlraum über Mund und Nase gerutscht war und das laute Schlafgeräusch mit dröhnendem Hall verstärkte. Auch der mittlerweile fast lieb gewonnene Kollege mit dem Knochen durch die Nasenwand atmete mehr als geräuschvoll.

Allein der schwarzer Übersiedler aus dem fernen Uganda fehlte bei diesem friedlichen Sleep-in. Vielleicht war er überzeugter Abstinenzler? Aber immerhin: Fünf der Pappnasen aus Wichsmanns »Pelzplauze« lagen zwischen zahllosen verstreuten Rum-, Whiskey- und Kornflaschen.

Mein gewiefter Schlachtplan vom letzten Montag, die konfiszierten Spritflaschen aus der Asservatenkammer unserer Kommandantur hierher in die Vogelwarte zu bringen, war in einem exorbitanten Saufgelage aufgegangen. Uralte Detektivstrategie: Mit Speck fängt man Mäuse …

Auch die Männer von der Spurensicherung hatten sich spendabel gezeigt und – zugegebenermaßen gegen die kleinlauten Proteste der knickerigen Kollegen von der Verkehrspolizei – zusätzlich die gesamten eisernen Alkoholreserven der letzten Jahresendfeier aus dem Dachgeschoss der Kommandantur lockergemacht und alles zusammen hierher auf die Insel geschafft.

Die Störtebeker Söhne waren noch jetzt wie die Haubitzen allesamt sternhagelvoll und hätten vermutlich den ganzen schönen klaren Tag an der See verschlafen, wenn wir nicht fahrplanmäßig und pingelig Weckattacke gespielt hätten. Griesgrämig und noch im Delirium glotzten sie uns erst einmal nur an.

Im Kellerversteck unter dem Holzhaus standen dagegen die Kisten mit Schmuggelware unberührt, gestapelt, abrufbereit und warteten nur darauf, dass die ungehobelten Partygäste endlich aufwachten und feinsten Klaipeda-Kaviar und edelste Zobelfellmützen von der Insel schaffen sollten.

Dankenswerterweise übernahmen das nun die Kollegen vom SEK. Die Piraten ließen sich unter Murren und Schimpfen, aber ohne Widerstand festnehmen. Der Tätowierte mit dem Totenkopf auf der Stirn suchte zwar klammheimlich allein den Weg aus der Hütte, kam aber nur bis zur Haustür. Feddersen stellte ihm geistesgegenwärtig ein Bein, wodurch er auf Höhe seiner Tätowierung mit einem dumpfen Schlag an der Dachschräge hängen blieb. Er fluchte und musste das Scheitern seines Fluchtversuches akzeptieren.

»Schwarze Störtebeker Söhne!« Hansen machte es offiziell. »Sie sind hiermit vorläufig festgenommen! Sie werden der Bildung einer kriminellen Vereinigung, der Hehlerei, diverser Zollvergehen und der gemeinschaftlichen Nötigung, Geiselnahme und Erpressung beschuldigt. Alles, was Sie jetzt sagen, kann vor Gericht gegen Sie verwendet werden. Abmarsch!«

»Dumm Tüch!«, war das Einzige, was der Träger der Eisernen Kreuze zur Verteidigung vorzubringen wusste.

Der Rest der Piraten-Rocker war so übertölpelt, dass er gar keinen Kommentar abgeben wollte und sich nur die verkaterten Rüben rieb.

»Was gab's denn so ausgiebig zu feiern?«, fragte ich spöttisch meinen Spezi. Sein Knöchelchen wirkte heute deplatzierter denn je.

»Fette Beute.«

»Mit Speck fängt man Mäuse.«

»Der leckere Schnaps war eine Finte, wie?«

Ein plietscher Pirat, unser kauziger Knochenmann.

»Wie habt ihr es denn geschafft, zu fünft in der Nussschale herüberzuschippern?«

»Platz ist auf dem kleinsten Kahn …«

»Und wo ist euer Ober-Seeräuber?«

»Wer?«

»Na, der Wichsmann!«

»Der Wichsmann ist zu Hause. Und der Wichmann ist da, wo er hingehört!«

Die mehrdeutige Antwort nützte ihm jetzt auch nichts. Die JVA-Leitung vom Fürstenhof würde zumindest im U-Haft-Trakt endlich für den nötigen Platz und eine ausreichende Anzahl von Pritschen sorgen müssen.

Dann hörte ich von irgendwoher ein angestrengtes Keuchen oder Stöhnen …

Mit einem SEK-Beamten als Verstärkung gingen wir zuerst in die kleine Schlafkammer, doch die Geräusche kamen von woanders. Möglicherweise ein heimliches Versteck, in das sie meine Tina geknebelt eingesperrt hatten, dachte ich ängstlich, und nun hatte sie vielleicht unsere Stimmen gehört und versuchte sich bemerkbar zu machen. Oder schlimmer: Sie wurde von einem dieser miesen Kerle in einem schäbigen Hinterzimmer brutal missbraucht. Bei dem Gedanken wurde mir speiübel.

Ich horchte an den Holzwänden, das Stöhnen wurde lauter und angestrengter. Wahrscheinlich hatte der SEK-Mann am elektronischen Stethoskop draußen am Reetdach auch diese Töne vernommen. Hätte der Profi-Lauscher mal was sagen und nicht nur immerzu mit den Achseln zucken sollen. Dieser Dilettant!

Das Plumpsklo war abgeschlossen. Ich hielt das Ohr an die kleine Tür. Das Keuchen dahinter wurde aufdringlicher. Auf mein Hörvermögen war Verlass.

»Aufmachen!«, signalisierte ich dem Elitekämpfer an meiner Seite. Der trat einmal kräftig zu, und die Tür hing zerbrochen in ihren Angeln. Zuerst sah ich die beiden Knöchelchen in seinen Ohrläppchen. Dann rutschte das blanke Hinterteil fast vom Donnerbalken, als seine verquollenen Augen in den Lauf einer Kalaschnikow plinkerten – mitten in der Erledigung seines Geschäfts fast vor Schreck auf dem Klo gestorben.

»Moin!«, sagte ich.

»Moin … Moin …!«, stotterte der Piratenkomplize, wenn man die nördlichste aller deutschen Begrüßungsfloskeln überhaupt stottern konnte.

Wenig später verfrachteten vier der SEK-Kameraden die nunmehr sechs Piraten in Handschellen auf ihre zwei rot-schwarzen Polizei-Schlauchboote und brachten sie mit flotten dreißig Knoten umgehend nach Wismar in den Fürstenhof, wo die JVA-Leitung, nicht ohne Stolz, die entsprechende Anzahl von Pritschen zur Verfügung stellen konnte.

Die restlichen drei Schweriner Kollegen (der Einsatzleiter und die beiden in ihren künstlichen Vogelkleidern) sollten uns bis zur Geldübergabe auf der Insel erhalten bleiben und weiter tatkräftig unterstützen.

Hansen schaute sich in der leeren Hütte um und nahm es gleich vorweg: Das sei zu einfach gewesen.

»Das war ein guter Plan!«, wandte ich ein.

»Trotzdem: Da stimmt was nicht.«

»Tina ist nicht da …«

»Richtig. Und den Hanekamp sollten wir auch nicht vergessen.«

Feddersen packte seinen GPS-Empfänger auf den Tisch, gab

nochmals die Koordinaten ein und peilte die Lage. Das Gerät machte Geräusche wie ein Flipperautomat, wenn die Silberkugel zwischen drei Slingshots hin und her schießt; schien nicht mehr das allerneueste Modell zu sein, eher ein Prototyp der ersten Generation.

»Komisch«, meinte er schuldbewusst. »Jetzt zeigt das Ding eine andere Position.«

Wir schauten auf den kleinen Messmonitor, blickten uns an und marschierten entschlossen hinaus aus dem Haus.

Um Punkt elf Uhr lag die Geldtüte exakt auf der Positionierung 54° 01' 42,81" N und 11° 29' 36,08" Ö.

Um seinen Hügel herum positioniert, guckten wir mit respektvollem Abstand dem fauchenden Trauerschwan in seine blitzenden Augen und harrten dort der Dinge, die er ausbrüten würde.

Unser schwarzer Vogel zischte und klapperte aggressiv mit dem langen roten Schnabel und wanderte wieder und wieder um die weiße Kunststofftüte herum, die mitten in seinem Nest lag. Er reckte seinen schier endlosen Hals und schnupperte vorsichtig an dem Fremdkörper, pickte ein ums andere Mal mit dem Schnabel kurz und heftig in das raschelnde Plastik, umkreiste das weiße Kuckucksei mit einem aufgeregten Flügelschlag und setzte sich schließlich, sein schwarzes Federkleid feierlich ausbreitend, auf Ilse Hannemanns knapp fünfundzwanzigtausend Euro Lösegeld. Ob es dadurch irgendwann mehr werden würde, war zu bezweifeln.

Was sollten wir tun? Wir hatten uns nur an die Vorgaben der Erpresser gehalten. Ob er sich dessen bewusst war oder nicht, der schwarze Schwan jedenfalls wurde langsam zu einem nicht mehr zu unterschätzenden Faktor in diesem merkwürdigen Fall.

Das SEK-Trio, Feddersen, Hansen und ich verkrümelten uns ins Schilfdickicht und in die Wiesen. Jeder auf eine andere Position, sodass uns kein Geschehen im oder um das Schwanennest entgehen durfte. Es war genau halb zwölf. Und die nächste halbe Stunde sollte sich wie ein grässlich bitteres Kaugummi ziehen.

In gewisser Weise hatte ich mir das selber eingebrockt: Meine Konsequenz aus unserem letzten Aufenthalt auf Langenwerder war, die Gummistiefel in der Kommandantur zu lassen, da ich meinte, in sportlichem Schuhwerk – wenn es darauf ankommen würde – wesentlich flinker auf den Füßen zu sein.

Erst sackte ich langsam mit meinen schönen Leinenturnschuhen in den Morast, dann klatschte mir eine mächtige Ladung schlierenartiger Vogelmist mitten ins Haar und bekleckerte meine Kassenbrille. Der Besuch von drei ausgewachsenen Höcker-Schwänen, die sich erst streitsüchtig an meinem Hosenbein zu schaffen machten, kostete mich mein panisch weggeworfenes Sakko. Zu allem Überfluss fühlten sich meine Strümpfe schon nach kurzer Zeit wie vollgesogene Schwämme an. Wenn das mal keine fette Grippe bedeutete.

Ich wusste nicht, wie es zur selben Zeit Hansen und meinen anderen Kollegen erging, aber fürs Erste hatte ich die Nase gestrichen voll von Polizeiarbeit, gepaart mit praktiziertem Tier- und Umweltschutz.

Punkt zwölf war das alles nebensächlich: Der schwarze Schwan erhob sich aus seinem Nest in die Lüfte und flog mit der handelsüblichen weißen Plastiktüte voller Geld, sicher am leuchtend roten Schnabel hängend, auf und davon.

Feddersen zog einmal mehr sofort die Dienstpistole, lud durch und wollte dem Trauerschwan einen Grund für seinen Namen geben. Hansen hielt ihn zurück. Die Kollegen vom SEK schauten dem majestätischen Flügelschlag des Vogels nur völlig verblüfft hinterher, als er eine Flugroute Richtung Festland wählte.

Ein ergreifendes Bild: Die mächtigen schwarzen Schwingen vor dem Hintergrund eines kobaltblauen Himmels. Wenn dieser Schwan die übliche Farbe seiner Gattung besessen hätte, hätte man ihn in Anbetracht des weißen Beutels an seinem Klapperschnabel auch für den Artverwandten Adebar halten können. Obwohl es auch unter den fliegenden Glücks- und Babybringern angeblich solche mit schwarzem Federkleid geben sollte.

Als würde Hansen meine subtilen Gedankengänge lesen können, schaute er nur versonnen dem Vogel hinterher und meinte ganz trocken: »Über dieses Bündel vor der Tür wird sich jedenfalls niemand beklagen können.«

»Gehörte das nun zum Plan? Oder was war das?«, fragte Feddersen ganz verdattert.

Olaf Hansen hatte sich trotz seiner kurzen Amtszeit in Wismar schon mit den unterschiedlichsten Tragödien befasst. Erst im März hatte er einen psychopathischen Serienkiller festgenommen. Ihm waren keine Merkwürdigkeiten und keine Abgründe fremd. Doch auf diese Frage wusste auch er keine sofortige Antwort.

»Vielleicht kommt er wieder«, spekulierte ich etwas vage und unüberlegt..

»Geht Heringe kaufen, wie?« Der Kommissar guckte angesäuert.

Die Vogelscheuchen vom SEK aus Schwerin grinsten, es war nicht ihr Fall, der sich hier gerade in Luft auflöste.

Es war nur ein Geistesblitz, aber was hatten wir schon zu verlieren. Den Ärger, der ins Haus stand, wenn wir ohne Geldtüte und ohne Geiseln in die Stube der Bürgermeisterin Hannemann zurückkehrten, konnte man sich auch ohne viel Phantasie sehr gut vorstellen.

An Bord der »Dicken Auster«, auf dem kürzesten Weg zurück nach Wismar, erklärte ich Hansen meine etwas verzwickte Vorstellung: Als Kinder hätten wir oft an einem Fischweiher, einem hübschen, kleinen See auf einer Acker- und Wiesenfläche, in unmittelbarer Nähe von Dorf Mecklenburg gespielt. Da habe es auch ein Schwanenpärchen gegeben, aber nicht irgendeines, sondern ein schwarzes!

»Das ist selten!«, staunte Feddersen.

»Jo. Und nun dachte ich, wenn die so selten sind und unser schwarzer Schwan immer allein ist und gerade eben zum Festland flog, vielleicht ist das ja der Witwer von dem Pärchen … von damals aus unserem Fischteich.«

Hansen guckte nicht aufs Meer, er suchte lieber den weiten klaren Himmel nach unserem Trauerschwan ab.

»Ich mag keine Zufälle.«

»Nur mal angenommen, Chef, dass seine Partnerin gestorben ist, dann fühlt er sich vielleicht allein im heimischen Fischteich. Und deshalb fliegt er regelmäßig nach Langenwerder, weil er dort unter Artgenossen ist und in dem Nest ein Gefühl von Angehörigkeit bekommt. Rein psychologisch gesehen.«

So ein Schwan sei ja bekanntlich auch nur ein Mensch, kicherte Feddersen vor sich hin.

Er sollte uns im Hafen genauso verlassen wie die drei SEK-Männer, die in ihrem Federkleid an der Kaimauer bei den staunenden und amüsierten Touristen für spontanen Szenenapplaus sorgten.

Auch Hafenmeister Henne salutierte ihnen übertrieben, drehte eine kleine Pirouette, stolperte über das kurze Ende einer quer auf dem Pier liegenden zerrissenen Hafenkette und schwankte danach schnurstracks in sein Baumhaus.

Die halbe Mannschaft vom SEK »Roter Erwin« hatte fürs Festland keinen Einsatzbefehl und fuhr quasi unverrichteter Dinge und auf dem kürzesten Weg nach Schwerin zurück.

»Und in der Nähe vom Fischteich steht der Leuchtturm von Dorf Mecklenburg«, nahm ich den Faden wieder auf. »Und dessen Lager im Keller ist von den Zollbehörden versiegelt und verplombt. Da wagt sich niemand ran. Es gibt kaum ein unauffälligeres Versteck.«

Der Chef fing an zu grübeln. »Das würde auch erklären, warum die Kollegen vom Koordinierungsverbund Küstenwache, abgesehen von dem getarnten VW-Golf, bis jetzt keine Spur von Geiseln oder Geiselnehmern auf der Ostsee oder in den Häfen finden konnten.«

Replik: Vorausgesetzt, die Schwarzen Störtebeker Söhne hatten federführend die Hände bei dem Kidnapping und der Erpressung im Spiel, ergab sich die massive Problematik eines in Deutschland fehlenden Zuständigkeitsbereichs.

Denn unter Küstenwache werden offiziell die diversen Organisationen des Bundes gefasst, die im Bereich des maritimen Umweltschutzes, des Schiffsverkehrs, des polizeilichen Grenzschutzes, des Zolls sowie des Fischereischutzes auf der Nord- und Ostsee tätig sind. Das sogenannte »Gemeinsame Lagezentrum See im Maritimen Sicherheitszentrum« koordiniert von Cuxhaven (die nordwestlichste Stadt Niedersachsens) ausnahmslos alle Einsätze im Seegebiet vor deutschen Küsten – auch die in der fernen Mecklenburger Bucht. Und genau darin liegt bei der Bekämpfung von Piraterie auf deutschem Seeterritorium das Kuriosum.

Cuxhaven koordiniert zwar, ist aber weisungsgebunden. Und keine der integrierten Bundesbehörden kann sich wirklich zuständig fühlen, geschweige denn für eine unerlässliche, schlagkräftige Ausbildung ihrer Beamten sorgen: Das Bundesministerium für Finanzen ist mit seinen schnellen Zollkreuzern allein für Zollvergehen im Warenverkehr im Einsatz, insbesondere im Hinblick auf illegale Geschäfte mit Drogen oder Sprengstoff. Das Bundesministerium für Landwirtschaft überwacht nur den küstennahen Fischereischutz, und ihm stehen dafür im gesamten Nord- und Ostseebereich ganze drei Trawler zur Verfügung. Das Bundesinnenministerium schützt innerhalb des Verbundes nur die äußersten deutschen Seegrenzen, vor allem soll Schleppern und Schleusern aus dem angrenzenden Ausland das Handwerk gelegt werden. Das Bundesverkehrsministerium sorgt sich dagegen ausschließlich um das Setzen und Betreiben von Seezeichen und ist somit für das reibungslose Funktionieren der Schifffahrtswege zuständig. Und last, not least bemüht sich das Bundesumweltamt um die Bekämpfung illegaler Verschmutzung in Nord- und Ostsee mit Schadstoffen jeglicher Art und widmet sich der Überwachung und Aufklärung von entsprechenden Umweltstraftaten.

Im Fall der Schwarzen Störtebeker Söhne schob man via Cuxhaven die Verantwortung eine Weile hin und her und fand dann einen fadenscheinigen Kompromiss: Man wies die Hafenämter an, dass die jeweiligen Hafenmeister die ein- und ausfahrenden Schiffe nach Piraten beziehungsweise Geiseln zu inspizieren hätten. Nicht nur bei Hafenmeister Henne stieß das auf keine wirklich große Begeisterung und blieb auch deshalb bis dato im Ergebnis negativ.

Es brauchte nur etwa eine halbe Stunde, bis wir Punkt dreizehn Uhr vor dem Fischweiher meiner Kindheit und den beiden kläffenden Boxerrüden Vitali und Wladimir standen. Die beiden bissigen Tölen waren ein erstes untrügliches Indiz für die Richtigkeit meiner Annahme.

Ich erwähnte es bereits: Hansen war bekannt für seine panischen Reaktionen auf aggressive Vierbeiner. Und Boxer zeichnen sich nun mal durch Mut und Misstrauen aus. Keine gesunde Grundlage für die Harmonie zwischen Mensch und Tier; zumal die Menschen zwar das Misstrauen teilen, der Mut jedoch in aller Regel dem Tier allein zu Eigen ist, wie im hier vorliegenden Fall.

Wir sollten nie erfahren, warum Vitali und Wladimir uns bellend und zähnefletschend angriffen, vielleicht brauchten sie auch keinen Grund, vielleicht war das einfach ihr Naturell. Fakt war: Die beiden Deutschen Boxer stürmten auf uns los, als hätten sie uns zum Fressen gern.

Irre knurrend und beißend hing Vitali an meinem rechten Arm. Wladimir, der agilere von beiden, biss sich an Hansens linkem Hosenbein fest, dem deshalb das rechte kurzzeitig gehörig schlotterte. Er zog sein Kleinkaliber aus dem Halfter und pustete Wladimir mit einem gezielten Schuss ins Gras. Ins selbige biss auch mein Kontrahent Vitali. Der Genickschuss durch Hansen bedeutete das Ende für zwei schwergewichtige Rüden.

Ein schauerlicher Anblick: Zwei elendig krepierende Hunde auf einem saftigen Rasenstück, auf dem sich eine rote Lache bildete, die sich aus den Wunden und Rachen der Boxer speiste. Wladimir japste kurz und heftig. Aus Vitalis Schlund drang ein letztes Gurgeln. Dann herrschte von einem Moment auf den anderen Totenstille …

… bis ein leises, gleichmäßiges Klatschen an mein Ohr drang. Ich drehte mich zum Fischweiher, sah Hanekamp in einem Holzboot sitzen, Hansen und mir den Rücken zugewandt, von der kleinen unbewohnten Insel, inmitten des Sees, direkt auf uns zurudern.

Das war so klar wie das Traritrara eines Trompetenschwans: Der Galgenvogel kam von unserem ausgebüxten schwarzen Schwan! Schon damals hatte das schwarze Pärchen aus meiner Jugendzeit seinen Nistplatz auf dem üppig grünen Inselchen im fast kreisrunden Teich gehabt.

Erst in Ufernähe drehte er sich um und erblasste zusehends.

»Vitali!«, rief er hysterisch. »Wladimir! Hierher zu mir!«

Doch da kam kein Bellen und kein Fletschen, noch nicht einmal ein Knurren oder Jaulen mehr.

»Wladimir! Vitali!«, brüllte er vergebens.

Der Kommissar zielte mit seinem rauchenden Colt auf Hanekamp, und ich legte ihm die Handschellen an. Im Ruderboot lag die vertraute weiße Plastiktüte, ich nahm das gute Stück an mich und schaute hinein: »Soll ich es nachzählen?«

»Nicht nötig, ein Schwan geht keine Heringe kaufen«, spottete Hansen.

Das sei eh Betrug gewesen, knurrte Harald Hanekamp, als hätte er in seiner Situation noch irgendein Anrecht auf Reklamation. »Das ist nie und nimmer eine halbe Million!«

»Beschwerden nimmt unsere Bürgermeisterin Hannemann nur zwischen neun Uhr morgens und vier Uhr nachmittags entgegen«, flachste Hansen. »Versprochen: Dazu werden Sie schon bald Gelegenheit bekommen. Ich muss nicht erwähnen, dass ich Sie hiermit festnehme, oder?«

»Was haben Sie mit meinen Hunden gemacht?«, fragte Hanekamp entrüstet.

»Wo ist Tina?«, wollte ich wissen.

»Die Granderath gibt's nicht mehr«, antwortete er mitleidlos. »Die ist so gut wie tot.«

»Du Schwein!«, schrie ich ihn an und ging ihm heftig an den Kragen.

»Kubsch!«, rief Hansen. »Kubsch! Hören Sie auf! Nun hören Sie schon auf!«

Hanekamp war durch meinen Würgegriff schon ganz lila im Gesicht. Wutschnaubend drückte ich fester zu. Mein Kontrahent schnappte verzweifelt nach Luft, bekam aber keine.

»Kubsch!«, brüllte mich Hansen an und versuchte den Schwitzkasten zu lockern. »Was sagt Ihnen Ihr Bauch?«

Zögerlich ließ ich los. Mir tropfte Blut vom Zahnfleisch.

»Wie, mein Bauch?«

»Na, was sagt Ihnen das Bauchgefühl? Sie haben doch heute ständig das richtige Gefühl im Bauch.«

Der Chef hatte recht, es gab nur eine Lösung. Ich rannte los, ohne ein einziges Mal zurückzublicken.

»Das … das schafft er … nicht … mehr!«, hörte ich Hanekamp keuchen und tief nach Luft lechzen.

Ich kannte den Weg wie meine Westerntasche, hier hatten wir als Jungens fast täglich Cowboy und Indianer gespielt. Das war unser Kriegspfad gewesen, ein knapper Kilometer Schlangenlinie durch Gebüsch und über Wiesen, immer zwischen dem Fischweiher und Dorf Mecklenburg hin und her.

Die feuchten Turnschuhe schmatzten im sumpfigen Gras, meine Socken hätte man auswringen können … Keine fünf Minuten später war ich mächtig schnaufend am rot-weiß gekringelten Leuchtturm angekommen. Zum Glück ging es diesmal nicht die fünf Stockwerke hinauf, sondern zielstrebig nur eines hinunter. Vorbei am Restaurant-WC, durch den Kellerflur, direkt vor die verschlossene Tür mit der Aufschrift »Lager«. Ich zog meine Dienstwaffe aus dem Halfter, zielte und drückte ab. Einmal. Zweimal. Dreimal daneben. Die vierte Kugel traf und zerschmetterte das Vorhängeschloss.

Meine Tina kauerte verschreckt auf einer alten Matratze, vor sich einen geleerten Hundefressnapf und eine Flasche Sprudel. Sie sprang auf, wir fielen uns in die Arme.

»Kubschi!«, schluchzte sie.

»Tinalein!«, schniefte ich.

»Hast *du* eben geschossen?«, stieß sie hervor.

Ich nickte und seufzte: »Jetzt wird alles gut.« Ihr Körper zitterte.

»Wir müssen hier raus!«, schrie sie plötzlich voller Panik und riss sich aus meiner Umarmung.

»Warum?«

»Der Turm fliegt um Punkt zwei in die Luft!«

Auf meiner Uhr war es genau dreizehn Uhr fünfundfünfzig – hoffentlich ging sie nicht nach. Wir flogen die Kellertreppe hinauf. Tina drückte den Feueralarmknopf an der Rezeption und startete damit unversehens die Sprinkleranlage.

Da der Hotelbetrieb seit Tagen auf Sparflamme lief, standen die wenigen Angestellten und noch weniger Hotel- oder Restaurant-Gäste wie frisch geduscht innerhalb kürzester Zeit im Freien. Ich guckte mich ein letztes Mal um und sah noch einmal die seltsame Inschrift, die über der Eingangstür prangte:

»Man kann sick dreih'n as man will, de Achtersid bliwwt immer hinn'n!«

Mecklenburger Sprichwort – nicht schlecht, würde ich mir merken und bei gegebenen Anlass ... Tina zog mich am Arm, dann liefen wir alle gemeinsam den Hang Richtung Fischteich hinunter.

»Wie damals!«, rief mir Tinalein befreit zu.

Und ich schmunzelte schüchtern zurück, freute mich aber innerlich wie ein Schneekönig. Nie war Tina bezaubernder als in diesem Moment ... Lotte Nannsen hätte es jetzt vermutlich mit einem passenden flotten Spruch auf den Punkt gebracht: »Die Liebe ist ein scheuer Vogel.«

Hansen und Hanekamp hatten es sich wie das Westernpärchen Pat Garrett und Billy the Kid im hohen Gras bequem gemacht. Trotz Handschellen drückte der Übeltäter seine beiden toten Boxer an die Brust, war über und über mit Hundeblut besudelt und schluchzte bitterlich.

In der Ferne schlug eine Kirchturmglocke.

KAAWUUUMMM ...

Ein ohrenbetäubender Knall zerriss mit einer solchen Wucht und Druckwelle die Luft, dass wir alle paralysiert Richtung

Leuchtturm blickten. Das Wahrzeichen meines Heimatortes Dorf Mecklenburg schwankte, wankte und krachte dann wie ein Kartenhaus in sich zusammen. Eine grauschwarze Staub- und Rauchsäule war lange Zeit das Einzige, was von ihm übrig blieb …

***

Auch in der großen Stube der Bürgermeisterin herrschte dicke Luft – nur anders. Kaum zurück in Wismar hatten wir uns, wie beim ersten Besuch von Ilse Hannemann angewiesen, vollzählig eingefunden: Tina Granderath, Olaf Hansen, ich und Harald Hanekamp … und natürlich die Tüte mit Geld. Von links nach rechts saßen wir im Viertelkreis genau in dieser Reihenfolge – ausgenommen die Tüte mit Geld – auf den lederbezogenen Stühlen vor der Pragmatikerin und ihrer rieselnden Sanduhr. Die 24.525 Euro, die unsere Bürgermeisterin geschwind und pedantisch nachgezählt hatte, lagen vor ihr auf dem Schreibtisch – nicht ein Cent fehlte. Zumindest der Schwan war eine ehrliche Haut.

»Ja, glauben Sie denn, das könne man alles mithilfe einiger spendabler Rentnerinnen bezahlen!?«

Harald Hanekamp hatte keine Chance, und die wollte er nutzen. Er machte die ungenügende Finanzierung der Hanse-Kogge zum Thema und zur Ursache für die illegalen Geschäfte rund um die »Wismaria« und seinen ehemaligen Leuchtturm.

»Die Mitgliedsbeiträge und ein paar Almosen hin oder her, solche Kleckerbeträge reichen vorn und hinten nicht. Und das waren doch ihre Worte, Frau Kollegin, dass die Kogge für unser Gemeinwesen unerlässlich sei!«

Damit geriet auch Ilse Hannemann politisch zunehmend unter Druck. Etwas zerstreut betrachtete sie meine dreckverschmierten Hosenbeine sowie die gänzlich durchweichten Leinenturnschuhe auf ihrem schönen Dielenboden und verzog das Gesicht kurz zur Grimasse.

Die Refinanzierung decke nicht mal die laufenden Kosten,

geschweige denn die Rückzahlung der Anschubkredite aus der freien Wirtschaft, polterte Hanekamp ohne Unterlass.

Er sah dabei furchterregend bis bemitleidenswert aus, Hände, Wangen und teilweise sogar die Ohren mit getrocknetem Hundeblut verschmiert.

»Und was heißt hier Schmuggel? Ohne indirekte Beteiligung von Partnern aus dem Ausland«, fuhr er fort, »ist das Prestigeprojekt der Hansestadt Wismar und ihrer Region zum Scheitern verurteilt.«

Wie lange das denn jetzt schon im Gange sei, wollte die Bürgermeisterin pikiert wissen.

»Was?«

»Na, das … mit dem Verkauf … zollfreier Waren?«

Sie rutschte unruhig hin und her und wollte es nach wie vor nicht wahrhaben.

»Fast drei Jahre.«

»Und Polizei, Zoll oder Küstenwache haben nichts gemerkt!«, geißelte die Hannemann die Exekutive und drehte eher aus reinem Reflex die abgelaufene Sanduhr um.

»Und was sollte die fingierte Geiselnahme und Erpressung?«, fragte der Kommissar dazwischen und überging den Tadel der Bürgermeisterin.

»Mir steht das Wasser bis zum Hals. Mit fünfhunderttausend wären alle mit einem Schlag saniert gewesen. Ich. Wir …!«

Er guckte hinüber zu seiner Rezeptionistin. Tina warf entrüstet ihren hübschen Wuschelkopf in den Nacken und wandte sich, demonstrativ angewidert, von ihrem bisherigen Chef ab. Der schluckte und setzte nach einigem Zögern seine Aufzählung fort: »… und die ›Wismaria‹ natürlich auch.«

Ich fröstelte ein wenig, verspürte eine ungewohnte Anspannung, um nicht zu sagen: Beklemmung. Ich versuchte meine Verkrampfung zu lösen, indem ich mit einem Turnschuh – aufgrund der Attacke der Schwäne, vermutete ich, fehlte ein Schnürsenkel – prüfend über den glatten Holzfußboden schubberte. Im ehrenwerten Rathaus verwendeten sie genauso Bohnerwachs wie die Kronkorks im »Zickenhuus«. Dass der stechende Geruch die Bürgermeisterin bei der Ausübung ihrer Amtsgeschäfte gar nicht störte ...

»Die Erpresseranrufe sind bis ins Detail von Herrn Hanekamp inszeniert worden«, erklärte Tina endlich aufgebracht und blickte von der Hannemann zu mir und wieder zurück.

»Er hat mich mehrfach geohrfeigt und sogar sich selbst. Damit es echt klingt.«

Ilse Hannemann zeigte mit einem bestürzten Seufzer ihre Entrüstung und tiefe Anteilnahme mit der einzig echten Geisel und fixierte – höchst strafenden Blickes – ihren Amtskollegen. Hanekamp blinzelte sie verbittert an und starrte dann zu Boden.

Hansen nahm den Faden wieder auf: »Und Sie wären die Störtebeker Söhne losgeworden.«

»Die nervten uns am meisten!«, ärgerte sich Hanekamp noch jetzt über Wichsmanns Piratenbande.

»Und deshalb auch die Erfindung mit dem Förderverein Lätare?«

»Spätestens damit war wohl jeder überzeugt, dass der Wichsmann persönlich seine Hände im Spiel hatte.«

»Kennen Sie einen Piotr Jablonski?«

»Flüchtig ...«

»Flüchtig? So kommen wir nicht weit...«

Hansen funkelte ihn aus dem Augenwinkel an, da witterte Hanekamp Morgenluft in Sachen möglicher Strafmilderung.

»Nun ja, nicht persönlich. Ich weiß aber, dass der Jablonski in die eigene Tasche gewirtschaftet hat. Er war derjenige, der ohne Wissen seiner Landsleute auf Langenwerder ein Zwischenlager eingerichtet hatte. Jablonski beklaute die eigene Organisation, indem er geklaute Mafiasachen klaute. In gewisser Weise der schlimmste Langfinger von allen!«

»Und seine polnischen Kollegen kamen dahinter und machten mit dem eigenen Mann kurzen Prozess«, schlussfolgerte Hansen.

»Das kann man wohl sagen ...«, antwortete unser vermeintlicher Kronzeuge und machte mit dem Finger eine Geste, die deutlicher nicht sein konnte.

»Ritsch, ratsch!«, fügte er fast schon mit entschuldigender

Miene hinzu. »Und der Woitila hat das dann den Störtebeker Söhnen untergejubelt. Das hat der Pole clever eingefädelt. Den Kopf des geköpften Kollegen, das hat er mir beim Stopover am Leuchtturm erzählt, ließ er dann auf der Insel deponieren, unweit vom Zwischenlager.«

»Im Nest vom schwarzen Schwan ...«, ergänzte ich und erinnerte mich an das merkwürdig schaurige Äußere des abgeschlagenen Kopfes. »Können Sie sich einen Reim drauf machen, warum aus Nase und Ohren von Piotr Jablonski so komisches Grünzeug herausguckte?«

»Grünzeug? Nö, ehrlich nicht. Keine Ahnung!«, wehrte Hanekamp vehement ab, nur um vage hinzuzufügen: »Fremde Länder, fremde Sitten ... vielleicht.«

Ohne Zeit zu verlieren, spuckte Hanekamp weiter aus: »Dass die Piraten-Gang, nachdem sie die Polen lang genug bespitzelt hatten, Schmuggelgut auf Langenwerder vermuten würde, dazu gehörte dann nur noch das kleine Einmaleins. Schließlich herrschte zum Zeitpunkt von Piotrs Exekution auf der Insel ein Kommen und Gehen. Aber der Woitila war ein ganz Schlauer, der dachte gar nicht dran, das Jablonski-Lager in der Vogelwarte anzurühren.«

Das musste man dem Karel Woitila lassen, der hatte anscheinend um mehrere Ecken gleichzeitig kombiniert. Der hatte sich eines Verräters in den eigenen Reihen entledigt, mit Wichsmanns Männern die gefährlichsten Gegner auf die Insel gelockt und die Wismarer Polizei verständigt, damit die den Rest übernehmen sollte.

Aber wie heißt es so schön in Mecklenburg: Die Kirche ist erst aus, wenn der Letzte aufhört zu singen.

»Und die Dööskööppe sind dann mit der Jolle tatsächlich in der Nacht rüber«, fuhr Hanekamp fort, »und wollten sich an den geklauten Waren gütlich tun. Eigene Schuld, dass sie erwischt wurden, wenn man sich nach jedem Beutezug erst mal einen hinter die Binde kippen muss ...«

»Wo wollten denn die Banausen hin mit den Zobelfellen und dem vielen Kaviar?«, entrüstete sich die Hannemann.

So genau wisse er das nicht, nur dass die derzeit alles zu Geld machten, was nicht niet- und nagelfest sei.

»Und ein Teil wird auf dem Wochenmarkt verschenkt«, setzte er empört hinzu, »gleich hier unter Ihrem Fenster, auf dem Platz vor dem Rathaus. Wie damals! Unmöglich und gegen jede Regel der Marktwirtschaft.«

»Wer hat eigentlich den Piraten geköpft, dessen Schädel wir am Herrentag aus dem Hafenbecken gefischt haben?«, fragte ich ihn direkt.

»Keine Ahnung. Ehrlich.« Hanekamp schüttelte sein Haupt und hob wie zur Offenbarung theatralisch die Hände vor die Brust. »Ich weiß es wirklich nicht. Fragen Sie die Besatzung der ›Wismaria‹, vielleicht wissen die mehr. Ich jedenfalls war's nicht.«

»Und Sie ahnen natürlich auch nicht«, wollte Hansen wissen, »wo seitdem der restliche Piratenrumpf abgeblieben ist?«

»Nein. Natürlich nicht!«

Ob der Frage schien er wirklich entgeistert.

Bislang hatte sich Steffen Stieber wegen des Wurstgulaschs und der angeblichen Ochsenhälfte aus der Gaststätte der Kronkorks nur mit einem kurzen Zwischenergebnis zurückgemeldet: Die Analyse insbesondere des Plastikbeutels mit dem bereits gegarten Gericht war komplexer als gedacht und wurde deshalb so kompliziert, weil das Fleisch im Kochtopf von Emma Kronkorks Küche schon arg zerkocht war. Bis zu einer endgültigen Gewissheit mussten Hansen und ich wohl oder übel noch ein bisschen Geduld aufbringen.

Eine Tugend, die mir nicht in die Wiege gelegt und jetzt unangenehm strapaziert wurde, ich konnte einfach nicht mehr still sitzen und sprang wie von der Tarantel gestochen auf.

»Und warum, in Gottes Namen, haben Sie Ihren Leuchtturm in die Luft gejagt?«, rief ich unnachgiebig.

Das hatte ich bis jetzt nicht verstanden, dass man sich freiwillig die eigene Lebensgrundlage vernichtete.

»Beim Hass der Piratenbande auf mich und die Kronkorks wäre auch das als überzeugendes Beweismittel gegen die Störtebeker Söhne gewertet worden. Und für mich wäre es nebenbei die Lösung aller Probleme.«

»Aber warum?«, mischte sich Tina ein und guckte ihn mit ihren großen Kulleraugen verzweifelt an.

»Mein lieber Schwan! Haben Sie schon mal irgendwo einen Leuchtturm im Binnenland gesehen?« Er wartete gar keine Antwort ab. »Sehen Sie! Etwas Bekloppteres gibt's gar nicht. Bloß weg mit dem Ding, reiner Zuschussbetrieb, seit Jahren. Mit der Versicherungssumme hätte ich was Neues gebaut. Eine Mühle vielleicht.«

Harald Hanekamp hatte das geliebte Wahrzeichen meines Heimatdorfes gesprengt, zudem den Stolz vieler Bewohner und etliche Arbeitsplätze mit einem Rumms zunichtegemacht.

Wenn das meine Mutter erfahren würde, dass der eigene Bürgermeister zu so etwas imstande gewesen war, dachte ich noch etwas abschweifend, da wies mich Hansen barsch an, gefälligst meinen Platz wieder einzunehmen. Das nervöse Herumgerenne mit meinen quietschenden Schuhen gehe ihm zusehends auf die Nerven. Widerwillig und leicht schmollend setzte ich mich.

»Apropos Schwan: Die Geldübergabe mittels schwarzen Schwans«, resümierte Hansen, »das war aber schon ein unnötiges Risiko, das Sie da eingegangen sind …«

»Warum?«, unterbrach ihn Hanekamp.

»Na ja, ein dressierter Schwan als Kurier birgt ein nicht unerhebliches Restrisiko. Das müssen Sie zugeben.«

»Ein schlauer Schwan lässt sich nicht schnappen«, entgegnete Harald Hanekamp ganz trocken.

Wo er recht hat, dachte ich zerstreut, hat er recht.

Der Kommissar kratzte sich nachdenklich am Kopf, und die Hannemann sackte nach und nach in ihrem schweren Amtssessel zusammen. Auch sie konnte die Augen jetzt nicht mehr vor dem ganzen Ausmaß der bitteren Wahrheit verschließen. Denn eines war klar, der Hanekamp hatte niemals allein die kriminellen Geschäfte mit der »Wismaria« organisieren können, dazu brauchte er mindestens die Familie Kronkork.

In einer Beurteilung sollte die Ilse Hannemann recht behalten:

Der noch amtierende Bürgermeister von Dorf Mecklenburg war ein ausgewiesenes Schlitzohr.

Im Beisein honoriger Zeugen, wie er sich geschickt ausdrückte, erbitte er für sich, natürlich im gegenseitigen Einvernehmen, eine deutliche Strafmilderung. Der Charakter seiner Mitarbeit beruhe auf Gegenseitigkeit. Und wenn er weiter Klartext rede, sehe er sich nicht allein als Täter, sondern eben auch als Zeugen.

Hansen schielte zur Hannemann, Tinalein schaute fragend zu mir. Und die Bürgermeisterin peilte durch zusammengekniffene Augen Hanekamp an. Sie nickte bedeutsam, und er packte weiter aus und kam durch seine rückhaltlose Offenheit in den Genuss einer in der Rechtsgeschichte der Hansestadt bis dato einmaligen Kronzeugenregelung.

Zäsur: Im Überschwang der Fußball-WM 2006 gründeten die Kronkorks unter der Führung von Senior Erwin still und leise und völlig unbehelligt das Kronkork-Koggen-Kartell (kurz: KKK), dem wenig später auch Harald Hanekamp und Simone von Gollwitz beitraten und das in den Folgejahren erfolgreiche Geschäftsbeziehungen vor allem zur polnischen Mafia aufbaute.

Damit konnte man sich die Kontrolle über das Spirituosengeschäft, den Medikamentenhandel, den Pornofilmverleih oder -verkauf und das lukrative Geschäft mit russischen Zobelfellen in der Mecklenburger Küstenregion sichern.

Zum wichtigsten Lager und Umschlagplatz avancierte das moderne Technologie- und Forschungszentrum am Alten Holzhafen (Kap. 1 / S. 18 / Abs. 5 / Z. 8–15) mit dessen partiell leeren Hallen, Geschäftsräumen und Kontors.

Fünfzig Prozent der Gewinne flossen in die eigenen Taschen, die andere Hälfte in die Hanse-Kogge, ihre Besatzung (Schmiergelder inklusive) und die Bestechung von Mitgliedern der Wismarer Bürgerschaft.

Seit 2008 operierte die Familie aber auch außerhalb ihres angestammten Territoriums. Kronkorks Kartell trat dabei vor allem als Mittler für Schmuggelgut erst im benachbarten Vorpommern und dann im gesamten Ostdeutschland in Erscheinung. Sie verfügten mittlerweile über Dependancen in Markgrafenheide (bei Rostock), in Magdeburg (Sachsen-Anhalt) und in Mühlhausen (Thüringen). Oberstes Gebot: Gewinnmaximierung. Steuern waren dafür pures Gift. Vor allem die Mehrwertsteuer zog, wie ein Zementklotz an den Füßen einer Wasserleiche, die Profite nach unten. Sie wurde aus dem Geld- und Güterkreislauf radikal isoliert.

Die Herkunft der unverzollten Waren war ein Exempel interkultureller, grenzenloser Freiheit: Chinesische Pornofilme wurden in der Mongolei gedreht, in Weißrussland geschnitten, in Skandinavien (auf Finnisch mit deutschen Untertiteln) synchronisiert, in einem slawischen Randstaat kopiert, in Polen verpackt, in Mecklenburg angeboten und in Massen verkauft – steuerfrei mit Millionengewinnen.

Dankbare Abnehmer fand das KKK überall: auf Wochenmärkten genauso wie in Einzelhandelsketten, die unter hohen Kosten bei gleichzeitigem Preisdumping und unter der Konkurrenz im Stile von Geiz-Billig-Blöd-Kampagnen litten.

Selbst die Gattin unseres beliebten Ex-Ministerpräsidenten sollte auf diesem Wege zu einer schicken Zobelfellstola gekommen sein, munkelte Hanekamp.

In erster Linie aber profitierte die Organisation von der Armut und Arbeitslosigkeit im Land Mecklenburg-Vorpommern und in der Hansestadt Wismar, deren Arbeitslosenquote schon fast zwei Jahrzehnte lang auf Topniveau lag, und das hieß: regelmäßig an der Schwelle von zwanzig Prozent kratzte.

Nach Angaben des Statistischen Bundesamtes im fernen Berlin war jeder vierte Einwohner von Meck-Pomm armutsgefährdet. Das bedeutete die absolute Rekordquote für Gesamtdeutschland. Der größte prozentuale Anteil von Menschen mit hohem Armutsrisiko lebte in unserem schönsten aller Bundesländer.

Im Jahr 2009 betraf dieses Szenario allein in Wismar weit über fünftausend Bürgerinnen und Bürger, die jeder einzelne weniger als die Hälfte von dem hatten, was statistisch gesehen der Durchschnittsbürger zum Überleben braucht. In nackten Zahlen: Der arme Wismaraner fristete ein Dasein mit einem Monatseinkommen von weniger als fünfhundert Euro.

Die Kronkorks vergaben lukrative Jobs, wer für sie arbeitete, bekam gutes Geld. Der Schiffsführer eines kleineren Schmugglerbootes verdiente im Monat bestimmt das Fünffache eines Fischers. Die stetig wachsende Armut war der Nährboden für den Erfolg des Kronkork-Kartells.

»Übertreiben Sie da nicht ein wenig, Hanekamp?«, schnaufte die Bürgermeisterin ungläubig.

»Im Gegenteil!«, rief Harald Hanekamp aus. »Das ist die offizielle Version. Die ganze Wahrheit würden Sie gar nicht hören wollen, geschweige denn vertragen können …«

Ilse Hannemann war kreidebleich, jetzt umkurvte sie unruhig und in großen Kreisen schon eine ganze Weile uns und die schwere Arbeitsplatte in ihrer großen Stube. Es war wohl das erste Mal in ihrer langen Amtszeit, dass sie ihre Sanduhr komplett vergaß.

»Wir müssen die soziale Lage der Bürgerinnen und Bürger der Hansestadt Wismar drastisch verbessern!«, ereiferte sie sich spontan und fügte wie aus dem Stegreif hinzu, alles andere sei Schall und Rauch und vergebliche Liebesmüh.

»Apropos Liebesmüh«, meinte Tina da plötzlich, »der Harald Hanekamp, der mein Chef war, und die Simone von Gollwitz, die die Kapitänin von der Kogge ist …«

»Halten Sie Ihr vorlautes Mundwerk!«, schoss Hanekamp dazwischen.

Tina Granderath dachte nicht daran.

»Also, die Gollwitz und der Hanekamp sind zusammen ein Paar.«

Das war zwar mit der Sprengkraft am Leuchtturm nicht vergleichbar, dennoch hatte es den Hanekamp durchgeschüttelt vom Scheitel bis zur Sohle.

»Woher wissen Sie das?«, fragte er unwirsch.

»Köpfchen.«

»Das stimmt doch gar nicht!«, protestierte er dann lautstark.

»Ich hab ins Handschuhfach geguckt.«

»Vom Golf?«, fragte ich kurz und bündig.

»Genau«, bestätigte Tina, »und da lag ein kleiner Blumentopf drin.«

»Die Usambaraveilchen!«

Hansen hisste seine Segelohren, jetzt wurde es noch einmal spannend. Die Bürgermeisterin verstand kein Wort und verlangte mit Nachdruck nach Aufklärung.

»Was für Blumen das waren, weiß ich nicht mehr«, begann Tina zaghaft, »aber violett waren sie und hübsch und dufteten wie mein Parfum.«

Hansen guckte mich einmal scharf von der Seite an. Vor meinem inneren Auge schnupperte ich einmal mehr über die Rücksitzbank des Golfs und bekam allein durch die Vorstellung so rote Lauscher, wie sie sonst der Chef nur kannte.

Hanekamp: »Na und.«

»Da hing ein Kärtchen am Topf.«

»Da hing *kein* Kärtchen am Topf!«, widersprach ich vehement.

»Doch. Dies hier!«

Tina hielt ein Grußkärtchen in der Hand und streckte es wie ein triumphales Beweisstück über den Kopf.

Hanekamp: »Das ist geklaut!«

Hansen: »Na und?«

Tina: »Da steht was drauf.«

Hannemann: »Na, was?«

Der Kommissar stand auf und nahm das Kärtchen als Beweisstück an sich.

Tina nach einer genüsslichen Pause: »In Liebe, deine Simone von Gollwitz!«

Alle atmeten erleichtert und tief durch, nur Hanekamp knurrte.

Und Ilse Hannemann verstand nicht, was daran so schlimm sein sollte: »Stellen Sie sich nicht so an, Hanekamp. Ein paar Blümchen von einer Frau, das ist doch sehr nett. Die schmeißt man aus falscher Scham doch nicht einfach ins Handschuhfach. Die armen … die armen … wie heißen die noch gleich?«

»Usambaraveilchen.«

Ich ließ die Bezeichnung der blau-violetten Pflanze auf der Zunge zergehen.

»Usambaraveilchen«, wiederholte auch die Hannemann mit viel Gefühl.

Die habe der Herr Hanekamp aus einem ganz anderen Grund nicht annehmen wollen, kombinierte Hansen siegessicher, und dann so herzlos eingesperrt und vertrocknen lassen.

»Na, warum?«

Die Hannemann stellte Hansen die kurze Frage mit einem merklichen Zucken um ihre Mundwinkel. Und Hanekamp starrte ihn an, ebenfalls mit einem nervösen Zucken, jedoch in seinem linken Augenlid.

Der angebliche Liebesschwur sei eine Ankündigung des Todes. In Mafiakreisen seien Usambaraveilchen traditionell die Botschafter der Rache, erklärte der Kommissar nicht ohne Triumph.

»Hanekamp! Die haben gemerkt, dass Sie Ihr eigenes Süppchen kochen wollten. Sie waren raus aus dem Geschäft! Deshalb auch diese ganz eilige Erpressungsnummer mit der hohen Lösegeldforderung von fünfhunderttausend! Sie stehen auf deren Abschussliste. Und Sie wissen das! Und Sie wollten noch einmal so richtigen Reibach machen und dann ab nach Florida!«

»Ich will in den Fürstenhof.«

Das war das Letzte, was wir vom Ex-Bürgermeister, Ex-Wirt, Ex-Vorstand und Ex-KKK-Mitglied hören sollten. Ab jetzt und für eine viel zu kurze Ewigkeit würde er hinter vergitterten Fenstern und schwedischen Gardinen eisern schweigen.

Übrigens sollte es noch ein paar Tage dauern, bis wir die kleine Autolackiererei ausfindig machten, die im Auftrag Hanekamps den schneeweißen Golf in wenigen Stunden in einen pechschwarzen Scirocco umgespritzt hatte. Der Betrieb war in einer kleinen Scheune im abgelegenen Dorf Mestlin bei Schwerin untergebracht und in Fachkreisen bereits einschlägig bekannt für Spezialaufträge solcher Art.

»Ich habe da einen Verdacht ...«, grübelte der Kommissar, »vermutlich ist die von Gollwitz im übertragenen Sinne ein sogenannter Schlummer-Hummer!« Alle im Büro schauten Hansen fragend an und lauschten ergriffen. »Ein Begriff aus der Terrorbekämpfung im Indischen Ozean. Der Schlummer-Hummer agiert lange unentdeckt im Hintergrund, aber auf Beutefang knackt er sozusagen jede noch so harte Schale. Das heißt, er ist der Mann vom Fach, der Spezialist für heikle oder komplizierte Aufgaben, die man anderen nicht zutraut.«

Schlummer-Hummer? Das klinge aber putzig, meinte unsere Bürgermeisterin und lachte befreit in die Runde.

Das sei alles andere als possierlich. Schlummer-Hummer könnten raffinierte, gefährliche Auftragskiller sein. Oft nachtaktiv wie eine Seeschlange und unerkannt wie ein U-Boot, konkretisierte Hansen. »Die von Gollwitz, und das ist meine Befürchtung, geht ganz normal ihrem Kapitänsamt nach, bis sie von einem Vorgesetzten ihrer Organisation für ihre eigentliche Aufgabe aktiviert wird. Meist in Form einer verdeckten, konspirativen Operation. Die Frau von Gollwitz ist unser Mann, Frau Bürgermeisterin, die müssen wir fangen. Die sollte den Hanekamp eiskalt eliminieren. Das Kärtchen am Blumentopf beweist es.«

»Gute Arbeit, Herr Hansen!« Die Bürgermeisterin verabschiedete sich vom Oberkommissar per Handschlag. »Und frisch ans Werk.« Dann klopfte sie auch mir zum Abschied anerkennend auf die Schulter: »Gute Arbeit, Herr Kubsch. Weiter so.«

Es war der erste Moment in meiner kurzen Kripo-Karriere, in dem ich mir sicher war, dass ich den Polizeidienst in absehbarer Zeit quittieren würde.

Mich zog es in zwei Richtungen zugleich: zu Tinalein und aufs Meer.

10

Samstag, den 30. Mai

Über Nacht hatte die Ostseeküche eine dicke Suppe zusammengebraut. Nachdem es eine Woche freundlich oder zumindest trocken geblieben war – ungewöhnlich genug für die Küste – wurde das Wetter typisch norddeutsch schmuddelig. An diesem Morgen war die Luft beinahe so kalt wie im März, über der See lag grauer Nebel, die Sonne schien weit weg zu sein – vielleicht am Horn von Afrika.

Das küstennahe Schietwedder konnte die Laune meines Admirals Kay-Achim Willumeit nicht verderben. Auf dem Platz des Kapitäns, mit geradem Blick auf die Einfahrt in den Nord-Ostsee-Kanal bei Brunsbüttelkoog, genoss er sichtlich das Kommando über seine Fregatte »Heringsmöwe«. Er ließ es sich nicht nehmen, nach über sechs Monaten Kampfeinsatz im Golf von Aden das letzte Stück der Heimreise durch den ehemaligen Kaiser-Wilhelm-Kanal, dann über die Ostsee Richtung Rostock höchstpersönlich auf der Brücke zu stehen.

Auch die Stimmung der Crew war bombig. Die Leitung des Zweiten Fregattengeschwaders in Wilhelmshaven hatte wegen der großen Verdienste im Kampf gegen die internationale Piraterie drei Wochen Heimaturlaub und in der Schiffskantine einen feuchtfröhlichen Umtrunk spendiert. Seit Mitternacht stieg im Bauch des Kriegsschiffes eine rauschende Party.

Ich war stolz auf unsere imposante »Heringsmöwe«: zweihundertsechsundfünfzig Besatzungsmitglieder, einhundertneununddreißig Meter Länge, Motoren mit über sechzigtausend Pferdestärken. Und dann erst einmal die höchst martialische Bordbewaffnung: zweiunddreißig Sea-Sparrow-Flugabwehrraketen, sechzehn Rolling Airframe Missiles und acht Schwergewichtstorpedos von je fast sechs Meter Länge. Vorübergehend waren im Indischen Ozean auch zweihundert zusätzliche Elitekämpfer einer bekannten deutschen Antiterroreinheit an Bord gewesen.

Zum Glück wurden schwere Waffen wie schwere Jungens bei unserem Dauereinsatz seit letztem November im Rahmen der »Mission Enduring Freedom« nie wirklich gebraucht. Das Operationsgebiet war sage und schreibe fünf Millionen Quadratkilometer groß gewesen, und unsere deutsche Marine-Fregatte, die eigentlich für die U-Boot-Jagd konzipiert war, hatte eine beachtliche Zahl von Schiffen vor der Kaperung durch Seeräuber bewahren können. Ein Umstand, den das Verteidigungsministerium nicht müde wurde, fast täglich in der Presse zu betonen.

Admiral Willumeit kannte jeden einzelnen Fall: Ende Januar hatten wir vor der Küste Somalias den über Bord gegangenen Mitarbeiter einer Sicherheitsfirma gerettet. Mitte März holten wir einen ägyptischen Matrosen, der sich auf hoher See unglücklich ins eigene Bein geschossen hatte, von seinem Frachter ab und flogen ihn zur ärztlichen Behandlung nach Djibouti. Anfang Mai bekam die Fregatte einen Notruf des japanischen Öltankers »Harakiri«, der im Golf von Aden beschossen wurde. Kay-Achim wies mich sofort an, direkt Kurs auf den Tanker zu nehmen, und schickte einen Hubschrauber voraus. Als der Helikopter am Ort des Geschehens eintraf, waren die Piraten schon auf und davon.

In einem Exklusivinterview für den OSTSEE-BLICK behauptete der Verteidigungsminister, dass allein die Drohgebärde der deutschen Marine ausgereicht habe, die Operation gegen rücksichtslose, gemeingefährliche Piraten effektiv zu gestalten.

Nicht zu vergessen: Im Roten Meer hatten wir mit unserer »Heringsmöwe« in Seenot geratene Fischer regelmäßig mit leckeren Lebensmitteln und hochprozentigen Getränken versorgt.

Während unserer Mission legte das Schiff mehr als fünfundvierzigtausend Seemeilen (etwa fünfundachtzigtausend Kilometer) zurück. Dafür wurden siebeneinhalb Millionen Liter Dieselkraftstoff und für die Hubschrauber hundertachtundsechzigtausend Liter Flugbenzin verbraucht. In der Kombüse wurden täglich siebenhundertachtundsechzig Essensportionen zubereitet, dafür wurden neuntausendfünfhundert Kilo Fleisch, dreiundvierzigtausend Kilo Obst und Gemüse und sechstausendfünfhundert Kilo Mehl verarbeitet. Wie der Einsatz schmeckte, wusste jeder, was er kostete, ahnte kaum jemand.

In meiner Funktion als Kapitänleutnant der »Heringsmöwe« tuckerte ich mit halber Kraft mittlerweile aus dem Kanal in den Nebel über der Kieler Förde, als mich mein Wecker aus den süßesten Seemannsträumen riss ... Hinterm Rathaus Nummer 27, erste Etage, Kuschelköpfchen schnurrte, Kaltschaummatratze, leckerer Brötchenduft aus den Mecklenburger Backstuben. Ich rappelte mich auf: acht Uhr fünfzehn, fast verschlafen. Die Wismarer Wirklichkeit hatte mich wieder.

Kein Wunder, dass ich unterdessen solch reales Zeugs träumte, waren doch die Zeitungen schon seit Tagen pickepackevoll mit Geschichten über die Rückkehr der deutschen Marinesoldaten von ihrer Piratenjagd im fernen Ozean und ihre stolze Fregatte »Heringsmöwe«.

Wahrscheinlich glitt der Stahlkoloss gerade wirklich durch den engen Nord-Ostsee-Kanal, von heimischen Möwenschwärmen begleitet. Das letzte Stück des Weges von Kiel bis Rostock (das hatte ich erst gestern in der Zeitung gelesen) durfte sogar der Chefreporter vom BLICK an Bord mitfahren, um exklusiv von der Jubelarie im Heimathafen zu berichten.

In der Kommandantur war die Aufregung groß. Hansen organisierte schon zum zweiten Mal innerhalb einer Woche eine Generalmobilmachung. Grund war ein Anruf von höchster Stelle aus der Redaktion vom OSTSEE-BLICK.

Chefredakteur Gregor Mahlzan hatte noch vor dem Frühstück einen ominösen Tipp per Telefon bekommen. R-Gespräch aus Danzig, tiefe raue Stimme, komisches, aber einwandfreies Deutsch, charakteristische Gesprächsführung, Name des Teilnehmers: Don Mariusz Puzi, der Pate von Polen.

Die Reise der »Wismaria« unter der Obhut der Familie sei

hiermit für beendet erklärt. Die Kogge habe sich in Zoppot ein letztes Mal am Tisch der Familie gütlich getan und sei nun auf dem Heimweg über die Ostsee, den Bauch randvoll mit den neuesten und teuersten Leckerbissen aus China und Russland. Vor der Wismarbucht sei für heute Mittag die Verteilung auf kleinere Einheiten geplant.

Don Mariusz habe dann noch hinzugefügt, dass er diese Informationen nicht als Denunziation verstanden wissen wolle. Aber der Mord an drei seiner besten Männer *(»Karel i Dariusz i Lech!«)* sei zu viel der Niedertracht. Rache sei zwar ein Gericht, das am besten kalt serviert werde, aber es gebe auch im Schoße der Familie Gesetze und hier sei ein ungeschriebenes gebrochen worden.

Er erlaube sich, der Redaktion, als Zeichen der Anerkennung, die Schlagzeile des Jahres zu offerieren. Und als Gegenleistung bitte der Don den verehrten Herrn Mahlzan um einen Gefallen: Er möge in der Fleurop-Filiale im Tittentaster-Tunnel (einst der stark frequentierte schmale Verbindungsweg zwischen dem Marktplatz und der kleinen Diebstraße) einen bereits bestellten und bezahlten Blumentopf abholen und ihn im Namen des Paten von Polen gnädigerweise der Führung der »Wismaria« überreichen.

Redaktionsleiter Mahlzan hieß unter seinen Kollegen nur kurz und bündig »Malle«, und das hatte seinen Grund. Zeit seines früheren hemmungslosen Reporterlebens war er abwegigen oder gar gefährlichen Geschichten gegenüber aufgeschlossen gewesen. Und diese hier, die stank zehn Seemeilen gegen den Wind und verhieß allein deshalb schon eine Rekordauflage. Malle war zwar vorsichtiger geworden, da er sich erst im vergangenen Frühjahr mit einer semidokumentarischen Serie über einen Serienkiller journalistisch in die Nesseln gesetzt hatte, fühlte sich nach diesem Anruf aus Polen dennoch mindestens zehn Jahre jünger, faselte beim Telefonat mit dem Kommissar ständig etwas von einem Extrablatt mit Hansen auf der Titelseite.

Den Kommissar konnte man damit nicht locken. Er war kein Freund der Presse, nie gewesen. Bei Kontakt mit dem kritzelnden Gesindel, wie er es nannte, zitierte er oft und gern seinen beliebten Vorgänger, den alten Hauptkommissar Bartelmann, mit dessen gnadenlosem Urteil, dass Zeitungen das bei Weitem Überflüssigste seien, was der Mensch in den letzten zweitausend Jahren erfunden habe.

Als Hansen jedoch wider Erwarten auf den Vorschlag vom Chef des OSTSEE-BLICK einging, ließ Malle ganz uneigennützig lieber seinem besten Mann den Vortritt: Franz Pickrot wurde zum Einsatzort geschickt, und das nicht nur der Blumen wegen.

»Wir brechen sofort auf!«, rief mir Hansen auf dem Flur im ersten Stock der Kommandantur entgegen. »Unten am Hafen stoßen Mahlzans Leute dazu, und dann schnappen wir uns die ›Wismaria‹ in der Mecklenburger Bucht, bevor sie ihre Ladung löscht und auf andere Boote verteilen kann.«

Das Wetter war nicht besser geworden, im Gegenteil: Es hatte aufgefrischt. Am Kai angekommen erwartete uns eine steife Brise, dickste dunkle Wolken fegten über die Dächer der Docks und der alten Speicher, und die See war sogar im geschützten Hafenbereich aufgewühlt, sodass die Fischerboote der kleinen Wismarer Flotte gegeneinanderrumpelten.

Im Baumhaus waren die Lichter aus, da schlief sicher einer seinen Rausch aus, vom dicken Hafenmeister weit und breit keine Spur.

Hansen und die beiden begleitenden uniformierten Kollegen aus der Kommandantur schauten etwas entsetzt hinaus auf die Bucht, das machte wenig Lust auf Meer. Selbst die Sturmmöwen flogen ganz aufgeregt extrem zackige Runden.

Der OSTSEE-BLICK hatte Fotograf Pickrot, von den meisten in Wismar nur »Pike« genannt, zum Einsatz gesandt, die größte Spürnase mit dem besten Auge der Mecklenburger Pressemeute. Pike sollte die »Wismaria« und die Festnahme ihrer Besatzung digital ablichten und eine exklusive Fotoreportage für die Sonderausgabe am morgigen Sonntag realisieren. Das Blumentöpfchen in seinem Arm passte so gar nicht zu seiner entschlossenen Gesamthaltung.

Lotte Nannsen bereitete gerade auf ihrem Verkaufskutter die ersten Fischbrötchen vor und staunte mit offenem Mund und klaffender Zahnlücke über die frühe Betriebsamkeit auf der »Dicken Auster«.

Der Bootsmann war wieder gesundgeschrieben und verteilte, kaum dass wir das Küstenstreifenboot betraten, rote Rettungswesten und blaue Ostfriesennerze mit der weißen Aufschrift POLIZEI auf dem Rücken. Jedem an Bord war klar, das konnte nur heiter werden.

Die liebe Lotte kam noch angerannt und reichte ein bisschen Verpflegung über die Reling. Und schon gab Kapitän Feddersen Vollspeed … trotz kappeliger See. Wie bei einem Gleitflächenboot zischten wir mit fast fünfundzwanzig Knoten knallhart über die Wellen.

Gelassenheit suggerierend, schraubte Pike an seinem Teleobjektiv herum. Bisschen blass um die Nase war er schon. Auch den Kollegen von der Streife wurde es langsam, aber sicher mulmiger.

»Hoffentlich überschlagen wir uns nicht.« Der Kommissar war ungewohnt nervös.

»Kann der ›Dicken Auster‹ nicht passieren«, versuchte ich ihn zu beruhigen.

»Ihr Wort in Gottes Ohr.«

Trotz schweren Seegangs herrschte draußen auf der Mecklenburger Bucht eine Menge Verkehr. Vielleicht nicht ganz so viel wie letztes Wochenende, aber sonn- und feiertags und dann noch bei Sonnenschein und leichter Brise mischten sich schnell auch private Segler unter die Berufsschifffahrt. Davon konnte heute natürlich keine Rede sein. Keine Jolle, aber auch kein Katamaran wagte sich in dieser seltenen Mischung aus Sturm und Suppenküche hinaus aufs Meer.

Obwohl die See sich jetzt unerwartet deutlich beruhigte: Nordwestlich der Insel Poel brachen noch schwere Wellenberge mit Getöse über die Timmendorfer Mole herein, danach flauten der schwere Seegang und die herrschenden Windstärken acht bis neun urplötzlich ab. Auf Höhe der Insel Langenwerder wehten von einer Minute auf die andere zuerst noch schwache Windböen, dann ging nur mehr eine leichte Brise. Übergangslos durchpflügten wir eine wabernde Nebelbank. Solch einen schlagartigen Witterungsumschwung hatte ich noch nie erlebt. Jan Feddersen auch nicht, er empfand das als unheimlich. Die Ruhe nach dem Sturm.

Von irgendwoher ertönte ein tiefes langes Tuten. Tatsächlich erkennen konnte man nur wenig, die Nebelschwaden wurden dicker und dicker, sodass nur die Positionslampen von Schiffen, die in unmittelbarer Nähe durch den tiefgrauen Schleier drangen, zu lokalisieren waren. In immer kürzeren Abständen befragte Feddersen sicherheitshalber seinen Radar.

Hören konnte man den Verkehr schon eher: ein Heulen hier, ein Brüllen dort, die Bootshörner, die auf sich und die Positionen ihrer Seelenverkäufer aufmerksam machen sollten. Das dumpfe, fast melancholische Tuten blinder Schiffe, die ihren unsicheren Weg über eine vernebelte Ostsee suchten.

Dann war es so weit: Nördlich von Langenwerder ortete Feddersen die gesuchte Hanse-Kogge.

»Ziel in Sicht!«

Seine Ansage klang wie die eines U-Boot-Kapitäns kurz vor Feindberührung. Neben ihm auf der Brücke biss der Kommissar gerade in sein Makrelenbrötchen, ein paar lose Pfefferkörner und Krümel purzelten ihm aus dem kauenden Mund. Durch das Fernglas überzeugte sich Hansen von der korrekten Identifizierung des Zielobjekts.

Fotoreporter Pickrot ging auf Deck sportlich in Stellung. Auf Feddersens Anweisung kümmerte sich der Bootsmann um die schwere Bordbewaffnung.

Das weiße Topplicht an der schaukelnden Mastspitze der »Wismaria« war keine fünfzig Meter weit entfernt. Auf Steuerbord, unter der roten Positionsleuchte der Kogge, versuchten gerade zwei kleinere Motorboote festzumachen, selbst bei kleineren Wellen im Nebel auf offener See kein einfaches Manöver.

Plötzlich driftete das Schiff ein wenig ab, und im Dunst wurde die grüne Positionsbeleuchtung sichtbar. Im selben Augenblick schob sich ein schweres Kammergeschütz weit durch eine Luke der Backbordwand. Auf dem Kastelldeck drehte sich eine weitere Kanone ein. Und schon im nächsten Moment sausten uns die ersten beiden gusseisernen Kugeln um die dröhnenden Ohren. Sie plumpsten haarscharf vor beziehungsweise hinter der »Dicken Auster« ins Meer, Gischt spritzte über das gesamte Deck. Kapitän Feddersen fackelte nicht lange und machte intuitiv das einzig Richtige: volle Kraft zurück!

Die beiden kleinen Motoryachten auf Steuerbord waren in null Komma nichts im Nebelschleier und damit aus dem Blickfeld verschwunden. Die hanseatische Kogge feuerte, was ihre beiden Backbord-Rohre hergaben. Doch auch alle folgenden Kanonenschüsse verfehlten, wenn auch nur äußerst knapp, ihr Ziel.

Während die »Dicke Auster« immer noch rückwärts orientiert war, ging die »Wismaria« nach den ersten verschossenen Kanonensalven auf frontalen Kollisionskurs! Das war der blanke Irrsinn! Wollten die Kronkorks uns alle umbringen? Oder dachte die Kapitänin, Angriff sei immer noch die beste Verteidigung?

In der Ferne wurde die mächtige Sirene immer lauter. Vielleicht das Nebelhorn eines Frachters oder Containerschiffes.

»Torpedo startklar!«, raunte Feddersen uns zu. Der Polizeikapitän hatte anscheinend die Faxen dicke vom permanenten Rückwärtsgang.

Bei einer Kollision hätte die hölzerne Kogge keine Chance, aber berechenbar wäre ein Zusammenprall auch für unser stählernes Küstenstreifenboot nicht gewesen. Erhebliche Verluste auf beiden Seiten waren zu erwarten. Das durfte man als Polizist nicht riskieren.

Jan Feddersen ließ die »Dicke Auster« leicht nach Steuerbord abdriften und hatte so für wenige Sekunden freie Schussbahn auf das Heck der »Wismaria«.

»Jetzt oder nie«, drang er auf eine Entscheidung.

»Feuer frei!«, befahl Hansen.

»Feuer frei!«, rief Feddersen dem Bootsmann zu.

Ein Mini-Torpedo schoss knapp unter der Wasseroberfläche

aus dem schlanken Bauch der »Dicken Auster« und bahnte sich unaufhaltsam seinen kurzen Weg durch die Ostsee. Keine fünf Sekunden später krachte es granatenmäßig im Heck der Hanse-Kogge.

KAWUMM ...

Ein gezielter Treffer mitten in die Ruderanlage der »Wismaria«! Das Fluchen der Kronkorks vom Kastelldeck und selbst das Gezeter der Gollwitz aus der Kajüte heulten über das Wasser und gelangten wie auf Wellen bis zu uns herüber. Von einem Moment auf den anderen lag die riesige Kogge wie beim »Schiffchenversenken« manövrierunfähig auf der Stelle.

Wir hätten dem feindlichen Kahn und damit der Geschäftsgrundlage des Kronkork-Koggen-Kartells jetzt ein für alle Mal den Garaus machen können. Doch da geschah das Unvermeidliche ...

Die Schiffssirene war ohrenbetäubend. Dann grub sich unmittelbar neben der »Wismaria« aus der gespenstischen Nebelbank ein gigantisches Geisterschiff. Ich erkannte das Wappen am Vordersteven des Bugs: der grellgelbe Möwenschnabel ... kein Zweifel: die »Heringsmöwe«!

Sie rauschte blindlings auf ihrer Heimatroute mitten durch die schöne Hanse-Kogge! Wie ein Streichholzschiffchen zerbarst Wismars Aushängeschild auf der Stelle in unzählige Puzzleteile ...

Der Reporter vom OSTSEE-BLICK fotografierte um sein Leben.

Das hundertvierzig Meter lange Kriegsschiff schnellte wie ein aufgeblasener Beluga mit Vollkaracho an unserer klitzekleinen Sprotte vorüber. Durch meinen Feldstecher sah ich oben auf der Kommandobrücke Admiral Kay-Achim Willumeit am Fenster stehen und panisch gestikulieren.

Über ein halbes Jahr keine echte Feindberührung und dann auf dem letzten Teilstück der Mission ein solches Malheur! Für eine adäquate Reaktion, geschweige denn eine wirkungsvolle Kursänderung war es längst zu spät – selbst für eine simple Entschuldigung.

Im Exklusivbericht vom OSTSEE-BLICK konnte man später schwarz auf weiß nachlesen, dass auf der Fregatte der Partybär steppte, also Halligalli angesagt und – um noch deutlicher zu werden – mindestens die halbe Mannschaft zum Zeitpunkt des Unglücks bereits jenseits von Gut und Böse war. Nach sechseinhalb Monaten »Operation Enduring Freedom« hatten unsere mutigen Jungens ihre Freiheit an der Kantinen-Theke auf der heimischen Ostsee allzu wörtlich ausgekostet.

So urplötzlich die Fregatte »Heringsmöwe« aufgetaucht war, so schnell war sie im nebligen Schleier auch wieder verschwunden. Ein sich rasch entfernendes Tuten und ein gehöriger Wellenschlag in ihrem Kielwasser waren alles, was noch an ihre imposante Erscheinung erinnerte. Das Resultat des unglücklichen Manövers schwappte in Kleinstteilen auf der Oberfläche der Ostsee.

Fast einem Wunder gleich hielten sich die menschlichen Verluste der nicht mehr existenten »Wismaria« in Grenzen. Die Beweismittel, vom teuren russischen Zobelfell bis zum billigen chinesischen Pornofilm, waren einmal mehr leider untergegangen.

Der Bootsmann ließ das Fallreep herunter, damit die Schiffbrüchigen an Bord konnten. Nach dieser Fünftausend-Tonnen-Stahlwalze gab es kaum Klagen mehr, jeder der Überlebenden war froh, sich im Polizeigewahrsam zu befinden.

Ein Leichtmatrose war nicht nur über Bord gegangen, er war auch nicht mehr auffindbar. Die beiden Großcousins freuten sich über harmlose Arm- und Rippenbrüche. Der völlig unauffällige Steuermann wünschte sich eine Handvoll Aspirin gegen seine »boll... boll... bollernden Kopfschmerzen«, wie er etwas wirr herumstotterte. Die Kronkork-Brüder und ihre Kapitänin von Gollwitz überlebten mit ein paar Schrammen, Beulen und blauen Flecken fast unversehrt.

***

Im fensterlosen Verhörraum im Kellergewölbe des Fürstenhofs saß das Führungstrio der »Wismaria« und wirkte trotz der empfindlichen Schlappe vor Langenwerder noch sehr entspannt und selbstbewusst.

Torsten Kronkork machte sich sogar einen Spaß aus dem Blumentöpfchen, das er zu guter Letzt im Alten Hafen vom Fotoreporter Pickrot in die Hand gedrückt bekommen hatte und das bekanntermaßen einen ernst zu nehmenden Absender hatte.

Auch Hermann Kronkork blieb ganz gelassen und meinte flapsig: »Sie können uns gar nichts beweisen, Herr Hansen!«

Die Kapitänin hatte einen gänzlich neutralen Ausdruck aufgelegt. Nichts in ihrem stoischen Gesicht verriet, was sie denken mochte oder wie sie sich hier im Fürstenhof fühlte.

Obwohl es kein Margeritenstrauß war, spielte Torsten mit den Blüten seiner Blumen ein beliebtes Abzählquiz und lächelte dabei: »Sie liebt mich, sie liebt mich nicht, sie liebt mich, sie liebt mich nicht.« Und so weiter und so fort …

Hermann guckte etwas kritisch auf die kleinen blau-violetten Blätter, die sich langsam vor ihm auf dem Tisch ringsherum ausbreiteten.

»So schnell schießen die Preußen nicht«, begann der Kommissar und zeigte wie nebenbei auf Steffen Stieber, der zwischen zwei Obduktionen auf die Schnelle nach Wismar geeilt war, um seine neuesten Erkenntnisse persönlich mitzuteilen.

»Darf ich vorstellen? Herr Stieber! Ein überaus begabter Ballistiker aus Lübeck.«

Auch die stets grimmige Staatsanwältin hatte wegen der verzwickten Beweislage darauf gedrungen, Steffen Stieber hinzuzuziehen, und hielt sich nun erwartungsvoll im Hintergrund des Verhörzimmers auf.

Olaf Hansen legte seine Hand fast väterlich auf Stiebers Arm und sagte zu den Festgenommenen:

»Der hat nämlich sein Handwerk an der US-amerikanischen Eliteuniversität in Yale gelernt.«

Ballistik und Forensik waren bei uns traditionell zwei völlig verschiedene Bereiche. Um Forensiker zu werden, musste man Medizin studieren, während Ballistik eher mit Physik und Mathematik zu tun hatte. In Amerika lief beides im Studienfach Kriminologie zusammen.

»Wenn Sie glauben, dass ein Ballistiker nur Pistolenkugeln aus Einschusslöchern pult, dann haben Sie Ihre Rechnung ohne den Kollegen Steffen Stieber gemacht. Er kann die Flugbahn einer Kugel auf den Millimeter genau berechnen. Alles, was er dazu braucht … Unterbrechen Sie mich bitte, Herr Stieber, wenn ich etwas vergessen sollte …« Stieber machte ein joviale Geste, und Hansen fuhr fort: »Alles, was er braucht, ist das Gewicht der Kugel, ihre Abschussgeschwindigkeit, den Abschusswinkel, und man muss natürlich den Luftwiderstand berücksichtigen!«

Kronkork junior zerpflückte weiterhin ganz ungerührt seine Usambaraveilchen.

»Sie liebt mich. Sie liebt mich nicht …«

Und der Senior stimmte ein kurzes hohles Gelächter an, das selbstsicher und provokativ wirken, aber eigentlich wohl nur eine plötzliche nervöse Neugier überspielen sollte.

»Richtig!«, nickte Steffen Stieber und ergänzte: »Letzteres ist insbesondere auf der Ostsee gar nicht so einfach. Ich habe hier ein paar Vergrößerungen der sehr aufschlussreichen Fotografien, die Kriminalassistent Kubsch letzten Dienstag früh in der Mecklenburger Bucht von der Seeschlacht zwischen der ›Wismaria‹ und der ›Vandalia‹ gemacht hat. Auf Grundlage von drei sehr schönen, weil klar zu analysierenden Motiven kann ich natürlich eine solche Flugbahn auch für Kanonenkugeln berechnen.«

Torsten guckte etwas verdattert, sein großer Bruder rutschte erstmals unruhig auf dem harten Holzstuhl hin und her. Die Gollwitz tat weiter wie unbeteiligt.

»Und jetzt wird das Ganze für Sie sehr interessant!«

Hansen hatte sich Stiebers Theorie schon vorhin in der Kommandantur bis ins kleinste Detail angehört und offensichtlich auch verstanden, denn er erklärte äußerst selbstsicher:

»Auf die Kugel wirken während des Fluges durch die Luft sehr unterschiedliche Energien, wie zum Beispiel die Erdanziehungskraft.«

Das war eine Wissenschaft für sich, und Hansen war nicht wenig stolz, die Grundzüge verstanden zu haben und fachmännisch wiedergeben zu können: »Durch die Erdanziehung wird jeder Gegenstand mit einer konstanten Kraft zum Erdmittelpunkt gezogen. Das ist unabhängig von der Masse des Körpers, obwohl man das Gefühl nicht loswird, dass schwerere Körper schneller nach unten fallen als leichte.«

Er unterbrach sich selbst, um sich der Aufmerksamkeit seiner Zuhörerschaft zu vergewissern: »Bis hierhin alles verstanden?«

Das Sie-liebt-mich-sie-liebt-mich-nicht spielte Torsten jetzt deutlich langsamer. Er nickte, obwohl ich mir sicher war, dass er kein einziges Wort verstand. Das kannte ein jeder aus seiner eigenen Schulzeit. Wenn etwas so richtig abstrakt wurde oder in langatmigen Formeln mündete, tat man schon mal gerne so, als würde man verstehen, nur damit der Lehrer nicht nachhakte.

»Wenn es Ihnen um einen adäquaten Ersatz für die gesprengte Eisenkette geht, Herr Kommissar«, betonte Hermann Kronkork noch einmal überaus lässig, »für den Schaden kommen wir selbstverständlich auf. Da kriegt der Hafenmeister natürlich eine funkelnagelneue …«

»Papperlapapp«, wischte Hansen den Einwurf vom Tisch.

»Bei der Berechnung dieser Kugel hier zum Beispiel …«

Stieber zeigte auf ein Foto, das die »Wismaria« von Backbord und eine aus ihrem Kanonenrohr abgefeuerte Kugel mitten in der Luft zeigte, die augenscheinlich Richtung »Vandalia« flog.

»… da muss man eine Reibungskraft zugrunde legen, die linear mit der Geschwindigkeit der Kugel ansteigt. Bei einer Flugkurve ohne Luftwiderstand würde die verschossene Eisenkugel etwa zwanzig Meter hoch steigen und bei einem Abschusswinkel von zum Beispiel fünfundvierzig Grad bei einer völlig symmetrischen Flugkurve etwa hundert Meter weit fliegen. In diesem Fall also weit über das Ziel hinaus. Unter Berücksichtigung des Luftwiderstands fliegt die unter denselben Bedingungen abgeschossene Eisenkugel nur etwa siebzig Meter weit. Dabei steigt sie nur zwölf Meter in die Höhe, und ihre Flugkurve ist stark asymmetrisch.«

Torsten Kronkork nickte nicht mal mehr, er glotzte auf die Fotos und sendete SOS in Rot-Weiß-Rot. Sein Bruder Hermann starrte wie hypnotisiert auf den Kollegen Stieber, genauso wie die jetzt leicht genervt dreinblickende Simone von Gollwitz.

Damit die Flugbahnberechnung nicht zu sehr ausuferte, schaltete sich Hansen nochmals ein und brachte es auf den Punkt: »Das nennen unsere Experten die sogenannte ballistische Kurve!«

Mathematisch, wollte Stieber jetzt so richtig loslegen, könne man die Flugbahn dieser Kugel durch eine recht komplizierte Formel ausdrücken.

»Das würde jetzt ein wenig zu weit führen, mein lieber Herr Stieber.«

Hansen legte ihm nochmals sehr partnerschaftlich die Hand auf die Schulter und bat den jüngeren Kollegen, das Resultat doch bitte einfach für alle Beteiligten nur knapp und präzise zusammenzufassen. Die drei Angeklagten stimmten Hansen wortlos durch ein wunderbar synchrones Kopfnicken zu.

»Generell kann man festhalten, je länger sich die Luftreibungskraft entfaltet, desto größere Bewegungsenergie wird der Kugel entzogen und desto kürzer ist ihr Flug. Dies konkret zu berechnen ist nicht ganz einfach, gelingt aber vortrefflich auf folgenden drei Fotografien.«

Und er legte die drei betreffenden Motive sorgfältig vor die drei völlig perplexen Täter.

»Auf diesem Foto hier … da erkennen Sie, dass der optimale Abschusswinkel der Schiffskanone von 22,5 Grad eingehalten wurde. Ich habe das anhand einer Computersimulation errechnet. Unter Berücksichtigung des Luftwiderstands und der Gravitation ergibt sich eine Schusshöhe von genau zehn Metern und damit eine Fluglänge von fünfzig Metern. Wir sehen auf dem Bild natürlich leider nicht, wo die Kugel einschlägt. Nach der ballistischen Kurve ist es jedoch eindeutig: Diese Kugel, abgefeuert von der ›Wismaria‹, trifft den Schiffsrumpf der ›Vandalia‹ mit einem Volltreffer auf Steuerbord. Und zwar genau hier!«

Und er zeigte mit seiner Bleistiftspitze auf einen Punkt am

Rumpf des Piratenbootes, das im Bildhintergrund samt seinen brennenden Segeln zu sehen war.

Das Gleiche gelte übrigens auch für die Simulation und Berechnung der Flugkurven auf den beiden anderen Fotografien, schloss Stieber seine Ausführungen.

Von jeher konnten sich die Menschen für das Flugverhalten von Kanonenkugeln oder anderen gefährlichen Geschossen begeistern. Die exakte Berechnung der Flugbahn stieß auch dieses Mal auf ungeteilte Faszination, dennoch konnte ihre Wirkung verständlicherweise verschiedener nicht sein.

Während sich ein fassungsloser Kronkork senior aufgrund der neuesten Erkenntnisse erst apathisch und dann aschfahl zeigte, die Gollwitz vor Wut ihre Kapitänsmütze in Fetzen biss, begann der Junior erneut, dieses Mal aber aus reiner Überforderung und Gereiztheit, schroff an den Veilchenblättern zu rupfen.

»Mein lieber Herr Stieber! Das war äußerst aufschlussreich.« Hansen steckte die Bilder zurück in eine Mappe und übergab sie der Staatsanwältin. Dann wandte er sich nicht an den Ballistik-, sondern an den Forensik-Experten.

»Würden Sie uns bitte zum Schluss noch das Ergebnis Ihrer Fleischanalyse mitteilen!?«

»Die als Ochsenhälfte beziehungsweise Ochsenbein deklarierten Fleischteile«, machte es Stieber kurz, »gehören zum vermissten Körper vom Kopf des Himmelfahrt-Piraten. Und auch wenn es am nächsten Tag aufgewärmt meist besser schmeckt, das fertige Gulasch würde ich nicht essen.«

»Menschenfleisch?«, fragte die Staatsanwältin entsetzt.

»Menschenfleisch!«, antwortete Stieber.

»Igittigitt!«, schüttelte es die Staatsanwältin.

»Vielen Dank, Herr Stieber!«

»Sie liebt mich!«, freute sich Torsten Kronkork völlig unpassend und warf die letzte Blüte auf den blau-violett übersäten Tisch.

»Döösbaddel!«, zischte der ältere Bruder und starrte desillusioniert ins Leere.

Hansen wandte sich höflich an die drei so gut wie überführten Angeklagten. »Mein Dame! Meine Herren! Meinen Sie nicht, dass der Zeitpunkt gekommen ist, ein Geständnis abzulegen?«

»Nein! Nein! Und nochmals nein!«, protestierte die Kapitänin mit fiebrigem Blick. »Und was heißt denn in diesem Zusammenhang ›Geständnis‹, bitte schön!?«

Hansen schaute sie stirnrunzelnd an.

»Das Schwein von dieser Piraten-Bande hatte es gewagt, unsere Kogge zu entern!«, zischte Simone von Gollwitz zwischen ihren spitzen Zähnen hindurch. »Und das nicht einmal auf hoher See, sondern im Schutze der Dunkelheit, weit nach Mitternacht, mitten im Alten Hafen, direkt am Pier, und das auch noch ganz alleine! Eine solche Unverfrorenheit kann sich ein Schiffsführer nicht gefallen lassen!«

»Simone, hör auf!«, fuhr ihr Hermann Kronkork mit matter Stimme in die Parade. »Du musst dich nicht unnötig selbst belasten!«

»Der Torfkopp ist einfach über die Reling geklettert«, spuckte die Gollwitz Gift und Galle. »Er hatte ein langes Messer zwischen den Zähnen und einen spitzen Enterhaken in der Hand. Das war reine Notwehr, als ich ihn ... Zack! Und ab die Rübe! Wozu schärfe ich fast täglich meinen Marineoffizierssäbel?«

Sie lachte dabei belustigt und komplett irre.

»Sie dienten in der Bundesmarine?«, fragte ich überrascht.

»Klar doch. Fünf Jahre lang! Dienstgrad: Fregattenleutnant. Was denken Sie denn?«

»Frau von Gollwitz! Hat der vermeintliche Angreifer irgendetwas zu Ihnen gesagt?«, hakte Hansen kleinlich nach.

»Davor oder danach?«

»Na wenn, dann vermutlich davor!« Hansen schaute die schnaubende Fregatte leicht irritiert an.

»Ich weiß nicht mehr. Glaube nicht. Tut das was zur Sache?«

»Woher wissen Sie, dass es sich um einen der Piraten-Rocker handelte?«

»Der war so verkleidet ... wie 'ne Piratenkanaille!«

»Sehen Sie! Einer aus der ›Pelzplauze‹ würde nie allein angreifen. Wäre dem viel zu gefährlich.«

»Pirat ist Pirat!«, verteidigte sie sich und gewann langsam ihre Fassung und damit ihre Kaltblütigkeit zurück. »Da gelten nun mal die Gesetze der See!«

Die Kapitänin gab in ihrer unbarmherzigen Unmenschlichkeit ein abschreckendes Beispiel der derzeitig weitverbreiteten gesetzlosen Machenschaften in den nebulösen Ladeluken der internationalen Schifffahrt …

(Ehrlich, ich staunte selber ein wenig über diesen letzten verschlungenen Gedanken.)

»Und warum sollte der Kopf nicht auf ewig im Ostseeschlick verschwinden?«, fragte ich neugierig.

»Das sollte den Störtebeker Söhnen eine deutliche Warnung sein, uns endlich für immer in Ruhe zu lassen«, sagte sie kalt wie ein Eiszapfen.

»Aber woher wussten Sie denn, dass so ein Kopf ohne Torso wieder auftauchen …?«

»Na, was haben Sie denn für eine Vorstellung von der Kompetenz eines Kapitäns!«, brüllte mich die von Gollwitz jetzt geifernd an. »Ohne Kenntnis der simpelsten Gesetzmäßigkeiten der Physik kriegt man doch kein Kapitänspatent! Was meinen Sie eigentlich, wen Sie vor sich haben?«

Ich fühlte mich schon ein wenig von ihr an den Pranger gestellt.

Sie ereiferte sich, dass sie mittlerweile fast fünfzehn Jahre zur See fahre. Davon fünf Jahre als Offizierin auf einem Zerstörer der Bundesmarine und die letzten vier als Schiffsführerin in der zivilen Schifffahrt! Die unkonventionelle Verwendung einer Plastiktüte gehöre da noch zu ihren leichtesten Aufgaben.

»Auf einem Schiff, Herr Kommissar«, wandte sie sich dann abrupt und rigoros meinem Vorgesetzten zu, »da gibt es nur eine Stimme, einen Befehl und ein Gesetz. Und das Gesetz bin *ich*!«

Gesundes Selbstwertgefühl in Ehren, der Grund für die Beendigung ihrer Laufbahn bei der Bundeswehr hätte mich schon interessiert. Und ihre Stimme verriet nicht die geringste Bitterkeit – höchstens Eitelkeit –, als sie hinzufügte:

»Ich muss das Schiff führen, in Not geraten gehe ich mit ihm unter. Ich darf befördern und bestrafen. Ich darf Gefahr von meinem Schiff abhalten, notfalls mit der Waffe! Ich bewahre, und ich vernichte! Das alles liegt allein in meiner Macht.«

Torsten Kronkork schien das zu gefallen, er verzog das Gesicht zu einem breiten Grinsen.

»Na, dann können wir ja gehen, wie?«

»Dämlack«, knurrte sein Bruder, und an die Staatsanwältin gerichtet fügte Hermann fordernd hinzu: »Ich will meinen Anwalt sprechen – und zwar sofort!«

Torsten guckte ihn ziemlich verdattert an und bemerkte nur trocken: »Ich nicht.«

»Und wer von Ihnen hat den Rest … den Rumpf ins ›Zickenhuus‹ gebracht«, fragte Hansen, »und dort in der Kühltruhe deponiert?«

»*Bez komentarza*!«, kommentierte Simone von Gollwitz heimtückisch. Was wohl so viel heißen sollte wie: Man habe für derlei Drecksarbeit seine zuverlässigen Helfershelfer gehabt.

Der liebe Gott (oder der arme Teufel) erbarme sich ihrer …

»Was sagt Ihnen die Abkürzung ›KKK‹?«, fragte der Kommissar.

»Kakaka – kein Kommentar.«

»Kronkork-Koggen-Kartell!«

»Nie gehört«, antwortete Simone von Gollwitz kurz und bündig.

»Sie haben neben Ihrer Tätigkeit als Kapitänin der ›Wismaria‹ von Zeit zu Zeit, sagen wir einmal, weitere verdeckte Aufgaben übernommen …«

»Welche?«, fragte sie kalt zurück.

»Sie haben zum Beispiel Harald Hanekamp einen Blumentopf gesendet, mit einer eindeutig zweideutigen Botschaft.«

»Ich habe ihn geliebt, ich hätte ihm nie etwas antun können …«

Die Seeschlange schlängelte zurück. Das U-Boot ging auf

Tauchstation. Der Schlummer-Hummer klappte die Scheren ein. Hansen seufzte.

»Frau von Gollwitz! Sie sind festgenommen wegen Mordes, Beteiligung an einer kriminellen Vereinigung und bewaffneten Widerstands gegen den Vollstreckungsbeamten Polizeikapitän Jan Feddersen.« Die Akte, die vor Hansen auf dem Tisch lag, schloss sich. Der Kommissar schob sie beiseite und fügte hinzu: »Hermann und Torsten Kronkork! Ich nehme Sie fest wegen Bildung einer kriminellen Organisation unter dem Namen ›Kronkork-Koggen-Kartell‹, der mutwilligen Versenkung der ›Vandalia‹, illegalen Gebrauchs von verbotenen Kriegswaffen, Leichenschändung, Gefährdung der öffentlichen Gesundheit und übergebe Sie hiermit der Staatsanwaltschaft im Fürstenhof. Das war's. Abführen!«

Im Hintergrund klatschte die sonst so kritische und schwer zu überzeugende Staatsanwältin vor Begeisterung in ihre feuchten Hände.

Noch am selben Nachmittag packte ich meine Siebensachen aus dem Spind im Kellergewölbe der Kommandantur, als Hansen um die Ecke kam und mich etwas umständlich umzustimmen versuchte.

»Die Handvoll Störtebeker Söhne sind entlassen worden und wieder auf freiem Fuß.«

»Alles nur eine Frage der Zeit.«

»Na ja, haben ja auch niemandem wirklich geschadet.«

»Vergessen Sie die wilden Schießereien auf der Ostsee nicht, Chef. Oder die Hehlerei mit geklauter und unverzollter Ware.«

Solange der Pate von Polen keine weiteren Blumen schicke, bemerkte Hansen augenzwinkernd, gebe es keine eindeutigen Beweise für schlimmere Verbrechen.

»Der Hummer ist ein ganz schöner Rochen, wie?«

»Das kann man wohl sagen.« Hansen wedelte mit der Kopie einer Akte vor meiner Nase herum. »Die Gollwitz gehörte 2001 zu den ersten Frauen, die sich freiwillig an die Waffen gemeldet hatten. Was folgte, waren in fünf Jahren sieben Dienstaufsichtsbeschwerden.« Hansen hatte sich die Informationen vom Fregattengeschwader in Wilhelmshaven auf kurzem Dienstweg besorgt. »Stets ausgelöst durch Klagen von schikanierten Untergebenen. Dreimal wegen Beleidigungen, zweimal wegen Rationierungen an der Gulaschkanone, zweimal wegen Ohrfeigen und einmal wegen menschenunwürdiger Strafarbeit. Letztere führte Anfang 2006 zur unehrenhaften Entlassung, das heißt ja wohl: fristlos gefeuert.«

Welche Art von Strafarbeit das gewesen sei, wollte ich wissen.

Die entsprechenden Stellen in der Akte seien geschwärzt, meinte Hansen. Auf Nachfrage habe man ihm mitgeteilt, das sei geheime Verschlusssache. »Interne Geheimhaltungsstufe: streng vertraulich ... Komisch, Kubsch, oder?«

Das sei ein vertrackter Fall, antwortete ich.

»Kubsch!«

»Ja?«

»Ich bin stolz auf Sie! Ihre Fotos waren Gold wert.«

»Danke, Chef.«

»Auch Ihre Intuition beim schwarzen Schwan und am Leuchtturm hat uns sehr geholfen ... und natürlich auch Ihrer Tina.«

Ich bedankte mich artig, stellte aber unmissverständlich fest, dass sich dennoch an meinem Entschluss, meinen Job bei der Kripo an den Nagel zu hängen, nichts ändern werde.

»Wenn ich auch ab und zu ein bisschen grob zu Ihnen war, Sie sind ein guter Polizist, Kubsch. Überlegen Sie es sich noch mal.«

»Ist schon reiflich überlegt, Chef.«

»Na ja, ich mein ja nur.«

»Schon gut, Chef. Und grüßen Sie mir Ihre liebe Frau Mutter.«

»Mensch, Kubsch! Kommen Sie doch heute Abend einfach auf einen Sprung vorbei. Es gibt Nordische Fischplatte, eine Spezialität meiner Mutter! Würde ich mir nicht entgehen lassen. Bitte! Und bringen Sie Ihre zukünftige Verlobte mit.«

Ich versprach, zu kommen und Tinalein mitzubringen.

Unseren gemeinschaftlichen Entschluss würde das jedoch nicht beeinflussen. Tina Granderath hatte mit der Sprengung des Leuchtturms ihren Arbeitsplatz verloren. Mir war der Stress im Polizeidienst schon lange zu viel. Das Zahnfleischbluten konnte bei der Arbeit auf einem Schiff schlimmer nicht werden.

Tina hatte im Leuchtturm-Hotel eigentlich Köchin gelernt, und mein Jugendtraum war noch nicht ausgeträumt, wir beide würden gemeinsam zu neuen Ufern aufbrechen. Das hatten wir in der letzten Nacht zusammen besprochen, und wir waren uns rasch einig gewesen. Voraussetzung war, dass wir auf demselben Schiff anheuern könnten, sie als Schiffsköchin, ich als Leichtmatrose. Alles Weitere würde sich finden.

Die Nordische Fischplatte am Abend in der Wohnküche von Hanna Hansen und ihrem Oberkommissar Ole, wie sie ihn stets liebevoll nannte, sollte tatsächlich unübertroffen sein. Auch Hansens Vorgänger war eingeladen, der alte Bartelmann, Hauptkommissar a. D., der bis Ende des Jahres 2008 fast zwanzig Jahre den Dienststellenleiter der Wismarer Polizeiwache gegeben hatte. Sechsundsechzig Jahre alt war er letzte Woche geworden – der gute Geist der Kommandantur. Und im Eisenspind im Kellergeschoss hing seine adrette Ausgehuniform schon lange wieder gestärkt und gebügelt, als hätte sie seit seiner Pensionierung nie etwas anderes gesehen …

Hannas Zubereitung war klassisch und mittlerweile in der Hansestadt legendär: Ordentlich Bratkartoffeln mit Speck und Zwiebeln, dazu wahlweise Rote Beete oder Weißkrautsalat umzingelten satte vier Sorten Fisch – geräucherten Aal, gekochten Dorsch, gedünsteten Lachs und gebratene Scholle.

»Greift zu! Greift ordentlich zu!«, animierte Frau Hansen vor allem Tina und mich.

Wir beide traten zum ersten Mal als frisch verliebtes Paar in Erscheinung, und es war auch das erste und bislang einzige Mal, dass mich mein Chef zu sich nach Hause eingeladen hatte.

Ein voller Magen sei bestens gegen Seekrankheit gewappnet,

betonte Hans Uwe Bartelmann, von allen nur »Uns Uwe« gerufen, weil er 1980 im Finale um die Wismarer Betriebssportmeisterschaft ein ähnlich kurioses Tor per Hinterkopf fabriziert hatte wie sein berühmter Namensvetter zehn Jahre zuvor in Mexiko.

»Alte Seefahrerweisheit!«, fügte er zwinkernd hinzu.

Wahrscheinlich kaute der Oberkommissar deshalb immer Lottes Makrelenbrötchen, bevor es auf der »Dicken Auster« hinaus aufs schaukelnde Meer ging.

Seine Mutter Hanna war eine zierliche Person, graue Haare, zerknittertes Gesicht, aber trotz ihrer vierundsiebzig Jahre geistig rüstig und körperlich fit wie ein Turnschuh. Ihr Ole hatte gleich zu Beginn des Abends von unseren Plänen, gemeinsam zur See zu gehen, erzählt, und Mutter Hansen fand das eine abenteuerliche, aber auch weise Entscheidung.

»Wenn man jung ist, muss man raus aus Mecklenburg. Da soll man etwas erleben und einiges von der Welt sehen, wenn ich mich recht erinnere. Neue Horizonte!«, lachte sie uns an. »Kinners, ihr seht ja, was passiert, wenn man immer nur den Alten Hafen vor Augen hat oder bestenfalls mal über die Wismarer Bucht schippert …«

Was sie damit genau meinte, verstand ich in diesem Moment noch nicht. Ich fummelte etwas verlegen an meiner neuen rahmenlosen Brille herum, die ich am Nachmittag bei Optiker Biedermann in der Dankwartstraße abgeholt hatte und die sich für mich noch etwas ungewohnt anfühlte.

Hannas weiße Katze rekelte sich auf dem Fensterbrett und schaute uns mit Appetit zu. Die großzügige Fischplatte stand auf Hansens Küchentisch und dampfte einladend.

»Die Schiffe gehen futsch!«, erklärte der Kommissar. »Eins nach dem anderen. Kompletter Wahnsinn. Und die Leute hinterher.«

»Die Menschen kommen nur auf dumme Gedanken«, ergänzte Uns Uwe. »Na, wenigstens ist auch die olle Hafenkette hin. Relikt aus allerschlimmsten Zeiten …«

»Und die Hannemann will kein Geld für eine neue ausgeben, sagt sie«, plauderte Hansen aus dem Nähkästchen. »Die ist fast froh über den Verlust. Ist nicht mehr zeitgemäß, sagt sie. Nur Hafenmeister Henne grollt noch ein wenig, wobei er im Grunde auch ohne sie glücklicher ist – weniger Arbeit, wenn ihr wisst, was ich meine …«

Bartelmann nickte verständnisvoll.

Die Fischplatte schmeckte ausgezeichnet, und der südafrikanische Chardonnay, sündhaft teurer Jahrgang 2002, von dem ich gleich drei Flaschen zur Feier des Tages in der Weinhandlung der »Alten Löwenapotheke« gekauft hatte, passte prima dazu.

Übrigens hatten Tina und ich auf dem Weg zu Hansens in die Böttcherstraße einen kleinen Umweg durch die Altstadt gemacht, erst über die Krämerstraße, die Frische Grube und dann wie zufällig links über den Ziegenmarkt. Der junge Mann in Zivil hatte sich bereits gegen sieben in einen olivgrünen Schlafsack gerollt, saß vis-à-vis von der »Pelzplauze« mit dem Rücken gegen die Hauswand gelehnt und hatte sich zum Abendbrot gerade eine Büchse Corned Beef geöffnet. Als Dank für seinen unermüdlichen Einsatz hatte ich dem Kollegen eine Buddel Chardonnay in die Hand gedrückt und ihn endlich nach Hause geschickt.

Hansen war zwar Biertrinker, verachtete aber auch ein edles Rebentröpfchen nicht und begann schon während des zweiten Glases zu philosophieren:

»Ob sie nun samstags in der ›Pelzplauze‹ Party machen oder sonntags im ›Zickenhuus‹ dinieren, die Menschen sind letzten Endes überall gleich, mit mehr oder weniger den gleichen Wünschen und ähnlichen Fehlern.«

Der Mensch sei nicht schlecht, pflichtete ihm Uns Uwe bei, die Umstände machten ihn dazu. Und meistens lasse man tatsächlich die großen Tiere laufen und die kleinen buchte man ein. So sei es schon immer gewesen.

Der Hauptkommissar a. D. nahm aus seinem halb vollen Glas noch einen Schluck Weißwein, und wir anderen dachten einen Moment über das Gesagte nach.

»Kennen Sie die Anekdote von Fiete, dem Angler?«, fragte Bartelmann dann seine Tischnachbarin. Tina schüttelte den Wuschelkopf, lächelte aber ermunternd.

»Der saß jahrelang fast jeden Abend bei Sonnenuntergang auf der hölzernen Seebrücke drüben im Stadtteil Wendorf und hielt dort seine Angel in die Ostsee.«

»Eine wahre Geschichte!«, betonte Hanna und sah mich offen und sympathisch an. »Wenn ich mich recht erinnere …«

»Selbstredend«, feixte der Hauptkommissar a. D. »Fiete war ein begeisterter Angler, er liebte diese ruhigen Stunden in der Einsamkeit am Wasser. Nur die Mücken, besonders natürlich an lauen Sommerabenden, die machten ihn rasend. Tausende von Mücken, jeden Tag das Gleiche.«

»Millionen dieser Biester!«, lachte Ole, auch er schien Fiete und seine Angelleidenschaft gekannt zu haben.

»Die können einen ja auch ganz kirre machen.«

Hanna schenkte mit der frisch geöffneten zweiten Flasche noch einmal nach und nahm selber ein Schlückchen aus ihrem etwas kleineren Glas.

»Jedenfalls entwickelte Fiete ein selbst erfundenes Abwehrmittel.«

»Seinen bernsteinfarbenen Rum!«, verriet Ole Hansen.

»Genau!«, rief der alte Bartelmann begeistert. »Fiete saß abends auf der Seebrücke und trank seinen Rum, an kälteren Abenden mit heißem Wasser gestreckt als Grog. Sein Wahlspruch lautete immer: Rum trinkt man an den Tagen, die auf ein G enden … und mittwochs.«

»Er angelte und trank, und in der Luft schwirrten die Mücken herum, und die setzten sich dann auf die Hände, auf Fietes Gesicht und seinen Hals, wenn ich da jetzt nichts durcheinanderbring … Aber gegen die Stiche schien er längst immun.«

Während Hanna die Geschichte ausschmückte, schaute sie etwas vorwurfsvoll ihren Sohn an, der seine Pfeife gestopft hatte und jetzt entzündete. Hannas Kätzchen trollte sich von der Fensterbank und schlich nervös um die Tischbeine herum.

Uns Uwe Bartelmann nippte genüsslich an seinem Weinglas und nahm die Erzählung wieder auf. »Jedenfalls ließ Fiete die Mücken gewähren, rauchte seinen obligatorischen Stumpen und trank seinen bernsteinfarbenen Grog. Und dann sagte er manchmal in die Stille hinein: Arme Biester! Sterben alle an Alkoholvergiftung.«

Bartelmann schaute ein bisschen verschmitzt. Das war schon alles …

Eigentlich, dachte ich, sollten bei solchen Döntjes am Ende immer alle herzhaft lachen können. Ich grinste meiner Tina zu, aber auch ihr blieb der Scherz irgendwo zwischen Räucheraal und Bratkartoffel im Halse stecken.

»Das Problem ist …«, sinnierte Hanna ganz nüchtern, »irgendwann angelt man nur noch wegen dem Rum.«

Hansen paffte seine Pfeife und sagte dann ganz trocken: »Tja, und dann ist Fiete eines schönen Abends … das war an einem Sonntag im August, wenn ich mich recht erinnere … nach vorn übergekippt und sternhagelvoll in der Ostsee verschwunden.«

Diese komischen Geschichten von der Küste bekamen manchmal urplötzlich Wendungen, auf die man nicht gefasst war, wenn man nicht von hier stammte. Doch saßen heute um die Nordische Fischplatte von Hanna Hansen glücklicherweise alles gebürtige Mecklenburger, die damit umzugehen wussten.

»Polizeitaucher, die wir extra von Rostock herübergeholt hatten«, erinnerte sich Bartelmann mit bekümmerter Miene, »fanden auf dem Meeresgrund vor der Seebrücke nur die halb geleerte Flasche mit dem bernsteinfarbenen Rum. Mehr nicht. Den Leichnam hat man bis heute nicht gefunden. Strömungen, vermutete man, müssen ihn fortgezogen haben. Wer weiß? Vielleicht aus der Wismarbucht hinaus aufs Meer.« Er hob sein Glas und guckte in die Runde. »Auf Fiete!«

»Auf Fiete!«, antwortete Ole Hansen.

»Prost.« Tinalein stieß mit mir an.

»Prösterchen!« Hanna beteiligte sich mit ihrem klingenden kleineren Glas. Die Katze streunte um den braunen Biomülleimer, in dem sie, logisch kombinierend, so manchen leckeren Fischrest vermutete. Hanna stand auf, trat an ihren Küchenschrank, entnahm ihm eine Flasche und stellte diese samt einer Handvoll Schnapsgläser in die Mitte des Tisches. Ihr Sohn Ole öffnete mit Bedacht und einem knacksenden Geräusch den

Schraubverschluss und schenkte die bernsteinfarbene Flüssigkeit ein.

»Jeden Abend kurz vor Sonnenuntergang«, berichtete er dabei übertrieben getragen, »versammeln sich noch heute die Mücken an der Seebrücke, als würden sie auf die Rückkehr Fietes und seines Rums warten.«

Seine Mutter kicherte, Tina gluckste, dann stimmte die Runde ein befreites, fast fröhliches Lachen an. Ein jeder bediente sich aus den gefüllten Gläsern.

»Wurst-Willi vom Eis-Moor meinte ...«, spann Bartelmann die traurige Geschichte von Fiete und seinem mysteriösen Tod noch ein bisschen weiter, »dass der Fiete gar nicht wegen zu viel Rum ins Meer geplumpst sei, sondern wegen der einschläfernden Kulisse. Also dem beruhigenden Wellenrauschen und dem monotonen Möwengeschrei. Aber das ist Willis ureigene Theorie, die nicht nur in meinen alten Ohren etwas absonderlich klingt.«

»Willi hat sogar mal behauptet ...«, wusste Hansen zu erzählen, »dass es Meer, Wind und Wellen seitdem auf CD zu kaufen gibt. Für gestresste Großstädter, verstehst du?«

Und Hansen guckte mich fragend an. Ich zuckte die Achseln, hatte aber aufmerksam registriert, dass der Chef mich zum ersten Mal, seit wir uns kannten, vertrauensvoll duzte.

»Zur Beruhigung und Meditation ...!«

Der Kommissar dachte nach und kam zu dem unmissverständlichen Schluss, dass das Quatsch sei und er dem Willi kein Wort glaube.

»Alles Unfug. Bestimmt kein Fünkchen von wahr ...«

Geräuschvoll stießen wir an, der Rum brannte in der Kehle. Tinalein schüttelte sich kurz, Hanna lächelte und verscheuchte ihre Katze, die sich an einem Tischbein ihre Krallen schärfen wollte.

Vielleicht lag es an Fietes Schicksal oder an Hansens Hochprozentigem, dass die Stimmung ein wenig sentimental wurde. Abschied lag in der vom Pfeifenqualm geschwängerten Luft.

Mama Hanna fand: Tina und ich, wir beide passten ganz ausgezeichnet zusammen und ihr Sohn Ole müsse sich wohl oder übel damit abfinden, einen neuen Kriminalassistenten zu suchen.

»Denn die nächsten komischen Vorkommnisse«, schloss sie verschmitzt, »die werden, wenn ich das jetzt richtig einschätze, in Wismar bestimmt nicht lange auf sich warten lassen …«

Dabei war dieser Fall, letzten Endes, noch gar nicht richtig abgeschlossen.

11

Sonntag, den 31. Mai

Der Pfingstsonntag sollte mein definitiv letzter Arbeitstag bei der Wismarer Kripo werden. Aufgeregte Anwohner riefen den einzigen diensthabenden Kollegen in der Kommandantur bereits am frühen Vormittag um Hilfe.

An der Wismarer Werft sei die Hölle los und das an einem christlichen Feiertag. Eine Schande, wie sich die jungen Leute heutzutage aufführten, zeterte der nette Nachbar von nebenan. Der Beamte, der heute die Stellung am Marktplatz hielt, konnte mit den Angaben nicht viel anfangen und überließ, aufgrund akuten Personalmangels, Hansen und mir die Prüfung der Beschwerde.

Auf dem Weg zum Werftgelände sahen wir schon von Weitem die gigantische grün-graue Dockhalle: vierhundert Meter in der Länge, fünfundsiebzig in der Höhe. Hier konnten und wurden Tanker, Containerschiffe und sogar Kreuzfahrtschiffe mit bis zu dreihunderttausend Bruttoregistertonnen gebaut.

Ob vor oder nach der Wende, ob Boom oder Depression, die Wismarer Werft blieb zu jeder Zeit und in jedem Wirtschaftssystem der größte Arbeitgeber der Hansestadt, auch nach der jüngsten russischen Übernahme. Das Know-how und die Erfahrung in der Entwicklung, Konstruktion und Herstellung absoluter Topschiffe und das hervorragend qualifizierte Personal sorgten für ein Höchstmaß an Lieferpräzision und technischem Standard. So entstanden in etwas mehr als sechs Jahrzehnten in der Wismarer Werft fast eintausend Hochseeschiffe.

Aber das seltsame Unikat, das dort in monatelanger Tag- und vor allem Nachtarbeit, von der Öffentlichkeit bislang anscheinend völlig unbemerkt, von über tausend handverlesenen Werftarbeitern erbaut worden war und um Punkt zwölf Uhr auf Taufe und Stapellauf wartete, so etwas hatte selbst unsere Hansestadt mit ihrer reichen und langen Geschichte der Schifffahrt noch nicht gesehen.

Der wütende Wismarer Nachbar hatte schon recht. Das ohrenbetäubende »Highway to Hell« einer bekannten australischen Heavy-Metal-Combo dröhnte auf dem Werftgelände mit den knatternden Auspuffrohren von über fünfhundert Hubraum-Giganten der Marken Harley bis Honda um die Wette und potenzierte das Dezibel-Volumen bis an die Grenze zum Hörsturz.

Mitten im Kutten- und Totenkopf-Trubel standen unsere Rocker von der »Pelzplauze« wieder einmal Spalier – dieses Mal, so wirkte es jedenfalls, sogar ganz bewusst auch für Hansen und mich. Henning Wichsmann kam direkt auf uns zu und begrüßte uns aufgekratzt freundlich per Handschlag, als stünde Großes bevor. Mann, hatte der Pranken, der Mann!

»Kommandante! Wie schön, dass auch Sie sich den Stapellauf nicht entgehen lassen wollen.«

»Geht das alles auch ein bisschen leiser?«, fragte ich Wichsmann und musste fasziniert von derartiger Monstrosität auf dessen behaarten Schmerbauch starren. Das Wetter war schön und warm, aber beileibe nicht der Grund, warum der Wirt seine schwarze Lederweste XXL weit geöffnet trug. Sein animalischer Aufzug erschien mir völlig unästhetisch.

»Ich dachte, Sie sind mehr fürs Grobe zuständig und nicht für Strafzettel wegen Falschparkens.«

»Apropos Grobheiten!« Der Kommissar wollte die Gunst der Stunde nutzen. »Wir wissen jetzt, wer den toten Kopf im Hafenbecken auf dem Gewissen hat.«

»Der Torfkopp ist nicht von uns.«

»Die Kapitänin von Gollwitz hat einen bewaffneten Piraten mit Enterhaken an Deck der ›Wismaria‹ ertappt und getötet – als Warnung an Ihre Männer.«

»Kommandante! Ein Missverständnis bleibt ein Missverständnis, egal welchen Mörder Sie mir präsentieren.«

Hansen guckte ihn durchdringend an.

»Jetzt mal Butter bei die Fische!«

»Na ja, das könnte die Torfnase drüben vom Torfterminal gewesen sein!«

»Wie bitte …?«

»Der Torfkopp vom Torfterminal. Haben Sie nie von ihm gehört? Der schaufelt dort schon jahrelang sinnlos Torf von einem Haufen zum anderen und wieder zurück. Angeblich ganz ohne Auftrag, geschweige denn Arbeitsvertrag. Der hat keine Familie, keine Angehörigen, ich glaube, nicht mal Freunde oder Bekannte. Und immer diese törichte Aufgabe, von der man auf Dauer bekloppt wird. Wollte immer zu uns gehören, scheint aber nicht ganz richtig im Kopf. Ein armer Tropf, den man seit einer halben Ewigkeit nur den ›Torftrottel‹ nennt.«

Ein völlig Unschuldiger? Umgebracht für nichts und wieder nichts? Elendig massakriert, so musste man es leider nennen. Und das total grundlos? Ein Mann um die Mitte dreißig, der seit über zwei Wochen von niemandem vermisst wurde, weil ihn kaum einer kannte und ihm niemand nahestand. Der Torftrottel vom Wismarer Torfterminal!

»Ich weiß auch nicht, warum man den armen Teufel immer mit uns in Verbindung bringt.«

Der Wirt der »Pelzplauze« konnte wirklich herzlos sein, dennoch schien ihm diese Verwechslung sichtlich leidzutun.

»Die Kronkorks wollten uns damit einschüchtern? Das sieht ihnen ähnlich. Wo ist der Torfkopp denn jetzt? Ich hab gehört, den Schädel hätte man euch aus der Kommandantur geklaut.«

»Auf dem Grund der Ostsee«, vermutete Hansen kleinlaut.

»Seebestattung. Auch nicht schlecht.«

Wichsmann hatte keinen Grund, zu lügen. Schließlich ging ihn die ganze Angelegenheit fast gar nichts an. Wie beim zu kurz gedachten Einspruch gegen seinen Hausarrest, der mittlerweile vom Amtsrichter offiziell aufgehoben worden war, hatte er ein eher schlichtes Gemüt und war meistens maulfaul, dafür aber auf seine Art grundehrlich.

Auch die von ihm angekündigte Jahreshauptversammlung eines norddeutschen Motorradvereins fand zweifelsohne an diesem Pfingstwochenende im beschaulichen Wismar statt. Die

Clubmitglieder hatten alle Kopftücher, Eiserne Kreuze, Knöchelchen durch Nasen und Ohrläppchen, Stahlhelme oder Tätowierungen auf der Glatze. Dazu trugen sie nach Benzin oder Kettenfett riechende Lederklamotten oder postmoderne Piraten-Uniformen.

Natürlich war auch der stille Immigrant schwarzer Hautfarbe, wahrscheinlich aus Somalia, mit von der Partie. Als wir ihm zufällig auf dem Werftgelände über den Weg liefen, hielt ich inne, schaute an ihm hinauf, und er grinste mich mit seinen großen weißen Zähnen unverhohlen an.

»Lassen Sie mich raten: Sie stammen bestimmt aus Somalia?«

Er guckte mich offen und einladend an.

»Oder Uganda? Oder Tansania?«, riet ich weiter.

Der Mann schien mich zumindest zu verstehen, denn er schüttelte jetzt sein gewaltiges Haupt.

»Dann aus Mosambik? ... Oder vielleicht doch Madagaskar?«

Höflich, aber bestimmt runzelte er seine breite, hohe Stirn.

»Ursprünglich«, antwortete er lachend in akzentfreiem Deutsch, »Hiddensee, Vorpommern.«

Insel bleibt Insel, dachte ich irritiert und verlegen, nur nicht ganz so weit weg und ein bisschen kleiner.

Beschämt blickte ich zu Boden.

Henning Wichsmann führte uns persönlich kreuz und quer über das Werftgelände und durch die Menge der angeregt schwatzenden und sich zuprostenden Rockergesellen. Der dunkelhäutige Landsmann aus Vorpommern lächelte noch einmal und winkte mir freundlich hinterher.

Man habe fünf lange Jahre hart gespart, auf jedem Treffen gesammelt, eisern zurückgelegt und mit Geschick vermehrt, bis jetzt endlich eine stattliche Summe zusammengekommen sei, um den Traum wahr werden zu lassen. Die Arbeiter in der Wismarer Werft hätten fast Unmenschliches geleistet, fügte er voll leidenschaftlicher Anerkennung hinzu.

Seine Frau Claudia und Enno, der Frechdachs natürlich in voller Piraten-Montur, gesellten sich dazu, und Claudia Wichsmann bot uns Prosecco, Küstennebel und Bier an. Im Hintergrund, der eigentlich mehr und mehr zum Vordergrund wurde, lief jetzt »Hell Ain't a Bad Place to Be« von der gleichen Hardrock-Formation aus dem fernen Down Under.

»Bisschen früh«, lehnte Hansen die Getränke dankend ab.

»Stellen Sie sich nicht so an!«, flachste Henning Wichsmann überschwänglich und lachte polternd. »Ein Bierchen in Ehren kann kein Beamter verwehren.«

Mit seinen behaarten großen Tatzen drückte er uns beiden je eine Flasche in Knollenform in die Hand und verabschiedete sich wegen der unmittelbar bevorstehenden Schiffstaufe.

Da sei er als Eigner und Kapitän unabkömmlich. Außerdem gehe es gleich nach Stapellauf auf Jungfernfahrt hinaus auf die gute alte Ostsee.

»Klar Schiff!«, brüllte Wichsmann voller Vorfreude. Und seine nackte Pelzplauze wackelte vor Lachen wie ein Bierpudding. »Und dann anbaden …!«

Beim Flaschenetikett kam ich erstmals ins Grübeln. Astra-Plörre aus Hamburg!? Die trank kein Einheimischer! Vielleicht Lübzer, auch noch Rostocker und am ehesten natürlich Wismarer – ob als Pilsener, Mumme oder Roter Erik, ganz egal. Aber das Hamburger Szenegesöff aus der kleinen Knolle? Niemals!

»Vielleicht ist ihnen das Geld ausgegangen?«, meinte Hansen und prostete mir zu.

»Wohl eher der gute Geschmack!«, erwiderte ich und stieß mit ihm an. Und dann sprach ich aus, was normalerweise stets dem Oberkommissar vorbehalten war: »Da stimmt was nicht.«

»Gucken wir uns den Kahn erst mal näher an.«

Auf dem Weg zu einer eigens errichteten Tribüne am Hafenkai lief uns Lotte Nannsen mit einem riesigen Tablett voller Fischbrötchen über den Weg. Sie machte hier anscheinend das Catering. Die clevere Lotte wusste immer ganz genau, wo schnelles Geld zu holen war.

»Moin, Lotte!«

»Moin, Moin, Kinners.«

»Und? Wie laufen die Geschäfte?«

»Wat möt, dat möt.«

»Übrigens, Lotte!«, rief ich ihr zu. »Einen hab ich noch.«

Herausfordernd hob sie die Augenbrauen.

»Du kannst dich drehen und wenden, wie du willst, der Arsch sitzt immer hinten!«

Stolz wie Oskar schaute ich sie an. Mit eingerollter Zunge pfiff sie lautlos durch ihre große Zahnlücke. Das wirkte wie stets – ein grausiger Anblick. Dennoch war es das wert: Ihre Anerkennung ging runter wie Sahne.

Bevor sie in der Menge verschwand, drückte sie jedem von uns noch ein frisches Gratisbrötchen mit einer viertel Pfeffermakrele in die Hand.

Wir setzten uns zwischen die Rocker-Klientel auf die Zuschauertribüne und warteten gespannt wie die Flitzebogen, was Kapitän Wichsmann und seine Pelzplauzen an Programm zu bieten hatten.

Zu den stimmungsvollen und nicht weniger unheimlichen Klängen von »Hell's Bells« der Rock-'n'-Roll-Ikonen aus »Acca Dacca« hob sich das riesige Tor der Dockhalle langsam in die Höhe.

Da hatte der meckernde Nachbar am Sonntagmittag aber nichts mehr zu klagen, das waren feinste Glockenschläge, vergleichbar höchstens mit denen vom Turm unserer Sankt Nikolaikirche.

Johlend und kreischend vor Begeisterung sprangen die Männer und ihre Begleitungen auf und veranstalteten auf der wackeligen Tribüne eine La-Ola-Welle nach der anderen.

Das Erste, was sich dann Stück für Stück aus der Dockhalle schob, ließ mir das Blut in den Adern gefrieren. Unter der weit über dem Bugspriet hinausragenden Galion, die elegant geschwungen und mit goldenen Schnitzereien versehen war, hing wie ein furchteinflößender Rammbock ein riesiger goldener Totenkopfring. Die Galionsfigur einer Holk!

Während ich die Bierflasche zur Seite stellte und ungläubig meine neuen Brillengläser polierte, traute auch Hansen seinen Augen kaum. Ihm blieb der letzte Bissen Pfeffermakrele im

Hals stecken, und fast andächtig ließ er das Fischbrötchen sinken.

Die Holks waren eigentlich die Nachkommen der Koggen im 16. Jahrhundert. Dieses mehrgeschossige Ungetüm, das sich beim Stapellauf Meter um Meter vor die Zuschauertribüne wälzte, war zwar augenscheinlich wie eine traditionelle Holk in Kraweelbauweise gebaut, die Planken Stoß um Stoß gesetzt, doch handelte es sich hier um kein zerbrechliches Holzschiff, sondern um einen schier unverwüstlichen Metallkoloss. Darüber hinaus entsprachen die Geschütze auf Deck und in den Luken einer Bewaffnung, die sich locker mit der eines Kriegsschiffes messen lassen konnten.

Ehrlich, ich hatte in meinem Leben noch nie ein solch gigantisches Schiff gesehen. Ein koggenmäßiger Dreimaster, nur eben aus Stahl und schätzungsweise doppelt so lang und dreimal so hoch wie ... wie ... vielleicht wie die »Heringsmöwe«.

Die Menschen an Bord sahen aus der Entfernung so winzig aus, dass man meinte, es sei dort oben eine Kinder-Crew unterwegs. Ein solcher Seeräuber-Butscher stand über der Galionsfigur, ballte die rechte Faust und wies mit seiner linken Hand auf den riesigen Totenkopf-Ring. Trotz der Entfernung kam mir der Junge irgendwie bekannt vor.

Die Menge um uns herum jubelte! Hansen guckte mich irritiert an, linste dann auf die Rückenpartien unserer Banknachbarn und deutete aufs Logo. Auweia! Jetzt erschloss sich mir die merkwürdige Auswahl des Getränkesortiments: Die Hells Angels aus Hamburg waren zurück!

Hoch oben am Hauptmast blies eine frische Böe vom Meer die bettlakengroße schwarze Flagge in den Wind: Der weiße Totenkopf mit den zwei gekreuzten Knochen grinste mit Hohn und Spott gen Alten Hafen und zu den Altstadtdächern der Hansestadt hinüber.

Hansen kratzte sich nervös am Kopf und flüsterte mir dann schelmisch ins Ohr: »Da werden wir wohl der Ersten Herrenmannschaft des SC Ankerwinde Wismar Bescheid geben müssen, dass da unangemeldeter Besuch für sie eingetroffen ist.«

Wir verabschiedeten uns schweigsam und unauffällig. Und zu den heroischen Klängen von »Hell or High Water« sah ich im Augenwinkel die berühmte Band im riesigen Mastkorb die Taufe live und in Topbesetzung und in traditionellen Schuluniformen höchstpersönlich zelebrieren!

Da hatten sich Wichsmanns Männer und die Hells Angels nicht lumpen lassen. Der legendäre Lead-Sänger Bon Scott – auferstanden von den Toten ... Oder war der flatter- und schemenhafte Vogel oben am Mast nur mein ganz spezieller Freund ... der ominöse Möwenkopf-Mann?

Liegt bestimmt alles am frühen Astra aus der Maurerpulle. Ein letztes Mal drehte ich mich zu diesem wahrlich denkwürdigen Stapellauf um und erwischte einen ersten freien Blick auf das Heck der Holk.

»Schauen Sie mal, Chef! Der Name ... hinten am Heck!«

Hansen schaute sich nicht um, er wollte nur weg von diesem Ort und rief mir mit triefender Ironie über die Schulter zu: »Na, Wichsmann wird sie ja wohl nicht heißen!?«

Fünf große schwarze gotische Lettern schmückten den kastellartigen Aufbau am Ende des Schiffes.

»Auf dem Heck der Holk ... steht ... ›Klaus‹!«

»Auf dem Heck steht Klaus?«, wiederholte Hansen ungläubig und kam die paar Schritte zurück, stellte sich neben mich und fiel vor Schreck ins breiteste Plattdüütsch:

»Klarr mi an'n Mors!«

Wir standen zusammen und staunten beide nicht schlecht.

Ungelogen: Am Heck der Holk stand »Klaus«.

Epilog

Liber proscriptorum

Heute sei im Teerhof das Urteil des ehrenhaften Senats der Freien Hansestadt Hamburg gegen den Seeräuber-Hauptmann Nicolao Stortebeker, geborener Sohn Wissemaras von 1360, vom Volke gerufen als Klaus Störtebeker, durch Scharfrichter Meister Rosenfeld vollzogen.

Vor seinem Ableben habe Störtebeker schachern wollen, auf dass er als Erster geköpfet werde. Der Erste Bürgermeister Kersten Miles habe gestattet, dass alle dreiundsiebzig Mannen der Piraten-Kogge Likedeeler begnadigt würden und Verschonung erführen, falls der geköpfte Kapitän unverzüglich nach seiner Enthauptung an ihnen vorbeizuschreiten vermöge.

An elf Seefahrern und Kameraden sei der geköpfte Störtebeker entlangparadiert, darunter auch an seinem ständigen Begleiter und Spießgesellen, dem Rädelsführer Henning Wichmann, bevor ihm der Henker ohne amtliche Anweisung den Richtblock vor die Füße geworfen habe. Die Tücke des Henkers sei seiner Gier nach acht Schilling für einen Kopf geschuldet gewesen.

Nach Sturz des verurteilten und verdammten Klaus Störtebeker hätte der Bürgermeister der Freien Hansestadt Hamburg sein beschworenes Gelübde gebrochen, und der Scharfrichter Rosenfeld sei zur Tat geschritten und habe alle dreiundsiebzig Mann in einem Zuge enthauptet.

Die Köpfe seien zum Zwecke der Erhaltung der öffentlichen Ordnung und zur Abschreckung neuer Gefahren längs der Elbe aufgespießt und sollten von der Sonne und den Unbilden des Herbstes der Fäulnis anheimfallen.

Handhabe der Hinrichtung sei die Festnahme der Likedeeler-Mannen vor Helgoland durch Simon von Utrecht auf der Hanse-Kogge Bunte Kuh gewesen.

Nach erbitterten Seeschlachten, auf denen Störtebeker den

höheren Hanseschiffen zum wiederholten Male entkommen sei und sich oft genug überlegen gegeben habe, müsse ein Verräter an der eigenen Reling größten Schaden der Likedeeler durch Gießen von Flüssigblei auf Steuer und Ruder zugefügt haben. Die Bunte Kuh habe infolgedessen den Hauptmast der Piraten-Kogge mühelos und mit einer einzigen gezielten Gusskugel zersplittern können.

Der Verurteilte habe vor Gericht keine Verteidigung angestrengt. Ihm seien hundertfünfundzwanzig Tode zur Last gelegt und der Raub von hanseatischen Waren im Werte von zweihunderttausend Goldtalern. Bis zur Vollstreckung habe der nun Geköpfte keine Angabe leisten wollen, wo Waren oder Schätze seiner Beute gelagert worden seien.

Als Entgegnung habe der Kapitän als letzten Willen dem Senat zu Hamburg für das Leben seiner Mannen eine goldene Kette geboten, mit deren Länge das Gold um die gesamte Freie Hansestadt gelegt werden könne.

Der Erste Bürgermeister und der Senat hätten sich verdrießlich gezeigt und mit Entrüstung abgelehnt. Hamburg mache keine Geschäfte mit der rechten Hand von Beelzebub und Düwel.

Der Schatz sei unermesslich, und sein Versteck werde von Volkes Meinung in der Stubbenkammer zur Insel Rügen präsumiert. Gesichtet habe ihn indes bis heute noch keiner.

Die Hinrichtung sei vollzogen.

Knöchelhoch habe der Henker im Blute der Mannen um Klaus Störtebeker gewatet. Eine unvorstellbare Menge Bürger und Pöbel hätten der Vollstreckung des Meister Rosenfeld beiwohnen dürfen. Jubel und Unmut hätten sich die Waage gehalten.

Dreiundsiebzig Enthauptungen am Stück seien noch nie gewesen und eine bedrückende, kraftraubende Leistung des Scharfrichters.

Als ein Mitglied des Rates Meister Rosenfeld ob seiner Kunst zu loben gedachte, habe der eine missbilligende Rede gehalten, in der er das Köpfen der dreiundsiebzig erst ab- und hernach kundgetan habe, den Vollzug auf Wunsch auch auf den gesamten versammelten Rat ausdehnen zu können.

»Oh gestrenge Herrn, mir war so wohl dabei, dass ich auch noch gern den ganzen weisen Senat hätte abtun mögen.«

Dies seine von dem Boten aus dem Teerhof übermittelten Worte.

Der angewiesene Senat habe in selbigem Moment den jüngsten Ratsherrn geschickt und seinerseits den Scharfrichter wegen der gewählten Rede ohne Aufschub enthaupten lassen.

Im Buche des Teerhofs von Hamburg stünde, dass der Scherge Rosenfeld für sein Pläsier am Töten mit dem eigenen Leben hätte zahlen müssen.

Im Anschluss sei der Kopf des Henkers wie die Antlitze der Seeräuber um Klaus Störtebeker und Henning Wichsmann als Warnung für spätere Nachahmer auf Pfähle längs der Elbe genagelt worden.

Anno Domini 1401 im Weinmond zu Wissemara

Dank

Ich danke meiner Lektorin Marion Heister für die erneut gute Zusammenarbeit, Wolf Haas für sein Gulaschrezept, Metin Tolan für die Berechnung der ballistischen Kurve.

Mein besonderer Dank gilt meinem Freund Raimund Klaes, der mir stets verständnisvoll, mit Engagement und konstruktiver Kritik zur Seite steht, meiner Frau Janka Murawski, die mich unterstützt, berät und meine Launen geduldig erträgt, und meiner Tochter Julika Tara vor allem für ihren Plastikschwan, ohne den dieser Fall (vermutlich) nicht gelöst worden wäre.

André Bawar
LACHSBLUT
Broschur, 192 Seiten
ISBN 978-3-89705-706-7

»Mir hat das Buch viel Spaß gemacht. Ich kann es nur jedem empfehlen.« Steffen Czech, Wismar TV

»Das Erstlingswerk von Bawar ist nicht außergewöhnlich spannend, es ist außergewöhnlich und spannend. Wer seinen Urlaub in den nächsten Wochen an der mecklenburgischen Ostseeküste verbringt, wird sich bei der Lektüre ein wenig gruseln, aber auch seinen Spaß haben.«
dpa